W0293080

Tom Wittgen
Die falsche Madonna

DELIKTE
INDIZIEN
ERMITTLUNGEN
DIE KRIMIS

TOM WITTGEN

DIE FALSCHE MADONNA

DELIKTE
INDIZIEN
ERMITTLUNGEN
DIE
KRIMIS

KOMET

Genehmigte Lizenzausgabe für KOMET Verlag GmbH, Köln
Copyright © Das Neue Berlin Verlagsgesellschaft mbH, Berlin, 1982
Satz: Bild1Druck GmbH, Berlin
Gesamtherstellung: KOMET Verlag GmbH, Köln
www.komet-verlag.de

1

»… hält der Dauerregen seit mehr als siebzig Stunden an. Im gesamten Regierungsgebiet Niederbayern herrschen Katastrophensituationen. Vierhundert Männer der Bundes- und Feuerwehr, des Technischen Hilfswerkes sowie zahlreiche freiwillige Helfer sind im Einsatz …«

Hinter mir hupte ein Polizeiwagen. Ich schaltete das Autoradio aus und fuhr an den Straßenrand. Haarscharf vor meinem Kühler stoppte der Wagen. Die Tür schwang auf, eine wuchtige Gestalt in schwarzglänzendem Regenmantel stieg aus und schlug die Kapuze hoch. Vom Gesicht waren nur noch Augen, Nase und Schnurrbart zu sehen. Eine Erscheinung, die an einen Seehund erinnerte. Sie glitt auf mich zu, und ich erkannte Kommissar Baierl, noch ehe der seinen triefnassen Kopf durch das heruntergekurbelte Fenster steckte.

»Tag, Georg«, sagte er, »ich setze Ihnen ’nen Kunden rein, den Sie zur Wache fahren möchten.«

»Gefährlich?«

Er grinste. »Wie ’n neugeborenes Meerschweinchen.«

Auf seinen Wink zum Polizeiwagen hin huschte etwas Moosgrünes in Kindergröße durch den Regen und glitt in den Fond meines Fiats.

»In der Uferstraße hat’s einen erwischt«, sagte der Kommissar, »Stromschlag. Wollte seinen überfluteten Heizkeller mit ’ner elektrischen Wasserpumpe trocken kriegen. Aber vielleicht hat auch jemand was dran gedreht. Ich muss hin.«

Baierl ist Leiter der Mordkommission und von Berufs wegen dazu verpflichtet, Todesfälle skeptisch zu betrachten. Er nickte mir einen Gruß zu und patschte zurück zum Polizeiwagen, der sofort losfuhr. Rechts und links spritzten meterhoch Fontänen auf.

»Die armen Viecherln«, sagte eine Stimme hinter mir, knarrend wie ein ungeöltes Scheunentor.

Ich wandte mich um. Mein Fahrgast war ein Männlein mit Runzelgesicht und hellwachen Augen. Er wirkte pfiffig, selbst jetzt, wo er einen mitleidigen Blick in seinen Lederhut warf, den er im Schoß hielt.

»Was für Viecherln denn?«

Neben ihm lag ein geöffneter Rucksack. Er griff hinein und hielt mir auf offener Hand einen Vogel hin. Zuerst dachte ich, der sei tot, doch er bewegte mühsam den Schnabel, und auch in seinen Augen war noch Leben.

»Können net fliegen bei der Sintflut, was da vom Himmel kommt, und sind ganz starr vor Kälte.«

Ich fuhr los. Der Bayerische Rundfunk und die Passauer Neue Presse hatten aufgerufen, unterkühlte Vögel zu sammeln und zum Trocknen zur Wache zu bringen. So einen Vogelsammler hatte ich jetzt im Wagen.

»Hätt' net g'dacht, dass der Polizei auch vernünftige Gedanken einfallen könnten«, knarrte der Alte und kicherte.

»Was sind's denn für Vögel?«

»Überwiegend Mauersegler.«

»Alle in Passau gefunden?«

»Auf'm Weg hierher«, erwiderte er mit seiner Scheunentorstimme.

Ich fragte ihn, ob er von weither käme.

»Naa.«

Das Tor schlug zu. Meinetwegen. Mich ging's nichts an, woher er kam, und ich hatte ohne großes Interesse gefragt, höchstens um über das Ausmaß der Wetterkatastrophe in anderen Orten mehr zu erfahren, als die Nachrichten preisgaben. Schweigend fuhren wir zu unserem Ziel.

»So, hier können Sie Ihre Schützlinge unterbringen.« Ich öffnete ihm die Tür.

Lederhut und Rucksack verschwanden unter seinem weiten Lodenmantel. Er flitzte zur Wache hinüber. Inzwischen war es zehn Uhr geworden. Ich hoffte, dass kein ungeduldiger Klient in meinem Büro der Sekretärin das Frühstück verdarb, und fuhr im Schritttempo zur Altstadt. Der Regen verdichtete sich zu einem grauen Schleier, der sich zwischen die Häuser senkte. In der Altstadt standen Straßen und Hauseingänge unter Wasser. Feuerwehrwagen pumpten Keller aus und versperrten den Weg. Immer wieder musste ich ausweichen, Umwege fahren, mich auf Straßen begeben, die ich noch nie benutzt hatte, um ins Büro zu kommen. Schließlich lancierte ich doch noch meinen Fiat in der Donaugasse durch das schmale Tor jenes Hauses, an dem grellgelb und regennass mein Namensschild prangte. Und die Dienstleistungen, die ich bot.

GEORG EISERBECK
PRIVATDETEKTIV
AUSKÜNFTE, ERMITTLUNGEN

Die Tür zu Grits Sekretariat im ersten Stockwerk wurde nie abgeschlossen. Unsere Klienten sollten es bequem haben, falls wir abwesend waren. Um ehrlich zu sein, von dieser Großzügigkeit wurde selten Gebrauch gemacht. Auch an jenem Tag erwartete mich niemand.

Ich zog das nasse Jackett aus und rubbelte mein Haar trocken. Der Weg von der Garage zum Hauseingang hatte genügt, um einen nassen Pudel aus mir zu machen. Ich fröstelte und fühlte mich hungrig. Auf dem überdimensionalen, verschnörkelten Schreibtisch wartete schon mein Frühstück. Säuberlich in Folie verpackt. Doch zwei Meter entfernt lag ein Aktendeckel. Neugier siegt bei mir über Hunger. Berufskrankheit. Ich schlug den Deckel auf und las:

»Bin zum Judotraining. Grit.«

Grit ist so eine, die weder Erdbeben noch Sintflut von dem abhalten können, was sie sich in den Kopf gesetzt hat. Jetzt hat sie sich in den Kopf gesetzt, Judoka zu werden.

Unter ihre Bemerkung hatte sie einen Schlüssel gemalt. Das bedeutete: Eiserbeck, im Büro erwartet Sie Arbeit. Natürlich hätte sie das auch aufschreiben können, doch als fantasiebegabtes Mädchen dachte sie sich allerhand Schnickschnack aus, den sie als konspirative Methode bezeichnete.

Ich schloss mein Büro auf. Der Schreibtisch hier wirkte

wie ein armer Verwandter des Prachtstückes im Vorzimmer. Er war leergefegt. Ich hielt nicht viel davon, Schriftstücke über meine Arbeit und meine Klienten anzufertigen. Das Nötigste wurde in einer Kartei festgehalten, und die füllte nur ein einziges Schubfach.

Grits Order bestand aus dem Namen *Sylvia Mayberg,* der Adresse *Ruhstorf Rott, Klosterstraße 15,* einer Zeitangabe und einer schwungvoll gemalten Lilie, die auch eine Tulpe hätte sein können. Dahinter prangte ein Ausrufezeichen.

Ich holte einen meiner besten Sakkos aus dem Schrank, schlang einen Binder unter den Hemdkragen und kämmte mein widerborstiges, noch etwas regenfeuchtes Haar. Die Lilie bedeutete, Frau Mayberg sei eine Dame, die auf Etikette hält. Außerdem selbstbewusst. Das verriet mir das Ausrufezeichen. Bei Klienten mit etwas Undurchsichtigem im Wesen zieht Grit einen Gedankenstrich hinter ihre Mitteilungen.

Nachdenklich ging ich in den Vorraum zurück, drehte Grits Kofferradio an, holte den Tauchsieder, brühte Kaffee und frühstückte. Rein mechanische Tätigkeiten. Ich grübelte darüber nach, ob es ratsam war, bei Katastrophenwetter nach Ruhstorf zu fahren. Der Rundfunksprecher empfahl, sich nur in dringlichsten Fällen per Wagen auf die Straße zu begeben – wie dringend war Frau Maybergs Fall? – und sich als Autofahrer hochwassergerecht zu verhalten. Was er sich darunter vorstellte, verriet er nicht.

Ich setzte voraus, dass Frau Maybergs Auftrag unaufschiebbar sei.

Ruhstorf liegt ungefähr 30 km südlich von Passau. An der Rott. Als ich die Stadt hinter mir hatte, fuhr ich die Bundesstraße 12 durch das Inntal, dicht am Fluss entlang, der kilometerweit die Grenze zu Österreich bildet. Männer in triefenden Regenmänteln und schlammverschmierten Gummistiefeln schleppten Sandsäcke zum Fluss und schichteten sie zu Dämmen auf. Hier und da schoss das Wasser trotzdem über die Straße. Mir war klar, dass ich auf der 12 nicht nach Passau zurück konnte.

Hinter Schärding bog ich rechts in die Fernverkehrsstraße nach Eggenfelden ein. Sie lag etwas erhöht und war vor dem Wasser noch sicher, doch Felder und Weideland waren in riesige Seen verwandelt, aus denen hier und da ein Strauch seine Äste reckte. Nach wenigen Minuten erreichte ich Ruhstorf. Die Klosterstraße führte auf eine Anhöhe, Siedlungshäuser zu beiden Seiten mit hübschen kleinen Vorgärten, so dicht zusammenstehend, dass man roch, was in Nachbars Küche brutzelte.

Neben der offenen Haustür der Nr. 15 stand auf einem Schild *Augustin Mayberg.* Ich trat ein. Von einem schmalen Hausflur aus führte eine blankgewienerte Holztreppe nach oben, und von dort hörte ich das leise Schnurren einer Telefonscheibe.

»Hallo!« Eine ungeduldige Frauenstimme. Dann hämmerte ein Finger nervös auf der Gabel herum, schließlich ärgerliches Seufzen.

Ich räusperte mich.

»Ist da jemand?«

Sie kam zur Treppe, ich wünschte ihr einen guten Tag und stellte mich vor. Ihre Verlegenheit überspielte sie mit einem leichten Erstaunen.

»Das nenne ich zuverlässig. Kommen Sie doch herauf.«

Sie trug einen gutsitzenden hellbraunen Hosenanzug und ein grünseidenes Tuch im Ausschnitt. Ihr Make-up war ebenso tadellos wie ihre Figur. Ihr Parfüm roch aufreizend. Sie führte mich in ein kleines Zimmer mit drei bequemen Ledersesseln, einem Rauchtisch, auf dem das Telefon stand, einer Lampe und einem Glasschrank voller holzgeschnitzter Figuren. Am Fenster war die Gardine zurückgezogen.

»Willkommen in meiner Wasserburg.«

Ich trat ans Fenster. Der gleiche Anblick wie von der erhöhten Straße aus, überflutete Felder, so weit man sehen konnte, und hier und da die Krone eines Baumes.

»Die Telefonleitungen stehen wohl auch unter Wasser«, sagte sie bekümmert. »Na, ignorieren wir das Wetter, bitte, nehmen Sie Platz.« Sie setzte sich mir gegenüber und betrachtete mich ungeniert. »Herr Eiserbeck, ich hoffe, dass Sie mir helfen werden. Mein Mann – er ist irgendwie in Gefahr.«

Ich zog die Stirn kraus.

»Das Wort irgendwie stört Sie, nicht wahr? Wenn ich Genaueres wüsste, würde ich es Ihnen sagen. Oder Ihre Hilfe nicht brauchen.«

»Wo ist Ihr Mann jetzt?«

»In Egglfing. An der Grenze. Er arbeitet dort als Zollassistent. Als er an seinem freien Tag nach Hause kam, war er ungewöhnlich bedrückt. Schließlich merkte ich, dass er Angst hatte.«

»Wovor?«, fragte ich, da sie nicht weitersprach, sondern abwesend in den Regen hinausstarrte. »Oder vor wem?«

»Ich möchte, dass Sie es herausfinden.«

»Wäre es nicht einfacher, ihn danach zu fragen?«

»Er würde mir lächelnd versichern, dass ich mich täusche. Leider gehört er zu den Menschen, die allein mit allen Schwierigkeiten fertig werden wollen. Aber er hat Angst. Ich kenne ihn.«

Erwartungsvoll und herausfordernd schaute sie mich an.

Zöllner zu sein an einem bayerisch-österreichischen Grenzübergang sei so gefährlich, wie eine Klasse Grundschüler zu beaufsichtigen, erklärte ich ihr. Man muss Acht geben, dass keiner mogelt und in Extremfällen eine Ohrfeige austeilen. Gefahr droht höchstens, wenn der Zöllner einer Schmuggelbande auf die Spur kommt und ehrgeizig genug ist, sie allein ausheben zu wollen. Oder wenn er mit ihr unter einer Decke steckt und die Sache so dilettantisch betreibt, dass er ihre Aufdeckung fürchten muss. In beiden Fällen vermag ich weder zu helfen noch zu beschützen.

»Aber herausfinden, was es ist, das ihm Angst macht, das können Sie doch ...« Unvermittelt stand sie auf. »Entschuldigen Sie, das Kaffeewasser ... Darf ich Ihnen etwas Kuchen mitbringen?« Unter der Tür wandte sie sich um. »Ich muss einen Weg finden, meinem Mann zu helfen.«

Noch wurde ich nicht recht klug aus ihr. Mir gefiel ihre

Natürlichkeit, ihr gepflegtes Äußere, die Geradlinigkeit, mit der sie die Dinge sah und benannte. Doch wie ausgeprägt war ihre Menschenkenntnis? Konnte sie beurteilen, ob es wahrhaftig eine drohende Gefahr, ob es Angst war, die ihren Mann schweigsam und zurückhaltend sein ließen? Ich trat an den Schrank mit den Holzarbeiten, voll von geschnitzten Köpfen. Einige bemalt, andere farblos lackiert oder roh.

Frau Mayberg kam zurück und stellte das beladene Tablett ab.

Auf den Schrank deutend, fragte ich einigermaßen erstaunt: »Sind das Arbeiten Ihres Mannes?«

»Zum größten Teil. Mein Mann stammt aus einer Holzschnitzerfamilie.«

»Er hat sich auf Porträtköpfe spezialisiert?«

»Ja. Und er hätte dabei bleiben sollen.«

Sie bat mich, wieder Platz zu nehmen, und schenkte Kaffee ein.

»Warum ist er denn nicht dabei geblieben?«

»Er – hat einfach kein Sitzfleisch.« Sie lächelte nachsichtig, verstehend. »Gustl braucht Bewegung, Wald, Natur. In der Stadt könnte er nicht leben.«

»Haben Sie denn vor, in die Stadt zu ziehen?«

Sie zuckte die Schultern. »Das wäre sicherlich praktischer«, bekannte sie freimütig. »Haus und Garten schlucken einem doch das bisschen Freizeit.«

»Sie arbeiten?«

»Ja. Als Sekretärin in der Maschinenfabrik Lange GmbH. Keine fünf Minuten von hier.«

»Wie günstig.«

»In der Stadt kann man auch Arbeit finden. Und der Feierabend ist weniger eintönig. Konzerte, Ausstellungen, Theater. Nicht immer ein und dasselbe Café.«

»Und das wäre nichts für Ihren Mann, meinen Sie?«

Statt einer Antwort lächelte sie wissend, sagte schließlich: »Hauptsache, er hat sich an der Grenze nichts eingebrockt – oder einbrocken lassen. Aber Sie werden das herausfinden?«

»Frau Mayberg, jemanden vor einer Gefahr zu beschützen, die nur in der Einbildung der Ehefrau besteht, ist kein Fall für mich.«

Ihr Blick wurde ernst. »Herr Eiserbeck, ich möchte Sie engagieren, um einen ›Fall‹ zu verhindern. An einem nicht zu übersehenden Schild Ihres Hauses steht Privatdetektiv, Auskünfte, Ermittlungen. – Und das erwarte ich: Ermittlungen über den Umgang meines Mannes in Egglfing. Auskünfte darüber. Dann werde ich wissen, woher ihm Gefahr droht, und Möglichkeiten finden, ihm zu helfen.« Sie legte mir ein Stück Kuchen auf den Teller. »Sie sollten ihn kosten. Er schmeckt hervorragend.«

Ich fragte nach Freunden und Feinden des Zollassistenten Augustin Mayberg.

»Meinen Mann mögen eigentlich alle – und er kommt mit allen gut aus, ohne jemanden zu bevorzugen.«

Ich bat sie um ein Foto von ihm. Sie holte einen Karton.

»Bitte, nehmen Sie, was Ihnen geeignet erscheint.«

Ich wühlte in Fotos. Hochzeitsfotos. Amateuraufnahmen von Ausflügen, Kunstfotos von Schnitzereien, vor allem von Statuen und Reliefs. Augustin Mayberg in der Uniform eines Zollassistenten. Wahrscheinlich an der Grenze aufgenommen

»Warum leben Sie nicht bei Ihrem Mann in Egglfing?«

Ein fragender Blick traf mich.

»Haben Sie das ernsthaft gefragt?«

»Allerdings.«

»In Egglfing? Verzeihung, aber das ist nichts als ein Nest!«

»Ruhstorf ist nicht größer.«

»Zumindest liegt es an der Fernverkehrsstraße, und es ist kein Problem, ins Theater an der Rott zu fahren oder sonntags in die Residenz.«

Damit war Landshut gemeint, Niederbayerns Hauptstadt.

»Egglfing dagegen«, fuhr sie fort, »das bedeutet: morgens ein Bus in die Zivilisation, abends einer zurück. Aus.«

»Ihrem Mann gefällt es dort?«

»Er hat da seine Arbeit. Was hätte denn ich? – In Ruhstorf gab es früher eine große Hufschmiede. Rottaler Warmblutpferde, das war ein Begriff. Jetzt herrscht hier Technik. Die Besitzer der Hufschmiede haben sich angepasst und sich auf Landmaschinenreparaturen umgestellt. Seit kurzem bauen sie sogar selbst Maschinen. Die Lange-GmbH ernährt ihre Ruhstorfer. Egglfing dagegen, das ist tiefstes Hinterland. Dort hat's nie was anderes gegeben als arme Leut.«

Ich suchte mir ein Foto heraus, das den Zollassistenten vor seinem Haus zeigte. Lässig hielt er eine Margerite in der Hand, lächelte sorglos, mit einem Anflug von Bauernschläue. Ein sympathisches Gesicht. Um dieses Foto bat ich Frau Mayberg. Sie nickte, und ich steckte es in meine Brieftasche.

»Abgemacht«, sagte ich, »ich berichte Ihnen über die Schwierigkeiten, in denen Ihr Mann steckt, und dann sehen wir weiter.«

In meine finanziellen Forderungen willigte sie sofort ein. Ich verabschiedete mich von ihr und stieg die Treppe hinunter.

Auf der Straße krochen Pkws an mir vorüber, sie mussten halten. Es sah nach einem Stau aus. Zwischen den Wagen bewegte sich ein Mann im Regenmantel. Er interessierte sich für die Nummernschilder. An meinem Fiat blieb er stehen, blickte sich um. Mit seinem straff nach hinten gekämmten, pomadisierten Haar und dem glatten Gesicht wirkte er ernsthaft und bedeutsam. Als ich den Fiat aufschloss, trat er auf mich zu, zog seinen Hut und grüßte.

Er stellte sich als Karl Köstler vor. Mitinhaber von Köstlers Uhrengeschäft in Passau. Sein Wagen, sagte er, sei hinter Füssing auf der Strecke geblieben und der Bus nach Passau habe hier Endstation, da die Bundesstraße 12 teilweise gesperrt sei. An meinem Nummernschild habe er gesehen, dass ich aus Passau sei. Falls ich dahin zurückfahre, würde er gern meine Hilfe in Anspruch nehmen. Er gerate in Schwierigkeiten, wenn er nicht rechtzeitig im Geschäft eintreffe.

Er sprach sachlich, die grauen Augen mit dem abschätzenden Blick fest auf mich gerichtet.

Ich bat ihn, einzusteigen, ein Weilchen krochen wir hinter den Pkws her, bogen dann in eine Nebenstraße ab, deren Zustand ziemlich miserabel war. Hin und wieder gerieten wir in Senken, fuhren durch Wasser und kamen nur mühsam voran. An manchen Gehöften war das Wasser bis zum Fenster hoch gestiegen. Über einem Anwesen stand in verschnörkelt gemalten Buchstaben:

Kinder- und Weibersterben ist kein Männerverderben, aber das Rosseverrecken, das tut den Bauern schrecken.

»Er hätte sich eben auch auf Maschinen umstellen sollen«, sagte ich, auf den sinnigen Spruch weisend, und Herr Köstler antwortete zerstreut: »Jaja.«

Gleich darauf fragte er: »Stehen in Passau viele Keller unter Wasser?«

»In der Altstadt schon.«

Wahrscheinlich bangte er um Warenbestände, die in tiefgelegenen Räumen lagerten.

»Wenn ich mit dem Wagen durchkomme«, sagte ich, »fahre ich Sie direkt zu Ihrem Geschäft.«

Einen Moment lang sah es aus, als wollte er abwehren, doch dann erwiderte er: »Das ist sehr freundlich von Ihnen.«

Als ich ihn wenig später vor dem Köstler-Laden absetzte, bedankte er sich und stieg aus. Ich fuhr weiter und sah im Rückspiegel, dass er keine Anstalten machte, die Tür aufzuschließen.

Grit studierte die Neue Passauer Presse, als ich eintrat. Eine Arbeit, die sie täglich verrichtete, gründlich und eigenwillig; sie liest sie nämlich von der letzten bis zur ersten Seite durch.

»Was gibt's Neues«, fragte ich und ließ mich auf den Besucherstuhl fallen.

»Zwei Libanesen und fünf Deutsche, darunter die Opel-Erbin Christina von Opel, Cousine von Gunter Sachs, sind festgenommen worden. Sie haben eins-Komma-sechs Tonnen Haschisch im Werte von acht Millionen DM aus dem Libanon geschmuggelt.«

»Wo festgenommen?«

»In Italien. Und in den Niederlanden haben sie einen Deutschbrasilianer geschnappt, der gestohlene Statuen aufkaufte.«

»Und die Verkäufer? Und die Diebe?«

»Nach denen wird gefahndet.«

»Verdorbene Welt. Mir scheint, gute Menschen gibt's nur noch in Passau.« Ich erzählte ihr von dem Vogelfänger, den mir Baierl in den Wagen gesetzt hatte, dann besprachen wir unseren neuen Auftrag. Auch in Grits Augen war das kein attraktiver Fall. »Trotzdem muss an der Sache was dran sein«, sagte ich, »diese Frau steht zu fest mit beiden Beinen auf dem niederbayerischen Boden, als dass sie an krankhaften Einbildungen leiden würde oder sich interessant machen wollte. Wir gehen in der üblichen Weise vor.«

Das bedeutete, Grit hatte im weitesten Sinne Recherchen über die Klientin anzustellen, während ich mich sozusagen zum Schauplatz der Handlung begab. Allerdings musste ich damit warten, bis die Straßen im Inntal wieder befahrbar waren.

»In Egglfing«, sagte ich, »bin ich Urlauber in der Vorsaison. Junggeselle. Ab und zu wird mich meine Schwester besuchen.«

Grit vertiefte sich in die Titelseite der Zeitung. Eine leichte Röte überzog ihr Gesicht. Wir hatten uns in einigen Fällen als Verliebte oder Verlobte ausgegeben, um unser Inkognito zu wahren. Das letzte Mal hatten wir eine Nuance zu echt gespielt. Beide.

»Ein ruhebedürftiger Junggeselle mit einer fünfzehn Jahre jüngeren Schwester. Die Leute werden entzückt sein von uns«, sagte Grit.

»Das hoffe ich.«

Als ich meinen Mantel überwarf und zur Tür ging, sagte sie: »Viel Glück, Bruder.«

2

Am Abend wurde der Regen dünner, hörte nachts auf, und am nächsten Morgen war der Himmel blau. Doch das Hochwasser hielt an, und ich konnte erst am dritten Tag nach meinem Gespräch mit Frau Mayberg nach Egglfing aufbrechen. Das hügelige Land glänzte in der Mittagssonne. Die Luft war klar und sauber, wie es sich für einen Frühlingstag im Vorgebirge gehört. Drüben im Österreichischen standen die Höhenzüge des Hausruck als klare Konturen gegen den Himmel. Landschaftlich gesehen war es keine aufregende, doch, wie mir schien, eine liebliche Gegend, in der ich in den nächsten Tagen meinen Acker zu bestellen hatte.

Ich versuchte, mir in groben Zügen ein Bild von den Menschen zu machen, denen ich begegnen würde. Dort habe es nie etwas anderes gegeben als arme Leut, hatte die Frau des Zollassistenten treffend bemerkt, und solche Erdenbürger sind oft verschlossen, ungesellig und lassen ungern jemanden über den eigenen Gartenzaun blicken. Also war es wichtig für mich, das Vertrauen derjenigen zu gewinnen, mit denen Herr Mayberg Umgang pflegte.

Hinter Bad Füssing wurde der Weg schlechter, die Gegend einsam, die Ruhe ringsum wohltuend. Erst als ich in Unteregglfing am Stausee anlangte, zerhackte der Außenbordmotor eines Bootes die Stille der Landschaft. Ich fuhr jetzt sehr langsam. Hier und da kündeten Schilder an den Haustüren, dass Zimmer zu vermieten seien, doch da ich mich so nahe wie möglich an der Grenze einquartieren wollte; fuhr ich weiter. Egglfing ist ein Streudorf, und manche Gehöfte stehen Hunderte von Metern weit voneinander entfernt. Schließlich entdeckte ich auch nahe der Grenze ein vermietbares Zimmer. Ich stieg aus und sah mich ein wenig um.

Im Nachbargarten schnitt ein alter Mann die abgefrorenen Zweige seiner Rosen zurück. Er beobachtete mich, doch sobald ich hinsah, beugte er sich über die Rosenstöcke. Ich las den Namen des Vermieters am Türschild: *Burkhard Steinfels.* Es war ein hübsches Holzhaus aus starken Balken gezimmert und mit Schindeln auf dem Dach. Ich schlenderte zu dem Alten hinüber, wünschte ihm einen guten Tag und erkundigte mich nach Herrn Steinfels.

»Der hat Dienst«, sagte er, »drüben an der Grenze.«

Die Frage, was ich von seinem Nachbarn wolle, stellte er nicht, doch sie stand in seinen Augen.

»Und die Frau?«

»Ist einkaufen.«

Ich spannte ihn nicht länger auf die Folter. »Ich frag' wegen des Zimmers. Ich möchte ein paar Tage Urlaub machen.«

»Joa«, sagte er bedächtig, »das Zimmer is wohl frei.« Er kam ein paar Schritte auf mich zu. Sein Blick warnte mich. »Aber das san Preißen!«, stieß er hervor.

Ich tat nicht wenig erstaunt.

»Gibt's vielleicht auch einen Gasthof mit Übernachtung?«

Diese Reaktion gefiel ihm. Er legte die Gartenschere aus der Hand und trat dicht an den Zaun heran.

»Gibt's. Den Grünen Krug im unteren Dorf und die Waldschenke oben am Fluss. Noch knappe vier Wochen, dann san die Pensionen besetzt von Leiten, die auf'm Stausee Wassersport treiben.«

»Wenn die Saison hier beginnt, möcht' ich gut erholt wieder in Passau sein«, erwiderte ich.

»Aus dieser Eck stammen S' also.« Er schien nicht unzufrieden mit mir. »Die meisten san von weiterher. Aber anständige Leit alles, die ins Dorf passen. Die kommen seit Jahren. Fremde nur durch Vermittlung. Wir möchtens Dorf sauber halten.«

Er musterte mich wieder, und ich holte mein liebenswürdigstes Lächeln aufs Gesicht. Es hing viel davon ab, dass er mich sauber fand.

»Ich werde in der Waldschenke nachfragen. Mir kann's gar nicht ruhig genug sein. Ob die mich nehmen?«, fragte ich treuherzig.

»Wann Sie nur der Rosl an Gruß vom Käutner-Vater bestellen.«

Er warf sich in die Brust und sah mich gönnerhaft an. »Die Rosl hab' ich – wie die meisten jungen Leit im Ort – noch vor mir auf der Schulbank sitzen g'habt. Sie hat lange blonde Zöpf getragen und war im Rechnen allweil voran.«

»Ah, Sie waren Lehrer hier.«

»Schulrat«, verbesserte er mich, »für Egglfing und die anliegenden Dörfer dazu.«

Den Weg zur Waldschenke beschrieb er mit einer Prägnanz, dass ich auch mit verbundenen Augen hingefunden hätte. Nach seinen Angaben musste ich einen halben Kilometer geradeaus fahren bis zu einem Haus, in dessen Erdgeschoss der Zoll seine Diensträume eingerichtet hatte. Dort bog ich links ab zum Wald hin und parkte nach dreihundert Metern vor einem zweigeschossigen Bau mit hübschem Giebel. Über der Tür hing ein hölzernes Schild:

Waldschenke

Die Buchstaben groß und verschnörkelt. Darunter in kleinerer Schrift:

INHABER: ROSALINDE HÜBNER

Das Schild war längst nicht so alt wie das Haus. Frau Rosalinde konnte noch nicht allzu lange die Schankwirtin sein.

Ich trat ein. Der Raum wirkte hell und freundlich. Grün und weiß karierte Decken schmückten die Tische. An einem saßen Zöllner, tranken Bier und musterten mich ungeniert, als sie mich bemerkten. Der Zollassistent Mayberg war nicht unter ihnen. Ich grüßte sie und ging zur Theke. Hinter dem Vorhang trällerte jemand: »Drunten im Unterland, da is halt fei ...«

»Rosl! Kundschaft!«, rief einer der Zöllner.

Das Trällern verstummte, und die Wirtin stand mir gegenüber.

»Seien Sie herzlich willkommen«, sagte sie so liebenswürdig, als hätte sie schon tagelang auf mich gewartet.

Frau Rosalinde Hübner war nicht älter als fünfunddreißig, groß, schlank, mit aufreizend spitzem Busen. Sie hatte aufmerksame Augen. Ihr helles Haar, das sie als Schulmädchen zu Zöpfen geflochten trug, kräuselte sich über der Stirn und wurde im Nacken mit einem Schleifchen zusammengehalten. Hohe Backenknochen gaben ihrem Aussehen etwas reizvoll Exotisches. Ich erzählte ihr meine zurechtgelegte Geschichte und bestellte einen Gruß vom Herrn Schulrat a. D., bei dem sie so gut im Rechnen gewesen war.

»Das kommt mir zupass als Schankwirtin«, entgegnete sie lächelnd, und den Zöllnern rief sie zu: »Ein Bekannter vom Schulrat!«

Natürlich hatte sie ein Zimmer frei für mich. Sie stieg vor mir her die hölzerne Treppe hinauf ins erste Stockwerk. Es war ein Eckzimmer, mit einem Fenster zum Fluss und einem zum Waldweg hin, gemütlich und wegen seiner Ausgucke auch günstig für mich. Der Preis schien mir angemessen, und wir wurden mit unserem Handel einig. In der Gaststätte bestellte ich eine Münchener Siedfleischplatte und Bier dazu. Die Leute vom Zoll kümmerten sich nicht mehr um mich. Sie ließen sich eine Runde Grassl-Gebirgsenzian bringen und nannten die Wirtin Rosl. Doch sie duzten sie nicht.

Mir gefiel diese Frau. Sie hatte etwas Unverbildetes an sich, besaß Charme und war zu jedem ihrer Gäste gerade so freundlich, dass er sich umsorgt und wohl fühlte. Von der Sorte Wirtinnen, die plumpe Vertraulichkeiten gestatten, war sie nicht.

Ich aß, trank, rauchte, ging zu meinem Wagen und

trug den Koffer ins Quartier. Eine Viertelstunde später verließ ich das Haus zu einem ersten Spaziergang. Auf schmalen Wegen bummelte ich den Inn entlang. Er führte noch immer Hochwasser. Regen und Sturm hatten Äste von den Bäumen gerissen, Wiesen waren versandet und mit Steinen übersät, noch standen Felder und Äcker unter Wasser. Ich ging bis zum Grenzübergang, der zu dem hübschen österreichischen Flecken Obernberg hinüberführt – und hier entdeckte ich den Zollassistenten Augustin Mayberg.

Er sah noch sympathischer aus als sein Konterfei, das ich in der Tasche trug. Mit freundlicher Lässigkeit forderte er die Leute auf, ihre Ausweise vorzuzeigen, kontrollierte mit geübtem, unauffälligem Blick die Identität von Passfoto und Passbesitzer und wünschte einen guten Weg. Er tat damit nichts anderes als der zweite Zöllner, aber er brachte es eine Spur liebenswürdiger fertig.

Nach einer Viertelstunde etwa traten zwei Zöllner aus dem Wald, an der Leine einen rauhaarigen Pinscher. Ein Prachtstück seiner Gattung. Er hatte kluge Augen. Der Hundeführer ging mit ihm zum Assistenten Mayberg, der andere Zöllner stellte sich etwas abseits und ließ die kleine Gruppe nicht aus den Augen. Um jeden, der aus dem Österreichischen herüberkam, beschrieb der Hund einen Kreis, schnupperte und stellte sich wieder an die Seite seines Herrn. Wurde er von ihm angesprochen, hielt er den Kopf ein wenig schief, und seine aufmerksamen Augen bekamen einen nachdenklichen Blick. Ich hätte ihn stundenlang beobachten können. Plötzlich irritierte mich etwas an ihm. Während er schnuppernd seinen Kreis um einen bärtigen Jüngling zog, bewegte sich die kupierte Rute wie ein aus dem Gang geratenes übergeschnapptes Uhrenpendel.

»Ihr Hunderl mag mi. Schauen S'«, sagte der Jüngling lachend.

»Freilich«, erwiderte Gustl Mayberg schmunzelnd, »der ist intelligent, der spürt's, wenn einer das gewisse Etwas hat.«

Der Hund wurde zusehends nervöser. Mit gesträubtem Fell trippelte er um den Jüngling herum, statt sich an die Seite seines Herrn zu stellen. Mayberg behielt den Ausweis länger als gewöhnlich und forderte, die Tasche einzusehen. Der Zöllner, der die Gruppe beobachtete, trat hinzu und durchsuchte Jackett und Mantel. Er fingerte ein Weilchen am Mantelsaum herum, schließlich förderte er einige schmale, unscheinbare Schächtelchen zutage.

»Na also«, sagte Gustl zufrieden, »da ist ja das gewisse Etwas, womit Sie das Hunderl beeindruckt haben.«

Der junge Mann ließ sich abführen, schweigend, mit einem bösen Blick auf die Männer und den Hund.

Die weiteren Kontrollen verliefen ohne Zwischenfälle. Ich wollte mich entfernen, da entdeckte ich einen kleingewachsenen Alten auf der Straße; moosgrüner Lodenmantel, Lederhut und Rucksack auf dem Rücken – mein Vogelfänger. Er kam vom Österreichischen her auf die Grenze zu.

Zollassistent Mayberg forderte ihn auf, den Rucksack zu öffnen. Der Alte huckte ihn von der Schulter. Über sein pfiffiges Gesicht glitt ein Lächeln.

»Da hinein lohnt sich ein Blick, Gustl.«

Der Hund kam, zog ruhig seine Kreise um den Alten und kehrte zu seinem Herrn zurück. Diesmal war es der Hundeführer, der nervös wirkte. Er zog die Stirn kraus, sagte aber nichts, verfolgte nur missmutig Maybergs Treiben. Der half eben meinem Vogelfreund den Rucksack aufzuknüppern und schaute hinein. Papier raschelte.

»Hast nicht zu viel versprochen, Joseph.«

Behutsam hob er einen halb in Seidenpapier gehüllten Gegenstand hoch. Vorsichtig entfernte er das Papier. Es war eine holzgeschnitzte Madonna, die er in den Händen hielt. Die Falten ihres Gewandes schienen sich zu bewegen. Die schmalen Hände waren gefaltet, ihr Gesicht drückte Frieden aus. Mayberg betrachtete sie lange, mit verklärtem Gesicht.

»Wunderschön.«

»Ja, Gustl, sie ist schön, und die Experten sagen, sie taugt nichts.«

Er reichte dem Zollassistenten ein Schreiben hin. Der las und gab es zurück. Die Figur hielt er noch immer in der Hand.

»Sie betet«, sagte der Alte.

»Das solltest du auch tun«, erwiderte Gustl, wickelte die Madonna wieder in Seidenpapier und legte sie vorsichtig in den Rucksack.

Der Alte verschnürte ihn, huckte ihn auf und nickte den Zöllnern einen Gruß zu. Als er keine drei Schritte mehr von mir entfernt war, fragte ich: »Na, wie geht's denn den Mauerseglern?«

Er tat erstaunt, mich so plötzlich vor sich zu sehen, doch ich nahm an, dass er mich längst bemerkt hatte.

»Die san wieder munter«, gab er mir Bescheid, »bis auf zwei oder drei. Und schönen Dank noch amol, dös uns g'fahrn habn.«

Er lupfte seinen Hut, grinste, aber der Blick, mit dem er mich abtastete, war skeptisch.

»Bin in Eil. Grüaß Gott.«

Ich blickte ihm nach, wie er, in den Lodenmantel gehüllt, davonstapfte. Die Hutfeder wippte im Rhythmus seiner festen Schritte.

»Sie lungern schon die ganze Zeit über hier herum. Was soll das?«

Es war der Hundeführer, der mich fragte, und er schien noch immer ziemlich gereizt zu sein.

»Nichts«, entgegnete ich freundlich. »Ich schau mir nur die Gegend an. Ist mein erster Urlaubstag heute in Egglfing.«

»Nanu«, fragte Augustin Mayberg, »haben wir schon wieder Saison?«

»Ich bin die erste Schwalbe. Jetzt dauert's nicht mehr lange.«

Von Österreich her kamen zwei Radfahrer.

»Behindern Sie unsere Arbeit nicht«, sagte der Hundeführer.

Ich trollte mich. Im Davongehen hörte ich ihn noch fragen: »Was soll das, Gustl? Hast du gedacht, er hat Schnee in der Madonna? Hast du kein Vertrauen zu dem Hund? Oder zu mir?«

3

Die Szene, die ich eben erlebt hatte, konnte eine Menge bedeuten. Besonders wenn man darauf aus war, Geheimnis oder Gefahr um einen Menschen zu wittern. Vielleicht war die Madonna geschmuggelt oder einfach das Zeichen für eine künftige oder bereits begangene Schmuggelei, oder sie enthielt wahrhaftig einen Hohlraum ... Mayberg konnte mit dem Alten ebenso gut unter einer Decke stecken wie hinter ihm her sein und sich dadurch in Gefahr begeben haben. Möglicherweise aber war die Angelegenheit völlig belanglos. Ängstlich hatte mein Schützling keinesfalls gewirkt, nicht einmal besorgt. Oder beherrschte er sich so gut während des Dienstes? Ich musste privat mit ihm zusammenkommen.

Als ich wieder in der Waldschenke eintraf, begrüßte mich die Wirtin mit dem leichten Vorwurf: »Sie sollten sich nicht schon am ersten Tage müde laufen.«

Ich schwärmte ihr was von der lieblichen Gegend vor und brachte das Gespräch auf den freundlichen Zöllner. Sie ging sofort darauf ein.

»Gewiss meinen Sie den Gustl. Das ist ein Sonntagskind. Den mögen alle. Abends können Sie ihn in der Wirtsstube treffen. Er nimmt sein Nachtmahl hier ein.«

Ich warf mich ein Stündchen aufs Bett und ging kurz nach zwanzig Uhr hinunter. Der Zollassistent saß an einem der Tische bei bayerischem Käse und Enzianschnaps. Er winkte mir zu.

»Hallo, Sie erste Schwalbe! Wie gefällt es Ihnen bei uns?«

»Für ein paar Tage zum Erholen ist es das Richtige«, sagte ich und nahm Platz. »Aber jahraus, jahrein hier leben …«

»Wer weiß, wie der Hase läuft, lebt hier ganz lustig, aber wie sind Sie denn darauf verfallen, ausgerechnet in Egglfing Urlaub zu machen – und noch dazu in der Vorsaison?«

Er fragte ohne Neugier, nur mit leichter Verwunderung, und ich trug ihm mein Sprüchlein vom überarbeiteten Büromenschen vor. Die Wirtin trat an den Tisch, doch ich hatte noch keinen Blick auf die Speisekarte geworfen.

»Wenn Sie herzhaften Käse mögen, nehmen Sie einen Montsalvatpaladin«, riet mir Mayberg, »ausgezeichnete Weichkäsespezialität mit Blauschimmel.«

Ich nickte Rosl zu. »Und zwei Enzian bitte. – Ist Ihnen doch recht?«, fragte ich, zu Mayberg gewandt.

»Mir schon.« Er schmunzelte. »Aber zeigen Sie sich nicht allzu spendabel, sonst geraten Sie in den Ruf, ein Angeber und Verschwender zu sein.«

»Falls ich Kanzler werden sollte«, sagte ich, »engagiere ich Sie als persönlichen Berater.«

»Dafür würde ich schon taugen. Vergessen Sie nur nie, dass die Leute hier wie eh und je an ihrer altbäuerlichen Abgeschiedenheit hängen. Sie halten sich für die besten Menschen, die der liebe Gott zustande gebracht hat, und sind bemüht, ihre Sauberkeit inmitten der verdorbenen Welt zur Schau zu stellen.«

»Schwemmt nicht der Touristenstrom neues Gedankengut herein?«, fragte ich.

»Der Touristenstrom bleibt hübsch auf der großen Landstraße, die hinüber ins attraktive Österreichische führt. Die wenigen Fremden, die einen Blick für die Anmut dieser Gegend haben, werden außerdem noch von den Egglfingern selektiert. Hier hat man sich anzupassen. Das ist oberstes Gebot. Verstoßen Sie niemals dagegen.«

Die letzten Sätze klangen ernst, beinahe bitter, und ich fragte mich, ob er sich womöglich selbst gegen gewisse Verhaltensregeln vergangen habe und ihm daher Gefahr drohe.

»Werden die Zöllner nicht auch als Eindringlinge empfunden?«, fragte ich.

Er schüttelte den Kopf. »Bis auf den Postenführer stammen wir alle aus der Umgebung und achten die Gebräuche, an denen man hier hängt. Doch schauen Sie mal dahinüber.«

Er wies auf einen mächtigen runden Tisch mit dem nicht zu übersehenden Schild:

Hier sitzen die, die immer hier sitzen.

»Wenn Sie freundliche Gesichter um sich sehen wollen, verderben Sie es nicht mit diesen alten Herren dort. Alles Beamte a. D., aber was sich in Egglfing gehört und was nicht, das bestimmen sie.«

Während ich mir die Vertreter der öffentlichen Meinung verstohlen betrachtete, trat der alte Käutner an den Stammtisch, blickte, ehe er Platz nahm, in die Runde und entdeckte mich. Jovial lächelnd winkte er mir einen

Gruß zu. Maybergs Blick ruhte jetzt mit spöttischem Interesse auf mir.

»Der Herr Schulrat kennt und grüßt Sie?«

»Heute morgen habe ich ihn nach dem Weg gefragt.«

»Ah so. Und ich dachte, Sie hätten von Goepfert den Weg wissen wollen.«

»Wer ist denn das?«

»Der Alte mit dem grünen Lodenmantel.«

Oft sind es nicht die Worte, die einen stutzig machen, sondern die Art, wie sie gesprochen werden, die Blicke und Gesten, die sie begleiten. Mayberg sprach über Goepfert eine Spur zu nebensächlich, und sein Blick war ein Quäntchen zu gespannt dabei. Plötzlich hatte ich das Gefühl, für ihn nur deshalb interessant zu sein, weil ich mit diesem Alten bekannt war.

»Wussten Sie seinen Namen nicht?«

»Gesichter behalte ich leichter als Namen.«

»Sie scheinen Talent dafür zu haben, im Urlaub bemerkenswerte Leute kennen zu lernen«, sagte er leichthin.

Ich tat ihm nicht den Gefallen zu verraten, wie lange und woher ich Goepfert kannte, sondern wollte selbst zum Zuge kommen.

»Dieser komische Kauz«, sagte ich, »mal schleppt er kältestarre Vögel und mal Kunstwerke auf seinem Buckel.«

Augustin Mayberg zuckte die Schultern und lächelte. Ich versuchte, ihn durch Direktheit aus der Reserve zu locken.

»Sie interessieren sich für Madonnen?«

»Wenn sie schön sind«, gestand er heiter, »ihnen das Blut heiß durch die Adern rinnt und sie nicht immerzu beten.«

Ich bemühte mich um eine witzige Entgegnung, als ein junger Mann die Gaststube betrat; glattes Gesicht, pomadisiertes Haar und Augen, die genau abzuschätzen schienen, was sie sahen. Karl Köstler. Er kam an unseren Tisch und begrüßte mich.

Mayberg beobachtete uns mit grimmiger Heiterkeit wie ein Regisseur, der feststellt, dass die Schauspieler ihm entgleiten und nach eigenem Gutdünken mimen. Karl Köstler nickte auch ihm einen Gruß zu, setzte sich und stellte einen Bierkrug auf den Tisch. Die Wirtin räumte das leere Geschirr ab.

»Fein, Karl, dass du noch gekommen bist«, sagte sie.

Er hielt ihr den Krug hin. »Ich möchte nur Bier holen für Vater und mich.«

Noch schwang Hoffnung mit, als sie fragte: »Aber 's wird doch keine Eile haben?«

»Doch, Rosl, es eilt. Wir machen Abrechnung.«

»Na, gib schon her.« Enttäuscht langte sie nach dem Krug.

»Neulich war ich in Passau«, sagte Mayberg, »und hab' euren neuen Slogan im Schaufenster bewundert. *Kaufen Sie Köstler-Uhren, und Sie wissen, was die Stunde schlägt.*«

»Freut mich, dass du ihn bewundert hast.«

»Und gedacht, hoffentlich begreift der Karl, dass sie auch manchmal Feierabend schlägt. Aber ihr Köstlers seid so fleißig, dass ihr wohl gar kein Privatleben mehr kennt.«

Rosl reichte ihm den gefüllten Krug mit einem fragenden Blick.

»Da ist was dran. Heute wird's wieder die halbe Nacht durchgehen.«

»Dann wünsch' ich einen guten Abend«, sagte die junge Frau ernüchtert.

»Du musst das verstehen, Rosl«, Mayberg lächelte ihr aufmunternd zu, »so eine Abrechnung im Uhrengeschäft ist eine wichtige Angelegenheit.«

»Ja, natürlich.«

»Aber die Hauptsache ist, man kommt zum richtigen Resultat.«

»Da verlass dich drauf.« Karl Köstler erhob sich. »Ich versteh' mein Geschäft.«

Als wir wieder allein am Tisch waren, sagte Mayberg: »Für mich wird's jetzt auch Zeit. Ich habe noch Dienst.«

»Plaudert sich angenehm mit Ihnen. Vielleicht treffen wir uns wieder.«

»Gewiss«, sagte er, »ich helfe gern Leuten auf die Sprünge, die hier fremd sind und das halbe Dorf kennen.«

Ich wartete, bis er gegangen war, und stieg in mein Zimmer hinauf. Den Drehsessel rückte ich so zurecht, dass ich beide Fenster im Blickfeld hatte. Der Mond schien hell, man konnte Bäume, Menschen und Tiere gut auseinanderhalten. Gegen Mitternacht wurde es ruhig in der Gaststube. Die Wirtin schloss die Türen, kam die Treppe hoch und ging in eines der Zimmer.

Ich blieb im Dunkeln sitzen und grübelte. Was stimmte hier nicht? So wie Mayberg benahm sich kein Mensch, der sich bedroht fühlt. Außerdem kannte er seine Egglfinger und schien mir zu schlau, sich mit ihnen anzulegen. Über ihre Engstirnigkeit war er auf eine nette Art erhaben. Er wirkte unbeschwert. Oder täuschte ich mich? Täuschte er mich?

Gegen ein Uhr schrie draußen ein Käuzchen. Es schrie ziemlich sehnsuchtsvoll. Die Treppe auf dem Flur knarrte, dann wurde unten die Tür aufgeschlossen. Das Käuzchen schwieg. Vom Waldsaum löste sich eine Gestalt und huschte ins Haus. Es war der Zollassistent Gustl Mayberg.

Am nächsten Morgen schlenderte ich noch einmal zum Grenzübergang. Sie waren alle wieder da: Mayberg, der Hundeführer mit dem Schnauzer und der dritte, der beobachtend etwas abseits stand. Auf der gegenüberliegenden Straßenseite kontrollierte ein Zöllner Passanten, die ins Österreichische spazierten. Mayberg winkte mir einen Gruß zu. Der Hundeführer sah bissig aus, und der Hund tat brav seine Arbeit.

Ein Wagen mit Campinganhänger kam über die Grenze. Der Fahrer und ein blondes Mädchen stiegen aus, und Mayberg kontrollierte die Papiere. Der Hund fand nichts Verdächtiges an den beiden. Die Blonde verschwand wieder im Auto. Ruhig umkreiste der Schnauzer den Wagen. Als er zum Anhänger kam, wedelte die Stummelrute schneller. Sein Herrchen blickte noch finsterer als vorher. Den Hund aber packte die gleiche nervöse Unruhe wie am vergangenen Tag.

»Augenblick mal«, sagte Mayberg, als der junge Mann sich wieder ans Steuer setzen wollte.

Der dritte Zöllner kam näher und befahl dem Fahrer, seinen Campinganhänger zu öffnen.

»Nanu?«, sagte der und schloss auf.

Der Hund sprang hinein, die Zöllner hinterher, bis auf den Hundeführer, der fixierte den Anhänger von außen. Den Fahrer konnte ich nicht entdecken, wahrscheinlich hielt er sich zwischen Anhänger und Wagen auf. Der Schnauzer kratzte und jaulte, und sein Herrchen warf einen Blick ins Innere des Anhängers. In diesem Augenblick hechtete der Fahrer hinters Steuer, gab Gas, riss den Wagen ohne Anhänger herum und raste über die Grenze zurück.

Frauen kreischten, ein Mann sprang im letzten Augenblick vor dem fliehenden Auto zurück und stürzte auf den Bürgersteig. Ich warf mich über ihn, als er sich aufrappeln wollte, und riss im Fallen noch eine Frau mit. Über unsere Köpfe hinweg peitschten die Schüsse der Zöllner. Der Wagen verschwand im Wald.

Am Nachmittag kam Grit. Sie schleppte mir einen Packen Zeitungen ins Zimmer. Vorbeugend gegen Weltfremdheit. Mein Hinweis, dass es im Unterdorf am Stausee eine Post und so ziemlich alle wichtigen Zeitungen zu kaufen gäbe, ließ sie nicht gelten. Zumal sie herausfand, dass ich noch nicht bis ins Unterdorf gekommen war und somit seit zwei Tagen keinen Blick ins Weltgeschehen riskiert hatte. Über das, was sie für das Wichtigste hielt, klärte sie mich sofort auf.

»Dicht bei Passau explodierte an einem Landschaftsschutzschild eine Sprengladung. Personen kamen nicht zu Schaden. Die Polizeitechnische Untersuchungsstelle schließt nicht aus, dass Sprengkörper dort ausprobiert werden sollten.«

»Mögen Gott und Kommissar Baierl uns vor Bombenlegern schützen.«

Sie las mir noch weitere Gruselmeldungen aus aller Welt vor: Überfälle, Betrug, Tod durch Rauschgift, und sagte: »In Andalusien sind der ›Jungfrau der Gnade‹ von profanen Räubern Krone, Zepter, Arm- und Halsbänder geraubt worden. – Nicht einmal vor der sakralen Kunst haben Diebe heutzutage noch Respekt.«

»Geschäft geht vor Gottesfurcht. Nicht nur in Andalusien.«

Sie schob die Zeitungen beiseite.

»Soll das heißen, Sie haben hier …«

»Nicht mehr als den Schimmer eines Verdachtes«, unterbrach ich sie und erzählte ihr von der schönen Madonna im Rucksack meines Vogelfängers.

»Aber Gustl Mayberg müsste doch unterscheiden können, ob eine Statue von einem alten Meister stammt oder eine neuzeitliche Arbeit ist.«

»Weil sein Großvater Holzschnitzer war und er selbst das Schnitzmesser mal in der Hand gehalten hat?«, fragte ich skeptisch.

»Sein Vater war Restaurator, und Augustin ist eine Zeit lang in seine Fußtapfen getreten.«

»Lebt sein Vater noch?«

»Ja. In Deggendorf. Er ist schon lange pensioniert.«

»Das gibt alles nichts her für uns. Auch der heutige Vorfall an der Grenze nicht.« Ich erzählte ihr von den

Rauschgiftschmugglern. »Mayberg wirkt ungefähr so ängstlich wie Tarzan in Comicstrips. Und ich sehe auch keine akute Gefahr für ihn.«

»Aber ich.«

»Wieso?«, fragte ich verblüfft. »Steht über ihn was in der Zeitung?«

»Nein. Aber über einen gewissen Herrn Franz Eibisch steht etwas in unserer Kundenkartei zwei. Und dieser Herr Eibisch ist der Freund und Geliebte von Maybergs Frau.«

»So ist das also, sie will einen Narren aus mir machen«, bemerkte ich verärgert.

Unsere Kundenkartei eins enthält die Namen und wichtigsten Fakten ehemaliger Klienten, die zwei aber Namen und ein paar Angaben über diejenigen, deren Anerbieten wir abgelehnt haben. Meistenteils sind das Scheidungsfälle.

»Wer ist dieser Franz Eibisch?«

»Leiter der Abteilung Betten und Schlafzimmermöbel bei Hertie in Landshut.«

»Na bitte! Hertie hat's! Aber ich hab's jetzt auch!«

Fein hatte mich die sympathische, selbstsichere Frau Mayberg hereingelegt! Scheiden lassen wollte sie sich. Damit für sie alles schnell und glatt verlief, musste sie gegen ihren Mann etwas in der Hand haben. Ihr Freund, Herr Eibisch, suchte die Detektei Eiserbeck auf und stellte mit Bedauern fest, dass man dort Bettenschnüffeleien ablehnt. Doch die praktisch veranlagte Frau Mayberg wusste einen Ausweg. Sie engagierte Eiserbeck unter dem Vorwand, ihr Mann lebe in Angst vor einer drohenden Gefahr. Die sollte der Detektiv herausfinden. ›Ermittlungen über den Umgang meines Mannes in Egglfing erwarte ich von Ihnen‹, hörte ich sie wieder sagen.

»Grit! Wir fahren sofort ab.«

Sie protestierte, weil sie Hunger hatte. Bei existenziellen Problemen gebe ich nach.

Die Gaststube war voller Menschen, Rauch und Lärm. Gustl Mayberg rückte zwei Stühle an seinen Tisch. Gesprächsfetzen, die ich von hier und da auffing, bewiesen, dass es an jenem Abend nur ein Thema gab: den Vorfall an der Grenze.

Ich stellte Grit als meine Schwester vor, und Mayberg begann mit ihr zu flirten. Grit hielt tüchtig mit, und ich beobachtete die Wirtin, die uns Abendbrot servierte. Sie war freundlich und beherrscht wie immer.

»Gestern nahm ich an, dass Ihr Leben hier eintönig sei«, sagte ich zu Mayberg. »Heute weiß ich, dass es gefährlich sein kann.«

»In Gefahr waren nur Sie und einige Passanten«, erwiderte er. »Aber Sie haben reagiert wie ein Mann, der gewohnt ist, blitzschnell Situationen einzuschätzen.«

Das bauernschlaue Lächeln saß wieder in seinen Mundwinkeln.

Grit sagte schnell: »Wie man hört, war das ein ziemlich großer Fisch, der sich da von der Angel gerissen hat.«

»Den schnappen sie in Österreich. Uns hat er immerhin einundneunzig Kilogramm ›Grüner Türke‹ hinterlassen, verpackt in hundertzwölf Leinensäckchen, die unter der Bodenplatte des abgekuppelten Anhängers versteckt waren. Morgen können Sie es sicherlich in der Zeitung lesen.«

»Waren Sie hinter dem her?«

»Wir sind hier hinter so manchem her«, erwiderte der Zollassistent ausweichend.

Ein Zöllner trat an unseren Tisch, grüßte, indem er mit zwei Fingern an die Stirn tippte und »'n Abend«, murmelte.

»Sie haben den Dienst getauscht?«, fragte er Mayberg.

»Ich übernehme den Nachtdienst für Bertl. Seine Tochter ist krank.«

»Gut. Eine Viertelstunde vor Wachbeginn erwarte ich Sie im Dienstzimmer. Ich habe mit Ihnen zu reden.«

»Geht klar«, erwiderte Mayberg freundlich.

Der Zöllner tippte wieder seinen Zweifingergruß und ging zur Tür. Kaum hatte er den Raum verlassen, rief jemand vom Stammtisch herüber: »Gustl, hat dich der Preiß wieder beim Wickel?«

Mayberg winkte ab. »Der wollte nur wissen, wie mir's Essen schmeckt.«

»War das etwa Herr Burkhard Steinfels?«, fragte ich.

»Jawohl. Mein Postenführer. Der Einzige, der nicht aus dieser Gegend stammt, wie ich Ihnen gestern erzählt habe.«

»Beinahe wäre er mein Wirt geworden. Aber der Schulrat a. D. hat mich gewarnt.«

»Auswärtige sind in Egglfing nur gut, um ihr Geld im Ort zu lassen. Ansonsten Fremdkörper, gegen die man Abwehrstoffe entwickelt.«

»So reden Sie? Ein Eingesessener?«

»Ich teile die Leute nicht nach Bayern, Sachsen oder Preußen ein, sondern danach, ob sie zu leben verstehen und andere leben lassen oder für beides zu stupide sind. Steinfels hat eine andere Art, als man's hier gewohnt ist, und das verkraften sie schwer.«

Er stand auf und verabschiedete sich. Von Grit mit Handkuss.

Nach dem Essen, als wir bereit waren, loszufahren, trat eine Frau aus dem Gasthaus, krumm gezogen von der Last zweier Taschen. Argwöhnisch fixierte sie uns samt dem Fiat, schließlich bat sie Grit um der Liebe Christi willen, sie bis zur Abzweigung am Köstlerhaus mitzunehmen. Ihrem Manne hocke eine Erkältung in der Brust, die am besten mit Warmbier zu kurieren sei. Nach dem zu urteilen, was sie da an Flaschen wegschleppte, hatte der Mann entweder eine scheußliche Erkältung oder einen Container als Brustkorb. Wir setzten die Frau samt ihren Flaschen in den Wagen und fuhren los.

»Ist das der Uhren-Köstler aus Passau?«, fragte Grit, und ich bestätigte es.

»Feine Leit, die Köstlers«, sagte die Frau hinter uns. »Besonders der Junior hat so was Fürnehmes an sich. Gottesmenschen sind sie auch. Spenden oft für die Bedürftigen. – Und Sie sind ein Geschwisterpaar aus Passau?«, fügte sie mit neugieriger Skepsis hinzu.

»Ja«, sagte Grit, »mein großer Bruder übertreibt's oft mit der Arbeit, und dann muss ich ihn paar Tage zur Erholung aufs Land schicken.«

»Wollten Sie ihn schon wieder nach Hause holen? Oder hat die Rosl kein zweites Zimmer mehr frei?«

Der Teufel muss Grit geritten haben. Sie sagte: »Mein Bruder bewohnt das große Eckzimmer. Das reicht für zwei. Für drei sogar, wenn's sein muss.«

Einen Moment lang Schweigen. So eisig, dass mir Gänsehaut über den Rücken zog.

»So was dulden wir hier nicht!«, stieß sie plötzlich hervor. »Geschwister!« Dann verfiel sie wieder in ihre stille Abwehr.

Inzwischen waren wir an der Kreuzung angelangt. Der untere Raum des Köstlerhauses diente als Dienstzimmer für die Zöllner. An jenem Abend war er hell erleuchtet. Eines der Fenster stand offen. Wir hielten, um der Frau aus dem Wagen zu helfen, und hörten lautstarke, streitende Stimmen. Die Haustür wurde geöffnet, Köstler junior trat heraus, grüßte uns und schüttelte mit einem missbilligenden Blick zum Fenster hin den Kopf.

Drinnen brüllte Steinfels, er werde dafür sorgen, dass Mayberg aus dem Zolldienst ausscheide. Er habe die Schlampereien bis oben hin satt. Die Pleite an der Grenze gehe auch auf Maybergs Konto. Er musste wissen, dass nicht alle drei in den Campinganhänger kriechen und den Fahrer allein lassen durften. Von wem die Haschisch-Schmuggler bisher Tipps erhalten haben, könne man sich nun zusammenreimen.

»Falls Sie mich meinen, da sind Sie auf dem Holzweg«, entgegnete Mayberg ruhig, nicht besorgter, als wenn einer feststellt, dass leider die Sonne nicht scheint. Vielleicht war es gerade das, was seinen Postenführer so aufbrachte, jedenfalls brüllte der los, er werde Mayberg erledigen, total erledigen. Der Zollassistent lachte. Steinfels kam zum Fenster und knallte es zu.

»Saupreiß der!« Die Frau drohte mit der Faust zum Fenster hin. »Verflucht soll er sein!«

Ich kam mir vor wie in einer Heimatschnulze, kurz bevor Blutrache geübt wird. Grit saß im Fiat und schmunzelte. Dem jungen Köstler war nicht anzusehen, was er dachte. Er griff nach den beiden Taschen und sagte: »Kommen Sie, Frau Urmersbach, ich trag' sie Ihnen zum Hof.«

Die Frau wandte sich mit Dankesworten an ihn und beachtete Grit und mich nicht weiter, da stieg ich ein und fuhr mit Grit nach Passau.

»Hallo!«, rief Frau Mayberg, »wer ist denn da?«

»Eiserbeck. Auskünfte, Ermittlungen. Die Ermittlungen sind abgeschlossen. Ich komme wegen der Auskünfte.«

Sie bat mich nach oben, kam mir auf der Treppe entgegen und streckte mir zur Begrüßung die Hand hin. Diesmal trug sie ein dunkelblaues Kostüm, weiße Bluse und weiße Schuhe mit so hohen Absätzen, dass sie eigentlich nur auf Zehenspitzen ging. Wir setzten uns wieder in das kleine Zimmer mit den bequemen Sesseln und den Holzschnitzereien.

»Sie kommen früher, als ich zu hoffen gewagt hatte.«

»So was! Dabei wagen Sie doch eine ganze Menge.«

Sie versuchte ihre nervöse Spannung durch Beschäftigung zu retuschieren, strich die Tischdecke glatt und schob den Ascher genau in die Mitte.

»Die Gefahr, in der sich Ihr Mann befindet«, sagte ich, »besteht darin, dass Sie ihm so viele Hörner aufsetzen, wie er kaum tragen kann.«

Sie presste die Lippen zusammen und schwieg.

»Ihr lieber Augustin«, fuhr ich fort, »an dem Sie einmal einen Narren gefressen hatten, schlägt nicht die Richtung ein, in der Sie vorwärts wollen. Da passt ein Hertie-Abteilungsleiter viel besser in Ihre Pläne.«

»Sie haben genau das herausgefunden, was Sie nicht erfahren sollten«, sagte sie enttäuscht, aber in Kampfesstimmung. »Ich bin also auf die Nase gefallen. Das ist nicht allzu schlimm. Schlimm wär's nur, wenn ich liegen bleiben würde, doch ich werde mich aufrappeln und mein Ziel erreichen. Meinen Mann liebe ich noch immer, nur seine Lebensart, die ist nicht mehr tragbar für mich. – Als wir heirateten, dachte ich, er macht was aus seinem Leben durch die Holzschnitzerei. Natürlich wär's nicht so weitergegangen wie bei Großvater. Heutzutage werden Handwerksgruppen in Betrieben zusammengefasst, da wird rationalisiert und ein Soll vorgegeben. – Und genau davor hat der Gustl einen Horror gehabt. Er hätte sich auch als Ausbilder qualifizieren können fürs holzverarbeitende Handwerkszentrum in Passau oder zum Bau- und Ausbauhandwerk überwechseln, aber nein, er kriegt und kriegt die Kurve nicht.«

»Vielleicht macht ihn gerade das wertvoll.«

»Für wen?«, fragte sie hilflos und mit Tränen in den Augen. »Wer Verstand hat, stellt sich um. Sogar die Rottaler hier haben das kapiert, lassen der Technik ihren Lauf und züchten statt Warmblut-Zugpferde jetzt Renn-

und Reitpferde.« Sie presste ihr Taschentuch an die Augen, steckte es entschlossen weg und erhob sich. »Falls ich mich bei Ihnen zu entschuldigen habe, möchte ich das hiermit tun. Und nun sagen Sie mir, was ich zahlen muss.«

Ich nannte ihr die Summe, und sie kramte in der Handtasche nach dem Portemonnaie.

»Übrigens war Ihr kleines Geheimnis ein Fall für meine Sekretärin. Ich habe währenddessen in Egglfing Ihren Mann beobachtet. Da Sie ihn noch immer lieben, wie Sie sagen, will ich Ihnen verraten, dass er sich dort wohlfühlt und so gefährdet ist wie eine Rose unterm Glassturz.«

Es klingelte. Da die Haustür offen stand, knarrten gleich darauf Schritte auf der Holztreppe. Sie gehörten zu einem Mann, der wohl seine zwei Zentner auf die Waage brachte. Als er eintrat und mich bemerkte, stutzte er. Auch ich war überrascht, Kommissar Baierl hier zu begegnen. Er drückte die Tür hinter sich ins Schloss und stellte sich Frau Mayberg vor. Dann wandte er sich mir zu.

»Die Situation erfordert es, mir zu sagen, was Sie hierher führt, Eiserbeck.«

Eine seiner Eigenheiten ist, mich Georg zu nennen, wenn er etwas von mir will. Passe ich nicht in sein Konzept, bin ich Eiserbeck.

»Frau Mayberg wollte mir einen Auftrag anhängen, für den ich nicht geschaffen bin. Wir haben die Angelegenheit soeben abgeschlossen.«

»Betraf der Auftrag Ihren Mann?«, fragte Baierl.

»Ich wollte etwas über seinen Umgang wissen«, gestand sie kleinlaut.

»Und?«

»Es ist alles in Ordnung mit ihm«, warf ich ein.

»Frau Mayberg«, er räusperte sich und legte seine Pranke auf ihre Schulter, »Ihr Mann ist heute morgen gegen vier Uhr in Egglfing erschossen worden.« Mit einem vorwurfsvollen Blick, der mir galt, fügte er hinzu: »Und so was nennen Sie, es ist alles in Ordnung mit ihm.«

4

Was hatte ich übersehen? Was falsch gedeutet? Ich saß im Büro, schlecht gelaunt, grübelnd, und starrte das Telefon an. Von Kommissar Baierl war ich mit einem Blick aus dem Haus gewiesen worden, bevor er Frau Mayberg Einzelheiten über den Tod ihres Mannes mitteilte.

»Ich ruf' Sie mal an«, war der einzige Trost, den er mir mit auf den Weg gab. Und um meine Bäume nicht in den Himmel wachsen zu lassen, hatte er noch hinzugefügt: »Vielleicht.«

Ich wusste weder, auf welche Art man den Zollassistenten umgebracht, noch, wo man ihn gefunden hatte, geschweige denn, ob es verdächtige Personen oder Umstände gab. Unmöglich, sich auch nur halbwegs zusammenzureimen, was geschehen sein mochte.

Trotzdem hielt sich hartnäckig ein Bild vor meinem geistigen Auge: Vom Österreichischen her kommt ein altes Männlein im Lodenmantel und mit einer Feder am Hut. An jenem Tag sind sie auf Rauschgiftschmuggler aus. Neben Zollassistent Mayberg steht der Hundeführer mit dem auf Rauschgift abgerichteten Pinscher. Der Hund beschnuppert den Alten. Nichts. Mayberg aber fordert, den Lederbeutel zu öffnen, und zieht eine wunderschöne holzgeschnitzte Madonna heraus, die wahrscheinlich mehrere Menschenleben lang in einer Kirche oder einem Museum gestanden hat. Doch die dazugehörige Expertise weist sie als wertlos aus. Hatte Mayberg einen Verdacht? Und war dieser Verdacht so schwerwiegend, dass er ihm das Leben kostete? Eine Möglichkeit, Mayberg direkt und während der Dienstzeit zu beschützen, hätte es für mich ohnehin nicht gegeben.

Und das hätte sich der Kommissar gerechterweise auch sagen und mich endlich anrufen sollen!

Ich versuchte, mich an jede Minute zu erinnern, die ich gemeinsam mit Gustl Mayberg verbracht hatte, sah ihn wieder vor mir, hörte seine Worte. Vielleicht bekam jetzt manches ein anderes Gewicht? Mit einem Anflug von Verbitterung hatte er mir geraten, nicht gegen den Verhaltenskodex zu verstoßen. In Egglfing wurde moralische Sauberkeit zur Schau gestellt. Und er selbst? Ein verheirateter Mann, aber Käuzchenschreie vor Rosls Haus. Und sie hatte die Tür geöffnet. Dabei schien ihr Stunden vorher noch sehr daran gelegen, dass Karl Köstler Zeit für sie fand. Mayberg hatte Köstler verteidigt, der wiederum schien nicht gerade vor Gram zusammenzubrechen, weil er nicht bleiben konnte. Nach einem Eifersuchtsdrama sah das also nicht aus. Aber wie mochten Egglfings Honoratioren reagieren, wenn ihnen solche Käuzchenschreie zu Ohren kamen?

Warum, zum Teufel, rief der dicke Kommissar nicht an? War ich nicht immer fair zu ihm gewesen und hatte ihm hin und wieder einen Tipp gegeben, wenn ich es mit meinem Auftrag und meinem Gewissen vereinbaren konnte? Zugegeben, dieser Mord war kein Fall für mich, doch ich hatte gegen meinen Willen am Vorspiel teilgenommen und wollte nun wissen, wie das Stück weiter- und schließlich ausging. Und vor allem, ob ich etwas versäumt hatte, um die Tragödie zu verhindern. Warum ließ Baierl mich zappeln?

Weil er bis über beide Ohren in Arbeit steckt, sagte mir mein Verstand, doch ich starrte weiter wartend auf das Telefon.

Plötzlich stand Grit neben mir.

»Aufwachen!«

»Ich schlafe nicht. Ich grübele.«

»Eben. Eine Frau möchte Sie sprechen.«

»Ist ihre Tochter Kleptomanin?«, fragte ich müde.

Grit beugte sich zu mir herunter. »Sie kommt aus Egglfing, Frau Steinfels.« Schon war sie wieder an der Tür.

»Bitte schön«, sagte sie.

Die Frau von Maybergs Postenführer trat ein. Sie blieb neben dem Stuhl stehen, den ich ihr anbot. Kräftig gebaut, um die Hüften rundlich, kurzes, fahles Haar, einfach frisiert. Ein Gesicht von derber Schönheit, hellgraue Augen, die Willenskraft verrieten.

»Man hat meinen Mann verhaftet«, sagte sie, »aber er hat den Assistenten nicht getötet.«

Ich stand auf und ging um den Schreibtisch herum. Steinfels also. Ich hörte ihn brüllen, er werde Mayberg aus dem Zolldienst jagen und erledigen.

Vor drei Minuten hätte ich am liebsten Kommissar Baierl erledigt. In Gedanken. Manchmal verführt einen die Situation dazu, solche Gedanken laut werden zu lassen.

»Das kann sein«, sagte ich, »oder kann nicht sein. Ich bin für diese Angelegenheit nicht zuständig. Ihr Mann braucht einen Rechtsbeistand.«

»Er hat einen«, erwiderte sie, »der gab mir den Tipp, mich an Sie zu wenden.«

»Nehmen Sie endlich Platz«, sagte ich, und sie gehorchte.

Ich setzte mich wieder auf meinen Schreibtischstuhl, um mir ihre Geschichte anzuhören. Sie sprach ruhig und sachlich, den Blick immerzu auf mich gerichtet. Keine Wehmut, kein Flehen und Seufzen, keine Verzweiflung und keine Hoffnung. Ein gesprochenes Protokoll von Ereignissen.

Morgens um fünf Uhr klingelt bei Familie Steinfels der Wecker. Sie stehen auf, und die Frau bereitet das Frühstück. Um fünf Uhr fünfundvierzig verlässt der Postenführer seine Wohnung und geht zu dem 500 m entfernten Köstlerhaus, in dem sich parterre der Dienstraum der Zöllner befindet. Steinfels hat um sechs Uhr den Zollassistenten Mayberg abzulösen. Rauer Wind fegt in kurzen Böen über die Felder, verfängt sich im Wald und zaust die Bäume. Steinfels drückt die Mütze tiefer in die Stirn und schreitet rasch aus. Der Himmel ist grau, vom Österreichischen her schieben sich blauschwarze Wolken westwärts.

Die Tür zum Köstlerhaus ist verschlossen. Burkhard Steinfels findet das seltsam. Es ist nicht üblich, die Tür zu sperren, wenn sich einer der Zöllner im Dienstzimmer aufhält. Wollte der Assistent Mayberg, den er am Abend zuvor abgekanzelt hatte, ihm beweisen, dass er sich nicht an Gewohnheiten hielt, sondern noch immer seinen eigenen Kopf durchsetzte?

Steinfels schließt auf, stapft durch den Flur und öffnet die Tür zum Dienstzimmer. In einer Blutlache liegt Augustin Mayberg bäuchlings auf dem Fußboden, dicht unter dem Fenster, das der Postenführer abends wütend zugestoßen hatte, damit seine Strafpredigt nicht durch Egglfing hallte. Steinfels steht wie festgeleimt. Seine Hand tastet nach dem Tisch neben der Tür. Er muss sich stützen. Da trifft er auf etwas Kaltes und erwacht aus seiner Erstarrung. Eine Pistole. Eine Dienstpistole, wie sie die Zollbeamten tragen. Maybergs Pistole. Hat man ihn damit erschossen? Er weiß, dass es nicht seines Amtes ist, das herauszufinden. Endlich geht er auf Mayberg zu, legt die Finger an dessen blutverkrustete Wange, greift nach dem Arm, sucht den Puls. Es ist kein Leben mehr in diesem Körper.

Schwer atmend verlässt der Postenführer das Zimmer und steigt die Treppen hoch. Auf sein Klopfen hin erscheint Herr Leberecht Köstler an der Tür, im Pyjama, mit einem Morgenrock darüber.

»Ja?«, fragt er, und das klingt nicht freundlich. Doch Steinfels denkt sich nichts dabei. Er begegnet selten freundlichen Gesichtern. Mühsam bringt er hervor: »Ein Unglück, Herr Köstler. In unserem Dienstzimmer ist heute nacht ein Unglück geschehen. Haben Sie nichts gehört?«

Statt einer Antwort ruft Herr Köstler nach seiner Frau und dem Sohn. Gertrud Köstler steckt schon im Hauskleid, nur frisiert ist sie noch nicht. Vom Dachstübchen her ruft der Junior: »Was gibt's denn, Vater?«

»Runterkommen!«, brüllt Leberecht Köstler.

Dann stehen sie alle drei vor Steinfels, der Sohn eilig in die Hosen geschlüpft, das Hemd noch offen. Wieder fragt der Postenführer, ob sie nachts etwas Verdächtiges wahrgenommen haben.

»Da oben hört man nichts«, sagt Karl Köstler. »Was ist denn geschehen im Dienstzimmer?«

»Der Gustl ist tot. Erschossen.«

»Wir sagen nur vor der Polizei aus.«

Verständnislos schauen Steinfels und Karl auf den alten Köstler, der mit vorgerecktem Kinn diese schwerwiegenden Worte spricht.

»Aber Vater, wenn du etwas weißt, dann sag's doch dem Postenführer.«

»Du bist still. Zieh dich an und fahre nach Passau ins Geschäft. Ich werde heute hier gebraucht.«

Der Sohn zuckt die Schultern und geht nach oben. Steinfels will sich an die Frau wenden, doch ehe er den Mund aufmachen kann, sagt sie: »Wir sprechen nur vor der Polizei.« Sie ist einen Schritt zurückgetreten und hinter ihrem Mann fast verschwunden.

Bedrückt steigt Steinfels die Treppe wieder hinab, geht zurück ins Dienstzimmer und greift zum Telefon. Es ist stumm. Stumm und tot wie der Zollassistent da am Boden. Steinfels' Finger gleiten die Schnur entlang. Weit kommen sie nicht. Er verlässt das Haus. Den Weg zur Waldschenke nimmt er im Laufschritt. »Verdammter Hagestolz«, knurrt er, »bayrischer Dickschädel der!«

Die Schankwirtin Rosalinde Hübner empfängt ihn trotz der frühen Morgenstunde mit dem Lächeln, das sie ohne Unterschied für jeden Gast übrig hat.

»Bedienen Sie sich, Herr Steinfels, Sie wissen ja, wo der Klingelkasten steht.«

Solange man sie kennt, sagt sie Klingelkasten zum Telefon. Es hat seinen Platz auf einem Hocker neben dem Tresen. Steinfels ruft die Kriminalpolizei in Passau an. Die Schritte auf der Holztreppe stocken, kommen zurück.

»Sie können es ruhig hören!«, ruft der Postenführer zur Tür hin. »Der Gustl ist tot. In einer Stunde weiß es sowieso ganz Egglfing.«

Dann hat er Kommissar Baierl am Apparat, erzählt, wie er seinen Assistenten vorgefunden hat und dass die alten Köstlers nur vor der Polizei aussagen wollen.

Die Schankwirtin hat sich inzwischen hinter den Tresen gesetzt und die Arme um den Leib geschlungen, als sei ihr kalt. Sie sieht blass aus. Als der Postenführer den Hörer auflegt, wirft sie ihm einen feindseligen Blick zu.

Steinfels kramt nach Kleingeld.

»Dieses Gespräch kostet nichts«, sagt sie abweisend. Steinfels erschrickt vor der Kälte in ihren Augen und in ihrer Stimme.

Draußen hat sich der Wind gelegt. Die Wolkendecke ist aufgelockert, blasse Sonnenstrahlen tasten zum Wald hin. Schon von weitem sieht Steinfels eine Menschenansammlung vor dem Köstlerhaus. Neue kommen hinzugelaufen. Sie gestikulieren, debattieren. Karl Köstler steht an der Haustür und verwehrt ihnen den Zutritt. Als Steinfels heran ist, wird es still. Sie treten zur Seite, bilden eine Gasse für ihn. Fragend blickt er in Gesichter, die verschlossen bleiben oder Übelwollen zeigen. Nur

Köstler jun. sagt voller Verständnis: »Das wird ein schwerer Tag für Sie. Leider kann ich Ihnen nicht helfen. Ich muss ins Geschäft.«

Steinfels nickt. Bedankt sich, dass er die Leute vom Dienstzimmer fern gehalten hat. Hinter Karl Köstler schließt er die Haustür ab. Da werden draußen die ersten Stimmen laut.

»Saupreiß!«

»Der Gustl ist ihm schon lang ein Dorn im Aug' gewesen!«

»Gestern Abend hat er in seiner Wut hinausgeschrien, dass er ihn umbringen will!«

»Ruhig!«, ruft Leberecht Köstler dazwischen. »Ruhig, Leute, er kommt nicht davon. Er kriegt seine Strafe.«

»Verdammt soll er sein!«

»Das ist er eh! Der mit seinem bösen Blick.«

»Mörder!«

»Mörder! Mörder!«

Angst überkommt Steinfels, hüllt ihn ein, presst ihn zusammen. Er steht reglos und wünscht nichts sehnlicher, als fortzulaufen. Ein Sprung durchs Fenster und laufen, laufen! Hinüber ins Österreichische …

Es klopft und rüttelt an der Haustür. Die Angst lähmt ihn noch immer.

»Ich habe einen Schlüssel, Herr Kommissar«, sagt Köstler senior und schließt auf.

Sie kommen ins Zimmer. Kommissar Baierl und ein Staatsanwalt, dessen Namen er nicht versteht. Als letzter Leberecht Köstler. Mit ausgestrecktem Arm weist er auf Steinfels.

»Das ist der Mörder. Wir haben ihn gesehen heute Nacht.«

»Er hat ihn nicht umgebracht.«

»Das behaupten Sie.«

»Er hat ihn nicht umgebracht«, wiederholte sie hartnäckig. »Sie kennen doch die Legende vom Sündenbock. Im Dorf wählt man einen Bock aus, fasst ihn an, überträgt damit die eigenen Sünden auf ihn und ist rein. Der sündenbeladene Bock aber wird hinaus in die Wüste getrieben, wo er zugrunde gehen muss. Meinen Mann haben sie als Sündenbock ausgesucht, weil wir keine Hiesigen sind. In wenigen Wochen beginnt die Saison und damit das Geldverdienen. Aber wer mag seinen Urlaub in einem Dorf verbringen, in dem der Vermieter oder der Nachbar ein unentdeckter Mörder sein kann?«

»Kommissar Baierl wird den Schuldigen schon finden«, sagte ich.

»Er wird nur zu hören bekommen, dass mein Mann es getan hat.«

»Hoffen Sie, dass man mir etwas anderes erzählt?« Sie schwieg enttäuscht.

»Es ist möglich, dass die Polizei demnächst auch mich vernimmt.«

»Wieso?«

Ich erzählte ihr die Version von ein paar Urlaubstagen, die ich in Egglfing verbracht hatte, und sie meinte, das sei eine günstige Ausgangssituation für meine Untersuchungen. Ein Urlauber, der in der Waldschenke wohne und mit dem Schulrat a. D. Käutner gut stehe, erfahre gewiss mehr als ein Großaufgebot von Kriminalpolizei.

Während sie sprach, hörte ich wieder ihren Mann auf Gustl Mayberg einbrüllen; die Pleite an der Grenze gehe auf sein Konto, er musste wissen, dass nicht alle drei in den Campinganhänger kriechen und den Fahrer unbeobachtet lassen durften. Mayberg hatte nichts darauf erwidert – und doch waren sie nicht zu dritt in dem Anhänger gewesen! Ich sah die Szenerie deutlich vor mir. Der Assistent und der Zöllner, der mit dem Hundeführer gekommen war, verschwanden im Anhänger. Der Hundeführer blieb draußen. Wieso hatte er nicht bemerkt, dass der Fahrer sich zwischen Wagen und Anhänger zu schaffen machte? Wollte er es nicht wahrhaben? Warum war er an jenem Tag so mürrisch und schlecht gelaunt gewesen? Am Vortag, als Augustin Mayberg dem Alten die Madonna aus der Tasche gezogen hatte, hatte er ihn gefragt: Vertraust du dem Hund nicht mehr? Oder mir nicht?

»Falls dieser Mord in irgendeiner Weise mit zolldienstlichen Angelegenheiten zusammenhängt, komme ich schwerlich dahinter«, erklärte ich Frau Steinfels.

»Sie werden eine Spur finden. Solange Sie als Urlauber gelten und mein Mann inhaftiert ist, fühlt sich der Mörder sicher. Das ist Ihre Chance.«

Sie wusste nicht nur, was sie wollte, sie wusste auch, worauf es ankam.

»Sie haben das Zeug dazu, den Mörder selbst zu finden.«

»Wenn mein Mann nicht der Sündenbock wäre«, entgegnete sie.

»Aber Sie kennen die Egglfinger besser als ich, und Sie haben auch Gustl Mayberg gekannt. Wohin würden Sie sich zuerst wenden?«

»An Gustls Liebschaften«, erwiderte sie unverblümt. »Mein Mann hat sich oft darüber erzürnt, dass Mayberg nachts zur Schankwirtin gekrochen ist, statt Streife zu laufen. Außerdem hat er ihn von Bolzens Anwesen kommen sehen, während der Xaver auf einem seiner Hochsitze auf Wild gewartet hat.«

Sie erzählte mir, Xaver Bolz sei der Jäger in Egglfing, ein wortkarger, scheuer Mann, der mit seiner Frau und vier Kindern inmitten des Waldes weit entfernt von den letzten Häusern des Dorfes lebte.

»Ich halt's für unwahrscheinlich, dass Xavers Frau, die kleine scheue Lena, ein Verhältnis mit Gustl hatte, aber ich hab's auch für unwahrscheinlich gehalten, dass der Gustl mal auf diese Weise enden würde.«

»Sind noch andere Frauen im Spiel?«

»Das weiß man bei Gustl Mayberg nie.«

Sie verließ unser Büro, nachdem wir uns über den Preis geeinigt hatten, und ich sagte zu Grit: »Wir kehren zurück ins Ferienparadies.«

Während sie die nötigsten Sachen zusammenpackte, fragte sie: »Und wenn es ihr Mann doch getan hat?«

»Sie wird's verkraften. Aber sie gehen beide zugrunde, falls Steinfels nur wegen mangelnder Beweise freigesprochen wird. Weder in Egglfing noch in der Umgebung könnten sie bleiben. Mit Fingern würde man auf den verkappten Mörder zeigen. Und wovon sollten sie in der Fremde leben? Steinfels hat wahrscheinlich nichts anderes gelernt, als Zöllner zu sein.«

Wir fuhren bei Sonnenschein los, doch als wir die ersten Steigungen hinter uns hatten, krochen wir auf eine dichte Nebelwand zu.

»Nebel«, sagte ich zu Grit, »genau das, was uns umgeben wird, wenn wir in Egglfing einen Mord aufklären wollen.«

»Wir werden schon Licht in die Sache hineinkriegen.«

»Statt sich seichtem Optimismus hinzugeben, sollten Sie sich lieber Gedanken darüber machen, unter welchen Menschen wir den Täter suchen müssen. In Egglfing herrschen andere Lebensgewohnheiten und eine andere Atmosphäre als im Nördlichen, in Großstädten oder Industriegebieten.«

»Das habe ich mitgekriegt. Von wegen: Geschwisterpaar! Und in einem Zimmer übernachten. – Bei uns gibt's das nicht. Warum tun sie so prüde?«

»Sehen Sie's historisch. Über Generationen hinweg ist dort Notstandsgebiet gewesen. Die Armut hat die Menschen verschlossen und misstrauisch gemacht. Unter denen versuchen Sie mal einen Zeugen zu finden und ihn zum Reden zu bringen! Und kommen Sie ihnen niemals auf die mitleidige Tour, dagegen sind sie empfindlich. Mitleid haben sie von jeher zurückgewiesen, da keiner als Ärmster der Armen gelten wollte.«

»Wo bleibt die Prüderie?«

»Eigentlich spreche ich schon die ganze Zeit darüber. Die geht mit der Armut Hand in Hand, denn Tugend und Ehre sind auch für die Ärmsten umsonst, die häuft man an wie andere den Wohlstand und stellt sie zur Schau.«

»Da wird wohl manches ins Bröckeln geraten, wenn wir ums Liebesleben von Augustin Mayberg ermitteln. Und das können wir ja nicht ausschließen, nach dem, was uns Frau Steinfels geflüstert hat. Trotzdem behalte ich meinen Optimismus: Wir fangen den Mörder – und sei es mit historischer Weitsicht«, setzte sie spöttisch hinzu.

»Fangen werden wir ihn vielleicht mit einem Judogriff. Unsere Kenntnisse über die Egglfinger brauchen wir fürs Finden.«

In Egglfing nieselte es. Ich fuhr Grit zur Waldschenke und ließ sie samt unseren Koffern dort. Die Schankwirtin sagte, dass die Zimmer noch bereitstanden und wir uns einquartieren könnten, solange es uns beliebte. Zwar hätte sie vor Saisonbeginn noch ein paar Tage schließen und verreisen wollen, doch nach dem Vorfall der vergangenen Nacht habe die Polizei sie gebeten, vorläufig im Ort zu bleiben.

Ruhig und gefasst erzählte sie von den ersten Vernehmungen, zu denen man sie geladen hatte. Sie war eine Spur ernster als sonst, doch liebenswürdig wie immer. Auf ihrem Gesicht lag die Freundlichkeit einer Geschäftsfrau, die sich nicht in die Bücher gucken lässt.

Ich fuhr zum Köstlerhaus. Den uniformierten Polizisten vor der Tür bat ich, Kommissar Baierl herauszuholen.

»Is beschäftigt«, sagte der.

»Dann kann er sich gleich noch mit meiner Aussage beschäftigen.«

»Aussage?«

»Ja. Über den Mord an ...«

Schon war er im Haus verschwunden. Baierl sah mich an, als habe ich ihm fünfmal hintereinander den gleichen schlechten Witz erzählt. Überflüssigerweise sagte er: »Mayberg braucht keinen Beschützer mehr, das wissen Sie doch.«

»Vielleicht braucht Steinfels einen.«

»Hat sich also schon bis Passau rumgesprochen.«

Ich schwieg.

»Kommen Sie rein. Ich hab 'ne Pause verdient.«

Auf den Dielen des Dienstzimmers war mit Kreide der Körper des Ermordeten nachgezogen. Er war dicht unter einem der Fenster zusammengebrochen.

»Zwei Schüsse«, erklärte der Kommissar, »einer in die Brust, einer in den Kopf. Der Letztere war tödlich. Aber Mayberg hätte auch an dem Brustschuss sterben können. Fünfzig Mark hatte er in der Tasche und ein paar Silbermünzen mit Hindenburgkopf. In der Hand hielt er seine Taschenuhr. Wollte wohl eben schauen, wie spät es ist, da muss ihn der erste Schuss getroffen haben. Die Uhr hat er nicht losgelassen, während er gefallen ist. Der tödliche Schuss erwischte ihn Sekunden später. Auf seinem Gesicht lag ein besorgter Ausdruck, als habe er jemandem etwas erklären wollen, fürchte aber, er sei nicht verstanden worden. Die meisten, die der Tod so überrascht wie ihn, blicken erschrocken oder erstaunt. Aber er sah besorgt aus. Hier auf dem Tisch lag seine Dienstpistole. Aus der fehlen zwei Schuss. Jemand ist zur Tür reingekommen, hat die Pistole gegriffen und losgeballert.«

»Wer …?«

Es klopfte. Der Kommissar rief: »Herein!«, und an der Tür erschien ein weißhaariger Mann, groß, dick, basedowsche Augen, das Gesicht leicht schwammig.

»Entschuldigung«, sagte er mit schneidender Stimme, zog eine goldene Sprungdeckeluhr, die an einer goldenen Kette hing, klappte sie auf, und ohne einen Blick darauf zu werfen, mahnte er: »Sie wollten jetzt meine Aussage protokollieren.«

»Moment noch. Übrigens, den Kaffee, den Ihre Frau mir vorhin angeboten hat, den könnte ich jetzt gebrauchen.«

Die Uhr klappte zu und verschwand in der Westentasche.

»Gertrud! Den Kaffee!«

Seine Augen wurden zu Schlitzen, er schob den Kopf vor und blickte mir ins Gesicht.

»Ich will nur kurz 'ne Aussage machen«, sagte ich schnell.

»Sie habe ich noch nie gesehen in unserer Gegend.«

»Aber ich habe gehört, wie gestern Abend hier drinnen einer mit dem Zollassistenten rumgeschrien und ihn bedroht hat.«

Die Frau brachte den Kaffee und huschte wieder hinaus.

»Erst bedroht, danach ermordet«, sagte der Mann wichtigtuerisch. Dann verließ auch er das Zimmer.

»Ehepaar Köstler«, stellte der Kommissar im Nachhinein vor und packte sein Stullenpaket aus. »Wenn Sie wissen wollen, wer hier hereingekommen ist und Mayberg abgeknallt hat, fragen Sie nur diese beiden.«

Zornig biss er in sein Brot.

»Ich kann mich wohl bei jedem im Ort erkundigen, die Antwort wird immer lauten: Der Saupreiß war's. – Nur seine Frau behauptet, er habe ihn nicht umgebracht.«

»Ach, daher weht der Wind.«

»Ich habe mich immer an die Spielregeln gehalten«, sagte ich, »und werde es auch diesmal tun.«

»Sie wissen genau, dass Sie bei Mord an einem Zollassistenten überhaupt nichts zu melden haben.«

»Wir wissen beide, dass ich Ihnen nützlich sein kann. Als Polizist stehen Sie hier nicht nur vor verriegelten, sondern vor vernagelten Türen.«

Er grinste in sein Kaffeetöpfchen.

»Und was haben Sie als Einstand zu bieten?«

»Steinfels war wütend auf Mayberg, gab ihm die Schuld an dem Grenzvorfall und verdächtigte ihn, Tippgeber für die Rauschgiftschmuggler zu sein. Aber es war nicht Mayberg, der gesehen und geduldet hat, dass der Fahrer den Hänger abkuppelte, sondern dieser Hundeführer.«

»Hachenberger«, sagte der Kommissar. »Er heißt Gisbert Hachenberger.«

»Hundeführer für einen Pinscher, der auf Rauschgift abgerichtet ist, da erfährt er doch als einer der ersten, wann Stichproben gemacht werden. Er kann den Termin weitergeben, damit zu dieser Zeit kein Rauschgift geschmuggelt wird. Gestern ist wohl etwas schiefgelaufen.«

Baierl nickte. »Diese Kontrolle wurde bis zum letzten Moment geheim gehalten. Auch vor Hachenberger. Vorgestern, da hat er Bescheid gewusst. Und Mayberg auch.«

»An diesem Tag wurde nur ein kleiner Fisch geschnappt, der etwas für den Eigenbedarf mitgebracht hatte. Seltsamerweise kontrollierte Mayberg den Rucksack eines alten Mannes namens Goepfert, obwohl der Hund völlig ruhig blieb, als er ihn beschnupperte.«

»Was hat Mayberg gefunden?«

»Eine Madonna.«

»Beschlagnahmt?«

»Nein. Der Alte besaß ein Zertifikat, das sie als wertlos auswies. Nach allem, was in den letzten Stunden geschehen ist, denke ich aber, dass diese Madonna kostbar war und – wissentlich oder unwissentlich – in ihrem Wert herabgesetzt wurde. Der Zollassistent kann Verdacht geschöpft haben und damit zur Gefahr für den Alten geworden sein …«

»Oder für diejenigen, die hinter ihm stehen«, fiel Baierl mir ins Wort.

»Falls Hachenberger Tippgeber für Rauschgiftschmuggler ist, kann der Assistent dahintergekommen und von Hachenberger umgebracht worden sein. Er war nicht dumm, der Gustl Mayberg, er hatte das Zeug dazu, Leute zu durchschauen.«

»Warum hat er sich nicht verteidigt, als der Postenführer ihn beschuldigte?«

»Vielleicht war er seiner Sache noch nicht sicher und

wollte mehr herausfinden, aber Hachenberger wusste schon, dass ihm von Mayberg Gefahr drohte. Jedenfalls sind er und Goepfert zwei Personen, die ich Ihnen als verdächtig anzubieten habe.«

Baierl kaute, dachte nach, schlürfte Kaffee.

»Es sind nicht in allen Muscheln Perlen«, sagte er dann, »aber man muss sie alle durchsuchen. Was Sie mir erzählen, deutet darauf hin, dass das Motiv für den Mord in der Rauschgiftszene zu suchen ist oder bei Antiquitätenschmugglern. Ich hätt's ganz gern für'n Sechser billiger.«

»Es könnte auch private Gründe geben für Maybergs gewaltsamen Tod. Er hat hier nicht wie ein Heiliger gelebt, und, was weitaus schlimmer ist, er hat's nicht genug geheim gehalten. Doch was spricht eigentlich gegen Steinfels? Außer seinem abendlichen Zornesausbruch?«

»Das werden Sie gleich hören.«

Der Kommissar ging zur Tür und rief nach Herrn Leberecht Köstler. Noch ehe der die Holztreppe heruntergestiegen war, huschte seine Frau ins Zimmer, lud Kaffeekanne und die hohe, topfartige Tasse auf ein Tablett und wischte mit dem Unterarm die Krümel vom Tisch. Sie trug ein graues Kleid. Ihr Haar war von unbestimmter Farbe und so dünn, dass die Kopfhaut durchschimmerte. Sie hatte runde, dunkle Augen und eine spitze Nase. Ihre flinken Bewegungen vervollständigten das Bild eines grauen Hausmäuschens. Lautlos, wie sie gekommen war, verschwand sie wieder.

Der Kommissar stellte eine Schreibmaschine auf den Tisch, spannte Papier ein und bat den Uhrenhändler,

Platz zu nehmen. Köstler warf mir einen langen, fragenden Blick zu. Ich zuckte ein klein wenig mit den Schultern und bemühte mich um die Miene eines Mannes, der gegen seinen Willen anwesend sein soll und zu feige ist, dagegen zu protestieren.

»Personalien«, sagte der Kommissar.

Köstler nannte sie ihm, bedächtig, stockend manchmal, als verrate er Dinge von großer Wichtigkeit.

»Sie haben ausgesagt, dass Sie nachts, gegen vier Uhr, durch ein Geräusch aus dem Schlaf gerissen wurden. Was für ein Geräusch war das?«

»Schwer zu sagen, aber es könnte ein Schuss gewesen sein.«

»Weiter.«

»Ich bin fast gleichzeitig mit meiner Frau aus dem Bett gesprungen und auf den Flur hinausgelaufen. Da hörten wir von unten, vom Dienstzimmer her, vier langgedehnte, röchelnde Au-Rufe und dann das Schleifen eines Körpers.«

»Was haben Sie daraufhin getan?«

»Nichts. Wir sind dagestanden wie erstarrt, und ich dachte, einer der Zöllner habe einen Rauschgiftschmuggler aufgegriffen und setzte sich mit ihm auseinander. Nach dem letzten Vorkommnis an der Grenze war das doch nicht unmöglich. Plötzlich fiel ein Schuss. Dann war es still unten. Ich habe meiner Frau zugeflüstert, sie soll zum Flurfenster gehen und Acht geben, wer aus dem Haus herauskommt. Ich selbst habe mich am Schlafzimmerfenster postiert.«

Er schwieg und hüstelte.

»... postiert«, wiederholte Baierl und hieb auf die Schreibmaschine ein. »Weiter.«

»Die Uhr im Schlafzimmer schlug vier. Unter mir wurde ein Fenster aufgerissen, eine Mannsperson sprang heraus und rannte davon.«

»In welche Richtung?«

»Von mir aus gesehen nach links, also zur Grenze hin.«

»Konnten Sie diese Person erkennen?«

»Es war ein Mann, und ich sah sein Gesicht, als er sich einen Augenblick lang nach dem Haus umwandte. Außerdem erkannte ich ihn an der Mütze, an den Schultern, überhaupt an seiner Gestalt und besonders am Gang.«

»Wer war es?«

»Der Postenführer Steinfels.«

Worte wie Trompetentöne zum Jüngsten Gericht. Köstler ließ eine wirkungsvolle Pause folgen. Der Kommissar hörte auf zu tippen, die Hände sanken auf seinen Schoß. Mit unbewegter Miene, seinen schweren Körper betont gerade haltend, saß Leberecht Köstler da. In seinen fischigen Augen stand Triumph.

Ohne aufzublicken, fragte der Kommissar freundlich: »Wie oft haben Sie eigentlich den Postenführer Steinfels rennen sehen?«

»Bitte?«

Das schwammige Gesicht legte sich in Falten, drückte Überraschung und Missbilligung aus.

»Sie behaupten, Steinfels besonders an seinem Gang erkannt zu haben. Der Mann, der aus dem Fenster sprang, ist nicht gegangen, sondern gerannt.«

Das Gesicht glättete sich. »Herr Kommissar, ob einer nur so dahinschlendert, im Schritttempo geht oder rennt, das Typische einer Gangart bleibt erhalten.«

»Und was ist das Typische an der Art des Postenführers?«

»Das ist … das kann man doch nicht beschreiben! Man weiß es eben und erkennt es immer wieder.«

»Soll das heißen …« Baierl brach den Satz ab. Vom Hals her kroch Röte über seine Wangen, breitete sich über die Stirn. »Falls Sie vor Gericht diese Aussage aufrechterhalten wollen, werden Sie sie in allen Einzelheiten erhärten müssen. Übrigens, morgens um vier Uhr ist es noch stockdunkel draußen.«

»Nicht wenn der Mond scheint«, konterte Köstler.

»Stimmt, der Mond ist fast voll, aber heute Nacht war der Himmel bedeckt.«

»Wolkig«, verbesserte Köstler mit schneidender Stimme. »Und ab und zu brach der Mond durch die Wolken. So auch in jenem Moment, als Steinfels sich umwandte.«

Der Kommissar nickte und schrieb. Ich sah, wie seine Halsschlagader hervortrat.

»Meine Frau hat den Mörder ebenfalls erkannt«, sagte Köstler.

»Ich befrage sie noch. Die Person, die aus dem Fenster sprang, lief also zur Grenze. Und was taten Sie?«

»Ich ging in den Flur, wo meine Frau hinausspähte, und fragte: ›Hast du ihn erkannt?‹ Sie antwortete: ›Ja, es war Steinfels.‹«

»Weiter.«

»Nichts weiter. Wir haben uns wieder schlafen gelegt.«

Verblüfft hielt der Kommissar mit dem Tippen inne.

»Sie hören einen Menschen röcheln, es fällt ein Schuss, dann beobachten Sie, wie ein Mann zum Fenster hinausspringt, und Sie legen sich seelenruhig wieder ins Bett.«

»Seelenruhig ist eine Unterstellung Ihrerseits«, verwahrte sich Köstler. »Was hätten wir denn gegen diese Ereignisse ausrichten können? Übrigens hatten wir nur Nachthemden an.«

»Es ist nichts Verwerfliches dabei, im eigenen Haus, mit dem Nachthemd bekleidet, zum Telefon zu greifen.«

Jetzt schwoll auch Baierls Stirnader an.

»Das Telefon steht im Dienstzimmer des Zolls. Dort, wo der Schuss gefallen ist. Vielleicht wäre *ich* noch verdächtigt worden, wenn ich dieses Zimmer betreten und Fingerabdrücke hinterlassen hätte. Außerdem bin ich nicht der Mann, der seine Nase in fremde Angelegenheiten steckt. Mich in Probleme einzumischen, die der Zoll auszutragen hat, davor bewahre mich der Himmel.«

Der Kommissar tippte wieder.

»Wann ist Ihr Sohn nach Hause gekommen?«

Es stellte sich heraus, dass Karl Köstler der Frau vom benachbarten Bauernhof nur die schweren, mit Bierflaschen beladenen Taschen nach Hause getragen hatte, danach war er sofort in die Wohnung zurückgekehrt, um mit seinem Vater bis gegen Mitternacht Geschäftsbücher durchzusehen.

»Das ging schon den zweiten Abend«, erklärte Köstler. »Wenn man kurz vor der Geschäftsübergabe steht, muss alles bis ins Letzte beredet und durchgesehen werden.

Ich will mich demnächst zur Ruhe setzen. Als wir endlich Schluss gemacht haben, ist der Karl in sein Zimmer gegangen.«

»Haben Sie oder er die Haustür verschlossen?«, fragte Baierl.

»Ich nicht, denn das ist nicht der Brauch, da die Zöllner auch nachts ein und aus gehen. Meinen Sohn können Sie selbst fragen, wenn er aus Passau zurückkommt.«

Köstler setzte seine Unterschrift unter das Protokoll und konnte gehen. Seine Frau, die der Kommissar anschließend verhörte, bestätigte Köstlers Angaben. Grau und unscheinbar saß sie vor dem Kommissar und sprach mit verhaltener Stimme. Mir schien, sie war im Laufe der Jahre, die sie an Köstlers Seite verbracht hatte, zum Schweigen erzogen worden oder dazu, nur nachzuplappern, was der Herr des Hauses von sich gab.

Baierls Gedanken schienen in ähnlicher Richtung zu laufen.

»Das Echo hat immer das letzte Wort«, sagte er, als wir wieder allein im Zimmer waren, und räumte die Schreibmaschine vom Tisch. Die Protokolle verwahrte er in seiner Tasche.

»Das war der Originalbericht«, sagte ich. »Wen immer Sie künftig im Ort befragen, Sie werden nichts weiter als einen Abklatsch davon zu hören kriegen.«

»Ich? Soso. Und Sie? Privatdetektive werden in Kriminalromanen meistens Schnüffler genannt.«

Er stellte es fest, ohne mich anzusehen. Baierl hatte nichts gegen mich, doch es ärgerte ihn, dass er in diesem Fall ohne meine Hilfe kaum vorankommen würde.

»Schriftsteller wissen eben treffende Worte zu finden«, entgegnete ich. »Aber bilden Sie sich nicht ein, dass ich für Sie schnüffle, ich tu's für meine Klientin. Anstandshalber lasse ich Ihnen paar Informationen zukommen, in der Hoffnung, dass Sie Gleiches mit Gleichem vergelten.«

Diese Auffassung der Angelegenheit schien ihm zuzusagen. Er schmunzelte.

»Was ist nach Ihrer Meinung dieser Köstler für ein Mensch?«, fragte er.

»Einer, der nicht leben kann, ohne recht zu behalten. Wichtig ist ihm nur seine eigene Person, und was die einmal behauptet hat, das gilt.«

»Ich werde einen Bericht der Universitäts-Wetterwarte anfordern«, sagte der Kommissar, und gleich darauf: »Warum, zum Teufel, war die Haustür verschlossen? Keiner der Zöllner hat jemals den Schlüssel umgedreht, wenn er sich im Dienstzimmer aufhielt.«

»Mayberg kann's auch nicht getan haben«, setzte ich seinen Gedankengang fort, »wie sollte sein Mörder sonst ins Haus gelangt sein?«

»Steinfels besaß einen Schlüssel und der Hundeführer Hachenberger auch«, sagte der Kommissar.

»Na schön, spinnen wir mal weiter.«

Wir stellten uns vor, der Postenführer Steinfels betritt mit der Absicht, Mayberg zu töten, das Haus und verschließt die Tür, um vor unerwarteten Besuchern sicher zu sein. Er kommt ins Dienstzimmer. Gustl steht in der Nähe des Fensters. Seine Waffe aber liegt auf dem Tisch neben der Tür. Der Mörder weiß, dass es günstig ist, die eigene Waffe unbenutzt zu lassen. Er schießt mit Maybergs Pistole. Dann reißt er das Fenster auf und springt hinaus.

»Weil das so schön auffällig ist«, sagte ich, »wäre er durch die Haustür verschwunden, hätte er unbemerkt von Köstler entkommen können. – Ob Karl Köstler in dieser Nacht wirklich in seinem Bett gelegen hat, wie die Alten angeben?«

»Ihr Verdacht scheint mir ziemlich weit hergeholt«, sagte der Kommissar, »aber denken wir an die Muscheln, die es alle zu durchsuchen gilt. Setzen wir den Junior mal als Mörder ein.«

»Karl Köstler hat beobachtet, dass der Zollassistent gegen vier Uhr ins Haus kommt. Er schleicht aus seinem Zimmer, die Treppen hinunter, verschließt die Haustür und erschießt den Zöllner. Dann springt er zum Fenster hinaus …«

»So ein Irrsinn!«, rief Baierl. »Ich kenne den jungen Köstler und weiß zumindest, dass er kein Idiot ist. Weshalb sollte er zum Fenster hinausspringen und zur Grenze laufen? Wie leicht hätte er die Haustür wieder aufgeschlossen und sich ins Bett gelegt.«

Ich gab zu bedenken, der Fenstersprung könne eine Erfindung vom alten Köstler sein, doch der Kommissar schüttelte energisch den Kopf.

»Der hat schon jemanden zum Fenster hinausspringen sehen, nur ob das der Steinfels war, bleibt fraglich. Haben Sie nicht bemerkt, wie kurzsichtig er ist? Ich werde ein ärztliches Gutachten über sein Sehvermögen einholen. Die verschlossene Tür bleibt halt vorläufig ein Rätsel.«

»Nicht das einzige«, erwiderte ich, »wenn es Steinfels war, weshalb lief der zur Grenze? Sein Haus liegt in entgegengesetzter Richtung.«

»Auch der Hase schlägt Haken, wenn er dem Jäger entkommen will.«

»Noch war niemand hinter ihm her. Je länger er sich draußen aufhielt, umso größer war die Gefahr, jemandem zu begegnen.«

»Wir haben im Laufe des Tages eine Menge Recherchen angestellt, aber zur Mordzeit war keiner unterwegs«, sagte Baierl.

»Zumindest nicht, wenn die Polizei ihn danach fragt«, entgegnete ich. »Um vier Uhr wurde der Zollassistent erschossen, um fünf Uhr klingelte bei Familie Steinfels der Wecker. Genügte Steinfels eine Stunde, um auf Umwegen nach Hause zu schleichen, alle Spuren seiner frühen Wanderung zu beseitigen und sich unbemerkt von seiner Frau wieder ins Bett zu legen?«

»Oder sie zu instruieren«, sagte der Kommissar.

»Na, meinetwegen. Aber reichte die Zeit?«

Er zog die Stirn in Falten.

»Sie könnte gereicht haben.«

»Der Postenführer will einen Zollassistenten beseitigen. Der Postenführer ist ein geradlinig denkender Mann und klug genug, um sich seine Chancen auszurechnen. Warum begibt er sich unnötig in Gefahr? Tötet den Zöllner in einem bewohnten Haus? Springt aus dem Fenster, sodass er von oben gesehen werden kann? Läuft in den Morgen hinaus und riskiert, jemandem zu begegnen? Warum erschießt er Mayberg nicht bei seinem

Streifengang im Wald und lenkt den Verdacht zum Beispiel auf Rauschgiftschmuggler?«

»Sie sind großartig im Fragenstellen«, bemerkte der Kommissar. »Schade, dass die Antworten so mager ausfallen.«

»Ich könnte noch eine ganze Weile großartig sein. Wenn ich über das Mordmotiv dieses Postenführers nachdenke. Ist Steinfels der Mann, der einen widerspenstigen Assistenten einfach abknallt? Was konnte er denn gewinnen?«

»Ich frage mich, was er gewinnt, wenn ich die Aussage gegen ihn als nicht stichhaltig zurückweise, ihn auf freien Fuß setze und den Mörder nicht habe.« Der Kommissar stützte den Kopf in die Hände und rieb sich die Stirn. Die Sorgenfalten blieben. »In vier Wochen beginnt die Saison«, sagte er.

Der Himmel war blau, als wir das Köstlerhaus verließen, keine Spur von Nebel mehr, auch die Luft war milder als an den vorangegangenen Tagen.

»Jetzt fahr' ich zur Grubauerin, wo der Gustl ein möbliertes Zimmer bewohnt hat. Meine Leute sind schon dort.« Baierl überlegte kurz und lud mich dann ein. »Wenn Sie Lust haben, kommen Sie mit.«

Ich hatte Lust, stieg in meinen Fiat und hielt mich dicht hinter dem Polizeiwagen. Die Fahrt ging in Richtung Haßlingen, vorbei an weit auseinanderliegenden Gehöften. Schließlich stoppte Baierl vor einem kleinen Bauernhaus. Auf dem Hof stand schon ein Polizeiwagen. Unter der Tür empfing uns ein Uniformierter und führte uns die Treppe hinauf in ein Zimmer, das sicherlich gemütlich war, wenn nicht gerade die Polizei darin das Unterste zuoberst kehrte.

»Irgendwas gefunden?«, fragte Baierl. »Briefe, Tagebücher, Notizen?«

Der Polizist, den er angesprochen hatte, zuckte die Schultern und wies zum Tisch.

»Briefe nur aus Eggenfelden von seinem Vater, kein Tagebuch, keine Notizen. Gelesen hat er wohl vorzugsweise Maugham und Traven. Fachbücher haben wir nur zwei gefunden, vielleicht sind die für Sie von Interesse.«

Eines davon hielt ich schon in den Händen und las: »Der Gras-Garten. Das offizielle Handbuch für Marihuanafreunde. Volksverlag Linden GmbH, Linden.«

Der Kommissar blickte mir über die Schulter.

»Warum sollte er's nicht haben«, sagte er. »Die Bundesprüfstelle für jugendgefährdende Schriften hat seit kurzem außer pornografischen und kriegsverherrlichenden Schriften auch Drogenbücher wie dieses auf den Index gesetzt. Aber er war ja schließlich kein Jugendlicher mehr. Mich würde höchstens interessieren, woher er es hat. Es sieht so zerlesen aus, wie's einer allein gar nicht schafft.«

Baierl nahm das zweite Buch vom Tisch. Es war ein Fachbuch über sakrale Schnitzwerke in der Gotik, gedruckt auf feinem Papier und mit großartigen Fotos ausgestattet.

»Das dürfte auch nicht uninteressant sein«, bemerkte Baierl. Mit den Worten »Er hat auch selbst geschnitzt« stellte der Polizist ein Stück Holz auf den Tisch, aus dem sich ein Mädchenkopf herauszuheben begann. Man ahnte, dass es ein zartes, melancholisches Gesicht werden sollte.

»Haben Sie Grubauers schon vernommen?«

Der Polizist nickte. »Da ist nichts anderes zu erfahren als: Allweil ist der Gustl so a liebenswürdiger Mensch g'wesen.«

»Wo sind die Leute jetzt?«

»Die Männer auf dem Feld, aber die Grubauerin ist in der Küche.«

Wir gingen hinunter. Eine Frau Anfang vierzig, drall, die Arme bloß und sonnenverbrannt, das Gesicht gerötet von der Hitze des Herdes. Sie bot uns Platz am Küchentisch an, auf dem Töpfe standen, Schüsseln und ein Brett mit gehackter Petersilie.

»Ich bitt' schön, Herr Kommissar, in zehn Minuten können S' mit Ihren Leuten an Schmankerl haben.«

Sie begann, den Tisch abzuräumen. Ursprünglich verstand man eine schmackhafte Zwischen- oder Zuspeise unter einem Schmankerl, jetzt ist es der Sammelbegriff für alles, was aus bayerischen Landen frisch auf den Tisch kommt.

»Das ist sehr liebenswürdig von Ihnen«, sagte Baierl. »Haben Sie eigentlich den Gustl auch mit verpflegt?«

»Nur zum Frühstück und am Sonntag. Abends hat er in der Waldschenke gesessen, um ein bisserl unter Freunden zu sein. Aber auch, um mir keine Arbeit zu machen, allweil is er so liebenswürdig g'wesen, der Gustl.«

»Hat er manchmal Besuch gehabt?«

Sie schüttelte den Kopf und strich sich mit dem Unterarm eine Haarsträhne aus der Stirn.

»Da denken Sie wohl an Weibsbilder, Herr Kommissar? Nix is gewesen. Sauber war er, der Gustl. – Aber die eigene, die hat ihn auch nicht besucht. Nur der Enkel vom Käutner-Vater, der ist manchmal gekommen, dann haben sie sich in Gustls Zimmer verzogen und geplauscht.«

»Worüber?«

»Aber Herr Kommissar!«

Sie legte ein weißes Tuch auf den Tisch.

»Nicht doch so einen Aufwand«, protestierte Baierl.

»Für Besuch aus der Stadt gehört sich das. – Manchmal ist mir's vorgekommen, als würde den Bub was bedrücken, aber wenn er sich vom Gustl verabschiedet hat, hat er wieder froh ausgeschaut. Kein Wunder, wo der Gustl doch allweil …«

Baierl erhob sich, und sofort unterbrach sie sich.

»Aber Sie werden uns doch die Ehr antun …«

»Freilich, freilich, wir gehen nur noch paar Minuten Luft schnappen. Kommen Ihr Mann und die Buben zur Mahlzeit nach Hause?«

»Die haben Brot mitgenommen. So spart's Zeit. Von der Überschwemmung ist der Boden böse zugerichtet mit Geröll und Sand.«

Im Hof setzten wir uns auf eine Egge.

»Rauschgift und Antiquitäten«, sagte der Kommissar nachdenklich. »Interessiert hat er sich für beides. Und eines davon scheint ihm zum Verhängnis geworden zu sein.«

»Im sittenstrengen Egglfing. Meine Sekretärin liest mir die täglichen Schauergeschichten auch über Rauschgift aus den Zeitungen vor. Skandale von Opel bis Popel, aber ausgerechnet hier …«

»Hier liegt die Zukunft der Dealer, Georg. Unsere Fahndungsgruppe, die werde ich mit den paar Fakten und Verdächtigungen füttern, die wir im Falle Mayberg besitzen. Vielleicht kommt was raus für uns.«

Goepfert sollte vorläufig nicht verhaftet werden. Weder gab es einen ausreichenden Grund dafür, noch war es notwendig für die weiteren Ermittlungen. Uns schien, der Alte war nur das Zwischenglied einer Kette, nahm man es heraus, würde sie zwar zerreißen, aber für uns war die Kette verloren, und das fehlende Glied würde bald durch jemanden ersetzt werden, den wir nicht kannten.

»Im Blick behalten sollten wir ihn«, sagte ich zu Baierl. »Wo wohnt er eigentlich?«

»Drüben in Haßlingen.«

Von Maybergs Unterkunft aus war das nicht weiter als bis zur Waldschenke, nur in entgegengesetzter Richtung.

»Sie lassen gefälligst die Finger davon«, grollte Baierl. »Ich möchte erst noch klären, ob es einen Zusammenhang gibt mit der Geschichte in Passau.«

»Geschichten hör' ich doch so gern«, sagte ich, als er nicht weitersprach, »besonders von Ihnen erzählt.«

»Na schön. Aber nur zum Nachdenken, nicht zum Drinrumkramen. Erinnern Sie sich an den Tag, als ich Ihnen Goepfert mit einem Hut und einem Rucksack voll erstarrter Mauersegler ins Auto setzte?«

»Natürlich. Sie mussten zu einem, der versucht hatte, seinen überfluteten Heizkeller mit der elektrischen Wasserpumpe trocken zu kriegen.«

»Der Stromschlag war eindeutig ein Unglücksfall. Dummheit. Aber während wir untersuchten und auf der Uferstraße Bottiche, Klodeckel und Kaninchenställe um uns herumschwammen, trudelte eine verschlossene Holzkiste heran. Wir angelten sie, öffneten und fanden in Holzwolle verpackt einen Kopf. Den Kopf einer Statue. Inzwischen wissen wir, dass sie der Teil eines griechischen Grabreliefs aus dem vierten Jahrhundert vor Christi ist. Seit Monaten verschwunden aus dem Liebig-Museum in Frankfurt. Wert zirka achtzigtausend. Was wir noch nicht herausgefunden haben ist, aus welchem Hauskeller sie hochgespült wurde.«

»Sammler von gestohlenen Kunstschätzen«, sagte ich, »findet man gewöhnlich unter steinreichen, exzentrischen Naturen. Kurios finde ich dabei, dass sie die Stücke für Unsummen erwerben und doch nicht in die gute Stube zur Schau stellen können. Aber der Besitzer muss nicht in Passau gewesen, sein, sonst hätte er doch schon zu Beginn der Regenperiode seinen Schatz in trockeneren Gefilden versteckt.«

»Vielleicht wissen meine Leute inzwischen mehr«, sagte Baierl, und wir gingen ins Haus, wo die Grubauerin uns zur Mahlzeit rief.

5

Am Abend bedienten in der Waldschenke ein junges Mädchen und ein dicklicher Mann, der ihr Großvater hätte sein können, die Gäste. Keine Spur von der Schankwirtin. Auch Grit saß nicht unter den Gästen. Ich schlenderte einmal durch die Wirtsstube und wieder zurück, nickte hier und da einen Gruß hin. Die Stimmung war gedrückt. Das Wissen um den gewaltsamen Tod des Zollassistenten hing wie ein Tuch über der Gesellschaft, das laute Töne dämpft und Beklemmung hervorruft. Hier und da fiel leise Maybergs Name. »Der Gustl«, sagten sie, es klang wehmütig, manchmal fast zärtlich. Über Steinfels schien niemand zu sprechen.

Ich fragte den Alten, der eben Bier abzapfte, nach der Schankwirtin. Mit einem forschenden Blick in mein Gesicht sagte er ungefähr die gleichen Worte, die Leberecht Köstler gebraucht hatte: »Sie habe ich noch nie gesehen bei uns.«

»Immerhin bin ich schon so lange hier, dass ich mich an Antworten, die keine sind, gewöhnt habe.«

Er starrte mich an und ließ das Bier überlaufen.

»Frau Rosl geht damit sparsamer um«, bemerkte ich und fügte schnell hinzu: »Vom Käutner-Vater können Sie eine Menge über mich erfahren.«

Das schien Akkreditierung genug.

»Meine Schwiegertochter fühlt sich nicht wohl heute«, sagte er, »Franziska und ich helfen sonst hinter den Kulissen, aber wenn sich's nötig macht, können wir auch die Gäste versorgen.«

Ich stieg in mein Zimmer hinauf, in der Annahme, Grit werde mich dort erwarten, doch sie war nicht da. Die Tür zu ihrem Zimmer war verschlossen, und auf mein Klopfen öffnete niemand. Ich lief bis zum Ende des Korridors, wo ich Frau Rosls Privaträume vermutete. Von hier aus war sie an jenem Abend die Treppen hinuntergeschlichen, als vom Waldrand her das Käuzchen schrie.

Hinter einer Tür vernahm ich Grits Stimme und klopfte. Sie öffnete einen Spalt und sagte über die Schulter hinweg: »Es ist mein Bruder.« Dann ließ sie mich ein.

Rosl Hübner saß auf der Couch, ein Glas Cinzano in der Hand. Sie hatte tränenfeuchte Augen, das Haar, sonst im Nacken gebunden, fiel ihr dicht und wellig über die Schultern. Die hohen Wangenknochen waren gerötet. In ihrem Blick stand wilder, unbewältigter Schmerz. In dieser Gelöstheit wirkte sie noch weit verlockender als durch ihre clevere Freundlichkeit, die sie in der Gaststube zur Schau stellte.

»Sie sollten mich so nicht sehen«, sagte sie statt einer Begrüßung. An ihrer Stimme merkte ich, dass sie nicht das erste Glas Cinzano trank. »Was wirft denn das für ein Licht auf die Egglfinger, wenn ihre Schankwirtin säuft und heult, statt die Gäste zu bedienen.«

»Man könnte in Versuchung kommen, die Egglfinger für gefühlvolle, ganz normale Menschen zu halten«, erwiderte ich und setzte mich Grit gegenüber in einen Sessel.

»Im Schrank steht noch ’n bitterer Cinzano«, sagte die junge Frau zu Grit. »Ihr Bruder sieht durstig aus.« Sie wandte sich mir zu. »Gefühle haben wir ’ne Menge zu bieten. Selbstgefühl zum Beispiel. Mitgefühl, wenn dem Nachbarn die Kuh verreckt. Gefühl für Anstand und Sitte, das hat besonders bei jungen Witwen wie mir ausgeprägt zu sein.«

Sie trank ihr Glas leer, lächelte mir zu und fuhr fort, die Gefühlswelt der Egglfinger vor mir auszubreiten.

»Während der Saison steht das Heimatgefühl an erster Stelle, vielleicht auch während der Wahlperiode. Aber manchmal plagt uns böses Vorgefühl, zum Beispiel, wenn einer sterben muss. Der Käutner-Vater hat heute nacht Glockengeläut gehört …«

»Herr Köstler hat einen Schuss gehört«, unterbrach ich sie, »und wunderbar weitergeschlafen. Dass dem keine Vorahnung gekommen ist?«

»Der alte Köstler, nicht wahr?«, fragte sie und sprach gleich weiter: »Der Karl, der wäre runter und hätte nachgesehen, was los ist. Der ist ziemlich couragiert, der Karl. Aber ’n Schuss, das ist was Reales, das können Sie nicht vergleichen mit dem, was der Schulrat gehört hat oder was Frau Urmersbach im Traum erlebt hat. Da waren drei schwarze Katzen, die haben einen Singvogel zerfleischt.«

»Bedeutet’s auch etwas, wenn um Mitternacht vorm Haus ein Käuzchen schreit?«

Ihr Blick wurde nüchtern.

»Das Käuzchen schreit nicht mehr«, sagte sie.

»Wer hat es denn stumm gemacht?«

»Jedes Geschöpf hat natürliche Feinde.«

»Die kennt es und weicht ihnen aus.«

»Trotzdem weiß der Fuchs den Hasen zu packen, und der Bussard greift die Maus. Irgendein böses fremdes Tier hat das Käuzchen getötet.«

»Es gibt genug einheimische Raubvögel«, erwiderte ich.

Sie schenkte mir einen langen, tiefsinnigen Blick, den ich so unbefangen wie möglich zu erwidern suchte. Schweigend goss sie sich einen Cinzano ein, gab ein Stück Zitrone dazu und hielt das Glas hoch, bis ich mit ihr anstieß. Als sie es absetzte, sagte sie mit einer Kälte, die mich erschreckte: »Leider ist Ihr Selbsterhaltungsgefühl stark unterentwickelt.«

Karl Köstler trat zur Tür herein, als ich die Treppe wieder herunterstieg. Wir begrüßten uns höflich, und der Uhrenhändler ließ mir den Vortritt in die Wirtsstube. Sie war bis zum letzten Platz gefüllt, etliche Gäste gruppierten sich um die Theke. Rosls Schwiegervater, der ein Tablett, beladen mit dampfenden Tellern und Schüsseln, durch den Raum balancierte, blieb einen Augenblick lang stehen.

»Einen wunderschönen guten Abend, der Herr«, sagte er zu Köstler.

»Ich bringe einen Gast mit.«

»Sehr erfreut. Bitte mir zu folgen.«

»Entschuldigen Sie meine Eigenmacht«, flüsterte Köstler mir zu, »aber ich sehe darin die einzige Chance für Sie, einen Platz zu bekommen.«

Für diese Umsicht dankte ich ihm mit einem Lächeln. Hübner hatte das Tablett geleert und schnauzte an einem Ecktisch drei Jugendliche an. Alles Devote war aus seiner Stimme gewichen.

»Los, verschwindet jetzt.«

Ein Mädchen, nicht älter als sechzehn, packte ihr Glas Fassbrause und sagte: »Wir setzen uns noch bissel vor die Tür.«

»Aber bringt mir die Gläser wieder rein. Na, hurtig, meine Herren!«

Mit einer Handbewegung scheuchte er zwei Burschen hoch. Der eine, sommersprossig und mit roten Haaren, grinste frech. »Muss man für 'n Stammplatz 'n schriftlichen Antrag stellen oder genügen fünfzig Prozent Trinkgeld?«

»Werd du erst mal trocken hinter den Ohren.«

Im Stillen bedauerte ich, dass die jungen Leute vertrieben wurden, doch es wäre unklug gewesen, sich in dieser Situation für sie einzusetzen. Zum ersten Mal begegnete ich Jugendlichen in Egglfing. Wahrscheinlich wanderte auch hier der Nachwuchs in die Städte ab und scherte sich nicht darum, dass die traute Heimat zu vergreisen drohte.

Köstler schenkte den dreien weder einen Blick noch ein Wort. Mit Selbstverständlichkeit, die an Arroganz grenzte, nahm er Platz und forderte mich auf, neben ihm zu sitzen. Ich war noch satt von der Grubauer-Mahlzeit und bestellte wie Karl Köstler nur ein Bamberger Rauchbier. Köstler hatte sein Abendbrot vermutlich im Kreise der Familie eingenommen, zusammen mit dem autoritären, rechthaberischen Vater und der unscheinbaren Mäuschen-Mutter.

»Der Kommissar hat gewartet, bis ich aus Passau zurückgekommen bin«, sagte Karl Köstler unvermittelt. »Ich fürchte nur, ich konnte ihm nichts Neues mitteilen.«

»Das Wichtigste hat er sicherlich von Ihrem Vater erfahren«, erwiderte ich.

»Ach ja.« Er schien sich an etwas zu erinnern, das ihn verwunderte. »Vater ist ja in Ihrer Gegenwart vernommen worden.«

Eine Feststellung, die Erklärung heischte, und ich fragte mich, ob es nicht diese Erklärung war, die mir den Platz an seiner Seite gesichert hatte. Doch ich erwiderte nur: »Hat sich tapfer gehalten, Ihr Vater. Dem Kommissar schien dieses und jenes nicht recht einzuleuchten, aber ihr Vater wusste, was er erzählte.«

»Das schon. Es ist nur nicht jedermanns Sache, mit Vaters Art zurechtzukommen.«

Diese Bemerkung brachte ihn mir wieder ein Stück näher. Ehe ich etwas erwidern konnte, erschien Grit in der Tür, entdeckte mich und kam zu unserem Tisch. Köstler begrüßte sie mit einer leichten Verbeugung und bat, Platz zu nehmen. Schon stand Hübner vor ihr. Ich wunderte mich, wie er es in dem vollbesetzten Raum fertigbrachte, die Gäste nicht warten zu lassen.

»Schade, dass die Rosl sich heute so unpässlich fühlt«, sagte er mit einem warnenden Blick zu Grit, »sonst hätte sie mich besser instruiert, und ich hätte die Gäste des Hauses nicht als Fremde angesprochen. Ich hoffe, Ihnen gefällt's hier. – Bier? Juice? Cola?«

»Weihenstephan-Weizenbier?«

»Gern.«

Er wollte sich abwenden.

»Gestern hat mir's hier aber besser gefallen, wenn Sie schon danach fragen. Der Zollassistent war ein netter Kerl.«

Der Kellner erstarrte in seiner Bewegung, stand seltsam schraubenartig verdreht vor uns und versuchte, sein Unbehagen unter einem Lächeln zu verbergen.

»Der Gustl. Natürlich war er ein netter Kerl.« Langsam fand er zu seiner normalen Körperhaltung zurück. »Wer wusste das besser als wir, seine Egglfinger. Auch unsere Urlauber haben ihn gekannt und werden ihn vermissen. Aber sie werden nun auch unsere Vorsicht besser verstehen, die wir Fremden gegenüber an den Tag legen.«

Der letzte Satz hörte sich nach einer netten Drohung an.

»Fremde?«, fragte Grit. Sie konnte hübsch naiv wirken, wenn sie wollte. »Ach, Sie meinen Steinfels, der verhaftet wurde? Aber der lebt doch schon seit Jahrzehnten hier!«

»Das macht aus einem Fuchs noch lange kein Eichhörnchen, kleines Fräulein.«

Er ging zum Tresen, rief dem jungen Mädchen, das Getränke servierte, etwas zu und verschwand durch die Tür, die ins obere Stockwerk führte.

Ich nieste. Zweimal. Einen dritten Ausbruch unterdrückte ich mühsam, stand auf, murmelte: »Tschuldigung, die Taschentücher – noch nicht ausgepackt …«

»Männerwirtschaft«, schimpfte Grit hinter mir her.

Ich schlich nach oben. Aus Rosls Zimmer klangen

Schluchzen und die erboste Stimme ihres Schwiegervaters.

»Reiß dich zusammen! Du … du Schlampe!«

Zwei Schläge klatschten. Das Weinen verstummte. In der Stille waren Hübners Worte deutlich zu vernehmen.

»Ein Segen für dieses Haus, dass er tot ist. Über kurz oder lang wär's doch zum Skandal gekommen. Mach dich zurecht und zeige dich den Gästen. Bedrückt kannst du sein, das sind heute alle. Aber heul nicht. Warum hast du das fremde Mädchen mit ins Zimmer genommen?«

»Das verstehst du nicht.«

»Da magst du recht haben. Was hast du ihr erzählt?«

»Nichts. Wir haben nur getrunken zusammen.«

»Sie sitzt mit ihrem Bruder beim Karl am Tisch und stellt dumme Fragen.«

»Wonach?«

»Nach Steinfels.«

Schritte kamen auf die Tür zu. Lautlos huschte ich zur Treppe, hörte Rosl aber noch sagen: »Ein Segen für dieses Haus, dass es Steinfels gibt.« Wieder war ihre Stimme kalt und schneidend.

Grit drückte mir zärtlich die Hand, als ich zurückkam, und erklärte, sie habe eben vom tragischen Tod unserer Eltern erzählt. Ein lediges Geschwisterpaar in unserem Alter gemeinsam auf Urlaub, das könne nicht nur bei Frau Urmersbach Fragen aufwerfen, und unsere Gastgeber hätten ein Recht zu erfahren, weshalb wir so ungewöhnlichen Familiensinn entwickelten.

Da ich keine Ahnung hatte, auf welch verhängnisvolle

Art wir Waisen geworden waren, murmelte ich betreten: »Unglück schweißt eben zusammen.«

»Leider ist ein ausgeprägter Familiensinn heutzutage ungewöhnlich«, sagte Karl Köstler, das »leider« stark betonend. »Mir ist Ihr Zusammenhalten durchaus verständlich. Es ist auch in unserer Familie Brauch. Meine Mutter hat jahrelang ihre Schwiegereltern betreut. Sie lebten bis zu ihrem Tod in dem Zimmer, das jetzt der Zoll gemietet hat. Großvater war Uhrmacher. Vater lernte bei ihm und fing später ein Geschäft mit Uhren an. Zielstrebig und hartköpfig wie er ist, hat er es ausgebaut. *Ich* weiß zu schätzen, was da an Kraft und Nerven und Einfällen hineingesteckt und an Kampf gegen die Konkurrenz durchgestanden wurde. Es ist das Lebenswerk meines Vaters. Eines Tages werde ich es übernehmen und weiterführen. Das ist unsere Art, Familiensinn zu bewahren und zusammenzuhalten.«

Frau Rosl erschien in der Wirtsstube. Sie war stark gepudert, und um ihre Lippen lag das konventionelle Lächeln wie eingefroren. In ihren Augen aber standen Trauer und Verzagtheit. Grit und ich verabschiedeten uns vom jungen Köstler, und ich nahm Grit mit in mein Zimmer, um die Ereignisse des Tages durchzusprechen.

»Hatte die Wirtin Sie eingeladen?«, fragte ich.

Sie nickte. »Die war einfach fertig. Und jemanden aus Egglfing hätte sie wohl nicht ertragen. Mir kommt's vor, als hätte sie mit Gustl Mayberg alles verloren, was sie hier lebenswert fand. Jetzt weiß sie wohl nicht, wie sie das durchstehen soll, in diesem verlassenen Nest allein mit Nichte und Schwiegervater.«

»Hat sie Angst, dass der Alte sie rauswirft?«

»Die Waldschenke gehört ihr, doch sie kann sie nicht allein bewirtschaften. Der Schwiegervater aber hat einen Horror davor, dass Rosl in Verruf kommen könnte. Eine Egglfinger Wirtin, die es mit einem Verheirateten treibt, das hätten die Einheimischen nie geduldet. Die Gaststube wäre leer geblieben.«

»Langsam wird eine Story daraus«, sagte ich. »Eine attraktive junge Witwe ernährt mit ihrer Gastwirtschaft und ihrem guten Ruf Schwiegervater und Nichte. Da merkt der Alte, dass sie einen verheirateten Liebhaber hat. Damit ist sein Ansehen, ja seine Existenz gefährdet. Trotz aller Vorhaltungen löst die Frau das Verhältnis nicht. Auch der junge Mann lässt sich nicht abschrecken, obwohl sein Vorgesetzter, der Postenführer Steinfels, schon dahintergekommen ist, wo er nachts seinen Streifengang absolvierte. Wenn nichts geschieht, wird sich die Sache bald herumsprechen. Doch es geschieht etwas. Der Postenführer hält dem Zöllner abends eine Strafpredigt, und gegen Morgen knallt er ihn im Dienstzimmer einfach ab.«

»Wie günstig für Hübner«, sagte Grit, »und für Egglfings Moralempfinden.«

Zwei Stunden lang suchte ich das Jägerhaus vergebens. Schließlich stand ich vor einer Dornröschenhecke aus Christusdorn, übermannshoch und so dicht, dass sie auch unbelaubt keinen Durchblick bot. Auf der Suche nach dem Eingang spazierte ich entlang der Hecke, lief aber in die falsche Richtung und musste von dem umfriedeten Viereck drei Seiten ablaufen, ehe ich zu einem Holzzaun mit Gartentor kam. Der Jäger Bolz war ein Verehrer solider Bauweise. Das Häuschen war aus mächtigen Eichenbalken errichtet, ebenfalls aus Eichenholz war der Zaun, die Latten dicht nebeneinander gesetzt und dreimal horizontal miteinander verbunden.

Ich stellte mich so, dass ich von der Haustür aus nicht gesehen werden konnte, und betrachtete Bolzens Anwesen. Auch hier hatten Sturm und Regen Äste gebrochen, Muttererde weggeschwemmt, Kies, Geröll und Steine abgelagert. Ein Teil des Vorgartens war schon gesäubert. Seitlich des Hauses war zerkleinertes Holz gestapelt, und am Waldrand wuchs eine Steinpyramide. Unter den Sträuchern, die zu knospen begannen, blühten Veilchen. In der Nähe eines Fensters, an dem die Gardine zurückgezogen war, stand ein Kinderwagen.

Plötzlich wurde die Tür aufgerissen, zwei Mädchen und ein Junge purzelten heraus, schwarzhaarig alle, pausbäckig und mit dunklen Augen. Das älteste Kind mochte acht, das jüngste vier Jahre alt sein. Sie schleppten Eimer und eine Harke und das jüngste einen Teddybären heraus, den es in die Zweige eines Strauches drückte. Sie lasen Steine auf. Ein grauer Kater zwängte sich durch den Türspalt, stolzierte hochmütig an den Kindern vorbei, glotzte den Teddybären an, mauzte verächtlich und verschwand im Gebüsch. Als der Eimer voll war, riefen sie nach der Mutter, und das ältere Mädchen begann, die steinfreie Fläche zu harken.

Die Frau, die den Garten betrat, hatte schwarzes Haar wie die Kinder. Klein und zartgliedrig wie sie war, hätte man sie eher für die Schwester der Kinder gehalten als für ihre Mutter. Ihr Blick aus den leicht schräggestellten Augen war voller Schwermut. Der harte Zug um den Mund passte nicht in das Gesicht, das mir irgendwie bekannt vorkam. Die Frau packte den Eimer, der viel zu schwer für sie war, und zerrte ihn bis zum Gartentor. Ich trat auf sie zu, grüßte, nahm ihr die Last ab und schüttete die Steine neben die Pyramide. Sofort kamen die Kinder angerannt und schichteten sie auf. Leise bedankte sich Frau Bolz. Auf ihrem Gesicht stand mehr Abwehr als Neugier, und da wusste ich es, das Gesicht ähnelte dem, das Mayberg zu schnitzen begonnen hatte. Ich nickte ihr zu und ging zurück ins Dorf. Solange die Kinder um sie herumwuselten, konnte ich nicht sprechen mit ihr.

Grit empfing mich mit der Nachricht, ein Wachtmeister Hermes sei da gewesen, Götterbote per Motorrad. Ich könne ins Köstlerhaus kommen, ließ er ausrichten, zu Kommissar Baierl. Minuten später saß ich im Dienstraum des Zolls, Baierl vernahm Käutners Enkel, einen breitschultrigen Burschen mit gutmütigem Gesicht. Vor ihnen lag das Handbuch für Marihuanafreunde.

»Wir wissen, dass du wieder sauber bist«, sagte der Kommissar, »uns interessiert nur dein Kontakt zum Zollassistenten Mayberg.«

»Ohne den wär's böse ausgegangen«, sagte der Bursche. »Seit ich in Schärding zur Lehre gehe, guck' ich dort abends mal in 'ne Disco rein. Eines Tages war ich im Weißen Bock. Mann, dort bin ich in Stimmung gekommen wie noch nie! Da musste ich wieder hin. Irgendwie war's mir ja unheimlich, dass ich dort so auf Touren kam, aber wer macht sich da schon Gedanken drüber. Als ich Großvater in Egglfing besuchte, traf ich Gustl wieder, und wir gingen auf ein Bier in die Waldschenke. Trister Laden für mich. Ich erzählte vom Weißen Bock. Gustl ging gleich drauf ein und beschwor mich, ihn das nächste Mal mitzunehmen. Und dort, als ich nach dem ersten Tanz meine halb ausgetrunkene Cola hinunterstürzen wollte, packte er mich und sagte: Los, 'raus hier. Ehe ich's richtig kapierte, stand ich wieder auf der Straße, und drinnen war der Teufel los. Da hat die Fahndungsgruppe aufgeräumt.«

»Bist du gleich losgekommen?«, fragte Baierl.

»Wer kommt denn schon gleich los davon! Der Gustl hat mir's Geld abgenommen, da war er eisern, und ich hab' versucht, ihn auszutricksen und Marihuana geraucht. Besser als nichts, aber 's Taschengeld hat auch dafür nicht gereicht. Die Schwarte hier«, er zeigte auf das Drogenbuch, das auf dem Tisch lag, »habe ich stibitzt. Wollte versuchen, selbst Marihuana anzubauen. Gustl ist dahintergekommen, und da war der Teufel los. Eines Tages war ich dann doch so weit, dass ich nichts mehr wollte und nichts mehr brauchte.«

»Hast du dein Geld zurückbekommen?«

»Klar. War 'n schöner Spargroschen.«

»Ist dir bekannt, ob Mayberg noch mehr solche Kunden hatte wie dich?«

»Keine Ahnung.«

»Oder ob die Dealer mitgekriegt haben, dass Mayberg sie im Weißen Bock hat hochgehen lassen?«

»Ich weiß nicht, aber möglich wär's, dass einer was spitzgekriegt hat.«

Er konnte gehen.

»Klargekommen?«, fragte Baierl, als wir allein waren.

»Dealertrick für Kundenwerbung«, entgegnete ich. »Eine winzige Pille Heroin ins halb ausgetrunkene Glas. Wer's schluckt, gerät in Hochstimmung und kommt wieder in den Laden. Nach dreimaligem Genuss besteht zumeist schon psychische Abhängigkeit. Der Dealer macht sein Angebot, das Opfer greift zu.«

»Aber im Fall Käutner kam Mayberg dazwischen. Der kannte den Trick, gab der Fahndungsgruppe einen Wink und ließ das Geschäft platzen.«

»So was wird zumeist übelgenommen.«

»Die Fahndungsgruppe ermittelt noch, ob eine Spur nach Egglfing führt, an jenem Abend, als der Zollassistent erschossen wurde. Scheißdrogenszene.« Baierl schlug mit der Faust auf die Marihuana-Schwarte. »Die Pest haben wir besiegt und die Tuberkulose, aber rund fünfundvierzigtausend Drogenabhängige gibt's in der Bundesrepublik. Junge Leute. Todeskandidaten. Wir kriegen's nicht in den Griff, und die Auswirkungen werden immer schlimmer, denn die Drogen sind unterschiedlich stark, je nach dem Ursprungsland. Da sieht kein Süchtiger mehr durch, und mancher gibt sich den Todesschuss mit der Nadel aus Unkenntnis über die hohe Konzentration.«

»In den Niederlanden versucht man zumindest, das zu vermeiden. Wer Stoff braucht, kann in Rauschgiftcentern reine Ware in ungefährlicher Dosierung erhalten.«

Ärgerlich winkte Baierl ab. »Einen Schmarrn halte ich davon. Wer fremd gehen will, besucht ’nen Puff, wer Rauschgift braucht, geht in ein Center. Flucht nach vorn. Ich bin nicht fürs Flüchten, sondern fürs brutale Abschrecken. Was der Mayberg im Kleinen gemacht hat, sollte sich im großen Stil durchsetzen. Rauschgiftseminare. Auswirkungen zeigen. Zeigen auch, was sich auf dem Rauschgiftmarkt tut, wie Haschischsorten, Opiate, Würfel, Kapseln, Lösungen, Pillen aussehen. Viele wissen doch überhaupt nicht, wann und wo sie aufpassen müssen, und tappen in die Falle, wie der Käutner-Bub.«

»Ob der alte Schulrat weiß, was mit seinem Enkel los war?«

»Kann sein, kann nicht sein«, sagte Baierl brummig. »Für ihn und die Egglfinger ist das einfach nicht gewesen. – Übrigens ist Maybergs Leichnam zur Beerdigung freigegeben. Einigermaßen seltsam finde ich es ja, dass die Witwe keine Überführung wünscht. Die Egglfinger werden sich noch lange das Maul drüber zerreißen, obwohl’s ihnen ganz lieb ist, dass er hier in die Erde kommt. Eine Beerdigung ist noch immer ein Volksfest, bei dem man seine empfindsame Seele zeigen kann. Jedenfalls werden wir beide dabei sein.«

Ich widersprach, erinnerte ihn an einen Fall im Bayerischen Wald. Damals hatten wir beide an der bis zur Protzerei feierlichen Beisetzung eines ermordeten Mädchens teilgenommen, während der Mörder die Gelegenheit nutzte, im Dorf einen vermeintlichen Zeugen seiner Tat zu beseitigen.

»An diesem Tag wird Egglfing so ziemlich menschenleer sein«, sagte ich, »denn der Friedhof ist weit draußen. Ich hätte Gelegenheit, mir manches genauer anzusehen, was ich mir unter den Augen meiner Mitmenschen nicht betrachten kann. Haben Sie schon den detaillierten Wetterbericht über die Sichtverhältnisse in der Mordnacht?«

»Erfahrungsaustausch ist nach der Beerdigung. Falls Sie was zum Tauschen auf den Tisch legen können.«

Ich zog ein geheimnisvolles Gesicht wie immer, wenn ich nichts Besonderes in der Hinterhand habe, verabschiedete mich und verließ das Dienstzimmer.

Der Frühling blieb in Egglfing. Von Tag zu Tag wurde die Luft milder. Die Strahlen der steigenden Sonne brachen tiefer in die Täler ein. Grüne Schleier breiteten sich über Wiesen, Wälder und Hecken. Himmelschlüssel, Krokusse und Veilchen gaben lustige Farbtupfer. Durch die Vorgärten taumelten die ersten Schmetterlinge. Ich spazierte in Egglfing umher, wie sich das für einen Erholungsuchenden gehört. Manchmal war Grit an meiner Seite. Wir standen am Stausee und sahen zu, wie die Wassersportler ihre Boote ausprobierten. Kleine Cafés und zwei Snack-Bars, die nur während der Saison geöffnet hatten, begannen mit dem Frühjahrsputz.

Grit kaufte Zeitungen, und so blieben wir auf dem Laufenden, mit wem der Bundeskanzler worüber verhandelte und was die Opposition dagegen vorzubringen hatte. Wir waren im Bilde, wer entführt und welche Banken überfallen worden waren, kannten Jimmy Carters Sorgen mit Bruder Billy und wussten, dass Hertie Polsterbetten mit Springauf-Mechanik anbot. Von Herrn

Eibisch, dem Abteilungsleiter bei Hertie in Landshut, stand nichts geschrieben, doch ich war sicher, dass er sein Geschäft verstand und Maybergs Witwe in die ersehnte Stadt holen würde. Nur musste der liebe Augustin erst unter die Erde gebracht werden.

Der Mord an ihm war noch immer Gesprächsthema Nummer eins, doch die Sorge, der Vorfall könne sich auf Egglfings Ruf auswirken, verebbte langsam. Er war zu einer Angelegenheit der Zöllner geworden, die nicht eigentlich hergehörten, sondern nur ihren Dienst hier versahen. Das Opfer war einer ihrer Assistenten gewesen, der Mörder sein Postenführer, ein Fremder, der Saupreiß eben.

Am Abend vor der Beerdigung schlich ich nochmals zum Jägerhaus. Es dämmerte schon, und im Erdgeschoss des Hauses brannte Licht. Ich stellte mich so, dass ich einen Blick in die Stube werfen und, falls es nötig würde, schnell hinter eine Fichte springen konnte: Ich sprang schon nach wenigen Minuten. Im Forsthaus wurde die Tür aufgeschlossen. Drei Dackel schossen heraus, ihnen folgte Jäger Bolz, der sie zurückpfiff. Hinter ihm aber stand eine auffallend kleine und schmächtige Gestalt im Lodenmantel, mein Vogelfänger und Madonnenfreund. Er hatte auch den Rucksack wieder aufgehuckt.

»Du weißt, wie ich denk' über die Sach«, sagte er zu Bolz. »Nie nix hab' ich was im Sinn g'habt mit ihm, also werd' ich auch nicht zu seiner Beerdigung gehen.«

Er kam mit dem Jäger zur Gartenpforte, gefolgt von Lena Bolz.

»Onkel«, sagte sie, »ich flehe dich an. Die Leut wissen,

dass du ihn gekannt hast. Wenn du wegbleibst, wirft das kein gutes Licht auf dich.«

»In der Bibel steht, lasst die Toten ihre Toten begraben. Das sollten die Leut auch wissen.«

»Wenn die Leut reden wollen, können sie anderen Grund finden«, sagte Bolz düster, ohne seine Frau anzusehen. »Passieren kann ihm eh nichts. Sie haben den Saupreiß als Mörder.«

Magdalena Bolz trat einen Schritt zurück. »Vielleicht überlegst du dir's noch«, sagte sie zu dem Alten. »Wir kommen mit dem Wagen bei dir vorbei.«

»Den Umweg könnt ihr euch sparen. Ich bin im Österreichischen.«

Ich wartete, bis das Ehepaar im Haus verschwunden war, und schlich dem Alten nach. Mit schnellen, festen Schritten lief er durch den Wald. Die Feder auf seinem Lederhütchen wippte. Er schlug den Weg nach Haßlingen ein. Bei meinem Verfolgungsgang kam mir die Dunkelheit zustatten. Goepfert wandte sich hin und wieder um und benutzte Nebenwege. Sonderbare Allüren für einen heimkehrenden Wanderer, natürliche Reaktion eines eingefleischten Schmugglers.

Die Hütte, in der er verschwand, wirkte baufällig. Ich fragte mich, wie er darin den Winter überstehen konnte, ohne dass ihm das Blut in den Adern erstarrte. Wahrscheinlich durchsetzte er es gehörig mit Alkohol.

Zu Gustl Maybergs Beerdigung schien die Sonne. Es war ein Samstag, und die Leute putzten sich fein schwarz heraus und schleppten ganze Arme voll Blumen mit sich, teils zu Sträußen, teils zu Kränzen gebunden. Wer ein Auto oder Motorrad besaß, stopfte so viel Nachbarn in Wagenfond oder Beiwagen, wie mit Mühe hineinpassten. Einige spannten ihre Pferde vor den Landauer, und die Egglfinger, die auf diese Weise nicht unterkamen, fuhren von der Haltestelle am Stausee mit dem Bus zu dem weit abgelegenen Friedhof, auf dem sie aus mehreren Ortschaften ihre Toten bestatteten.

Grit stieg mit Frau Rosl, deren Nichte und Schwiegervater in einen Landrover, in dem sie die notwendigsten Dinge zur Gastwirtschaft transportierten. Nach der Beerdigung wollten sie noch Geräuchertes holen. Ich selbst schützte Darmbeschwerden vor und blieb auf meinem Zimmer.

Als der Wagen, von Frau Rosl chauffiert, vom Hof rollte, sprang ich die Treppen hinunter und verschloss sorgfältig die Haustür. Ich wollte auf Nebenwegen die Abzweigung nach Haßlingen erreichen, doch vor mir sah ich eine Frau, die mich vorerst davon abbrachte. Sie war kräftig gebaut, hatte rundliche Hüften und kurzgeschnittenes fahles Haar. Ich lief schneller, holte sie ein und sagte: »Guten Morgen, Frau Steinfels.«

Überrascht sah sie mich an.

»Sie – gehen nicht zur Beerdigung?«, fragte sie, statt meinen Gruß zu erwidern.

»Sie gehen hoffentlich auch nicht.«

»Ich habe eine Besuchererlaubnis für meinen Mann.«

»Grüßen Sie ihn von mir.«

Ich wollte mich abwenden, doch sie fasste mich am Arm und hielt mich zurück.

»Kann ich ihm sonst noch was bestellen? Etwas, das ihm Hoffnung macht?«

»Es ist noch zu früh, darüber zu sprechen.«

»Warten Sie nur nicht, bis es zu spät ist«, sagte sie, nahm die Hand von meinem Arm und ging einfach weiter.

Ich lief nach Haßlingen. Das kleine Haus am Rande der Ortschaft sah auch bei Sonnenschein nicht einladender aus als in der Dunkelheit. Vom Grenzwald her kam ein Zweispänner gefahren. Ich trat beiseite, drückte den Hut tiefer in die Stirn und ließ ihn an mir vorbeirollen. Auf dem Kutschbock saß der Jäger Xaver Bolz, im Wagen drei seiner Kinder. Magdalena konnte ich nirgends entdecken.

Vor Goepferts Haus hielt Bolz an, sprang vom Wagen und klopfte an die Tür. Niemand öffnete ihm. Er ging ums Haus herum, versuchte, durch die Fenster zu spähen, schlug dagegen und rief: »He, Onkel Jo!« Auch das blieb erfolglos. Achselzuckend kehrte er zum Wagen zurück, schwang sich hinauf und trieb die Pferde an.

Nun ging ich zum Haus und tat so ziemlich das Gleiche, was Bolz mir vorgeführt hatte. Ich klopfte an die Tür, ging herum und versuchte, einen Blick durch die blinden Fenster ins Innere zu werfen. Was ich sah, war ein gespanntes, leicht mürrisches Gesicht. Ich kannte es von meinem Spiegel. Wie Bolz klopfte auch ich gegen die Scheiben und rief: »Hallo! Ist jemand zu Hause?« Als niemand antwortete, machte ich mich daran, mit einem Dietrich die Haustür zu öffnen. Keine erwähnenswerte Arbeit. Ich stand in einem schmalen, dunklen Hausflur, erkannte, dass da zwei Türen waren, und drückte die erst beste auf.

Sie führte in die Stube, die meine Mutter beschrieben hatte, wenn sie mir das Märchen vom Schneewittchen und den sieben Zwergen erzählte, nur dass hier alles in ein- statt in siebenfacher Ausfertigung vorhanden war. Ich stieß an ein Stühlchen vor einem Tischchen, darauf ein irdenes Schüsselchen mit einem Milchrest. Eine Fliege ertrank eben darin. In der Ecke stand ein Öfchen, daneben das Bettchen. Es sah aus, als vergesse der Goepfert-Zwerg vor dem Schlafengehen seine Stiefel auszuziehen. Die Luft war stickig, und durch die Fensterscheiben konnte ich ebenso wenig hinaussehen, wie ich hatte hineinschauen können. Ich öffnete das einzige Schränkchen, fand Holzpantinen, Stiefel, Manchesterhosen, Pullover, Hemd und graues Flanellunterzeug und im oberen Fach etwas Geschirr.

Ohne auf Spezielles aus zu sein, guckte ich nach dem Motto »Wer suchet, der findet« in Töpfe, unters Bett, hob die Matratze hoch, klopfte Dielen und Wände ab. Irritiert flitzten die Schaben von Ecke zu Ecke.

An der Unterseite des Tisches war zwischen Tischbein und Platte ein Stück Papier geschoben. Vorsichtig zog ich es Zentimeter um Zentimeter heraus und faltete es auseinander. In steifen schrägen Buchstaben stand darauf: *Waldwegen 4, ö.* Darunter zeilenweise Buchstaben, Zahlen, Striche, Punkte. Da es unmöglich war, die Goepfert'sche Geheimschrift sofort zu dechiffrieren, blieb mir nichts anderes übrig, als sie in mein Notizbuch zu übertragen. Den Zettel schob ich wieder an seinen

Platz, dann ging ich hinaus in den Flur, um zu sehen, was mich hinter der zweiten Tür erwartete.

Der Raum, zu dem sie führte, war ein Schuppen. Das winzige Fenster ließ kaum erkennen, ob draußen Tag oder Nacht war. Ich knipste meine Taschenlampe an. Ihr Lichtschein erfasste Hacke, Spaten, Schaufel, eine Picke, wie sie die Bergsteiger in den Regionen des ewigen Eises benutzen, Spirituskocher, Hackeklotz, Säge, Beil, gespaltenes und ungespaltenes Brennholz. Daneben ein Packen Zeltplanen. Bei näherem Hinsehen war es kein Packen Zeltplanen, sondern nur zwei, die einen länglichen Gegenstand bedeckten. Ich atmete tief und zwang mich zur Ruhe. Ich ziehe ungern in dunklen Ecken Zeltplanen von länglichen Gegenständen.

Der Sarg, den ich freilegte, war klein, vielleicht für ein Kind gedacht. Ich ertappte mich bei dem Gedanken, dass Goepfert trotzdem hineinpasste. Es war ein wunderschöner alter Eichensarg mit handgeschnitzten Verzierungen und Kupferbeschlägen. Zweifellos Einzelanfertigung. Mit einer Hand hob ich langsam den Deckel an und umkrampfte mit der anderen die Taschenlampe. Der Deckel knarrte und quietschte kein bisschen, während ich ihn öffnete, doch im Inneren des Sarges raschelte etwas. Mit einem Ruck riss ich ihn auf. Verdorrte Blätter wirbelten hoch und fielen zu Boden. Der Sarg war voll gestopft mit Laub.

Mit der flachen Hand tastete ich diesen seltsamen Inhalt ab. Keine Erhebung, nichts, was auf einen Gegenstand unter dem dicht gepressten Laub schließen ließ. Zumindest nicht unter der Oberfläche. Meine Hand grub tiefer, stieß auf etwas Hartes, packte zu und zog den Fund heraus. Es war die Madonna. Sie steckte samt ihrem Zertifikat in einem Plastbeutel. Ich befreite sie davon und strahlte sie mit meiner Taschenlampe an. Sie betete noch immer. Ihr schmales, zartes Gesicht drückte Zuversicht an die Erfüllung ihres Gebetes aus. Sie hielt den Kopf leicht geneigt, und ihre halbgeöffneten Augen blickten streng. Über ihr Haar war ein Tuch geworfen. Es fiel in Falten, wie sie nur ein Meister zu schnitzen vermag, bis zu ihren Füßen und floss ein in die Falten des Gewandes, das den schmalen Leib umhüllte.

Ich besah mir das Zertifikat, das die Figur als einen nicht eben wertvollen Versuch eines Laienschnitzers ausgab. Es war mit Unterschrift und gültigem Stempel versehen. Es war echt. Doch es konnte nicht zu dieser Madonna gehören, denn die war auch echt.

Ich sargte sie wieder ein und bemühte mich, keines der Laubblättchen liegen zu lassen, schlich aus dem Schuppen und durch den Flur ins Freie. Noch während ich abschloss, überlegte ich, was mich weiterbringen würde: zur Grenze gehen und zu warten, bis Madonnen-Goepfert aus Österreich zurückkam, oder das Jägerhaus besuchen. Wenn ich an der Grenze Glück hatte, kam der Alte noch heute zurück, ich konnte ihm nachgehen und, wenn ich unverschämtes Glück hatte, dahinterkommen, wohin er die Madonna brachte. Vielleicht wurde er an der Grenze wieder kontrolliert, und es kam noch ein anderer Schatz, als minderwertig ausgegeben, zutage.

Auf unverschämtes Glück soll man sich nur verlassen, wenn einem nichts anderes zu tun bleibt. Mir blieb noch

Bolzens Haus. Allem Anschein nach konnte ich endlich die Frau allein antreffen. Vielleicht war ihr Säugling krank geworden oder sie selbst, sodass sie nicht mit zur Beerdigung fahren konnte.

Auf dem Weg zum Jägerhaus spukte mir noch die Madonna im Kopf herum. Ich war sicher, dass sie aus einem Kirchenraub stammte, doch nicht so ein Kunstkenner, dass ich es hätte beweisen können. War es falsch gewesen, sie in ihrem Versteck zu lassen? Hätte ich sie mitnehmen und von einem Fachmann begutachten lassen sollen? Der Kommissar wäre dahintergekommen und hätte mich im Falle Mayberg fortan kaltgestellt. Und Goepfert wäre gewarnt gewesen. Nein, ich musste mich mit Baierl absprechen, um zu erfahren, ob ein Zusammenhang mit dem Passauer Kunstfund bestand, dem Statuenkopf eines griechischen Grabreliefs. Falls die Madonna aus einem Kirchenraub stammte, einem Verbrechen, so alt wie die Kirchen selbst und immer wieder begangen, dann musste sie in einer Sachfahndungsliste des Zolls verzeichnet sein. An diese Liste wollte ich über den Kommissar herankommen. Erfahrungsgemäß bestand bei den Sammlern Interesse für alle beweglichen Güter, die man in Kirchen findet: Gebrauchsgegenstände für den Gottesdienst, Reliquien, Schmuck. Also wurden auch all diese Dinge geraubt und durch Schmuggler wie Goepfert zumeist außer Landes gebracht.

Ich war am Anwesen des Jägers angelangt, dem Haus, in dem Lena Bolz wohnte, die Nichte des Schmugglers und die Geliebte des ermordeten Zollassistenten. Gab das etwas her für meine Ermittlungen?

Die Gartentür war verschlossen, der Vorgarten von Steinen und Geröll gesäubert. Nichts rührte sich, was darauf schließen ließ, dass jemand zu Hause sei. Nur das Küchenfenster, es stand offen, seit ich das Haus beobachtete, hatte auch an jenem Tag niemand geschlossen. Ich sprang über den Zaun, um mich zum zweiten Male innerhalb weniger Stunden in unbewohnten Räumen umzusehen. Doch ich wollte nicht an der Vorderfront einsteigen, wo ein zufällig Vorübergehender meine Kletterkünste bewundern konnte.

Ich lief hinters Haus. Zwischen seinen weißgetünchten Mauern und der Dornröschenhecke dehnte sich ein parkartiger Garten, gerade so weit verwildert, dass man sich noch darin wohlfühlen konnte. Ein Hauch von Grün lag über Bäumen und Sträuchern. Schlanke, hochgewachsene Lebensbäume standen in düsterer Feierlichkeit dazwischen, Krüppelkiefern wuchsen zu bizarren Gestalten. Vor der Silbertanne war eine Vertiefung auszementiert worden, vermutlich ein Bassin für Goldfische. Ringsum blühten Krokusse und Himmelschlüsselchen.

Zwei Fenster entdeckte ich an der Hinterfront, das eine geschlossen und die Gardine vorgezogen, das andere einen Spalt geöffnet. Vorsichtig schob ich es weiter auf und blickte in eine freundliche Stube. Die weißen Wände waren halbhoch mit Holz getäfelt und mit Jagdtrophäen behangen. Ein zierlicher Nähtisch stand neben dem Fenster, darauf ein Vogelkäfig mit einem schlafenden Wellensittich darin. Die Ecke rechts neben dem Fenster konnte ich nicht einsehen, dafür aber die lange Wand mit dem Ledersofa, dem ovalen Tisch und der großen Hängelampe darüber.

Vor dem Tisch, mit dem Rücken zum Fenster, saß Magdalena Bolz. Sie hatte die Ellenbogen auf den Tisch gestützt und die Hände vors Gesicht geschlagen. Neben ihr stand eines der Jagdgewehre ihres Mannes.

Ich wollte mich eben bemerkbar machen, als sie hochfuhr, das Gewehr packte und sich darüber beugte. Der Lauf zielte ins Gesicht. Ihr Finger war am Abzug.

Ich wagte nicht, sie anzurufen, aus Angst, der Schreck könne eine verhängnisvolle Bewegung auslösen. Langsam hob sie den Kopf. Ihr Blick, der nichts wahrnahm, glitt durchs Zimmer. Sie lehnte das Gewehr wieder an den Tisch und ging hinaus.

Ich hatte Unglückliche in ähnlichen Momenten erlebt und wusste inzwischen, dass es keine echten Entscheidungssituationen waren. Diese Menschen sind einfach verzweifelt und spielen gedanklich Möglichkeiten durch. So wie man spinnt, wenn ich im Lotto gewinne, fange ich dieses und jenes mit dem Geld an, denken sie, wenn ich etwas stehle, ist meine Not zu Ende; wenn ich meine Schuld einem anderen in die Schuhe schiebe, komme ich ohne Strafe davon; wenn ich mich umbringe, habe ich Ruhe vor meinen Peinigern. Was für Gedanken ihnen im Kopf herumspuken, kommt auf die Notlage an, in der sie stecken. Doch ich meine, wenn jemand die Möglichkeit erwägt, für immer auszureißen, sitzt er sehr tief in einer bösen Klemme.

Als sie hinausgegangen war, stieß ich das Fenster vollends zurück und sprang ins Zimmer. Der Wellensittich erwachte und krächzte: Gudden Tach, gudden Tach! Ich packte den Schießprügel und stellte ihn in Bolzens Gewehrschrank. Auch das war ein schweres Prunkstück aus Eichenholz. Mit solidem Schloss übrigens, in dem aber der Schlüssel steckte. Der Schrank stand in jener Zimmerecke, die ich von draußen nicht hatte einsehen können. Ich zog den Schlüssel ab und setzte mich auf Magdalenas Stuhl. Im Nebenzimmer hörte ich sie leise auf den Säugling einreden, dann waren schmatzende Geräusche zu hören. Sie hatte ihm wohl die Flasche gegeben. Schließlich trat sie wieder ins Zimmer. Wie groß ihr Schreck war, konnte ich schlecht ermessen. Ihr Gesicht war so kalkig, dass es unmöglich noch weißer werden konnte.

»Vor mir brauchen Sie keine Bange zu haben«, sagte ich.

Ihr Blick huschte zum Gewehrschrank und glitt zurück zu dem Schlüssel, der zwischen meinem Daumen und Zeigefinger baumelte. Noch immer stand sie wie angewurzelt.

»Wer sind Sie?«, fragte sie mit einer Stimme, die ihr nicht recht gehorchte, »und was wollen Sie hier?«

»Kommen Sie.« Ich stand auf und fasste sie behutsam am Arm. Sie wirkte so zerbrechlich. »Setzen Sie sich zu mir, und wir werden vernünftig über alles sprechen.«

Sie ließ sich zum Ledersofa führen und hockte sich in die Ecke. In ihren Augen stand keine Angst, nur ein großes Nichtbegreifen. Ich nannte ihr meinen Namen und sagte, dass ich aus Passau käme. Eigentlich hätte ich über Augustin Maybergs Ermordung mit ihr sprechen wollen, doch jetzt möchte ich wissen, weshalb ihr das Leben nichts mehr wert sei. Vermutlich gäbe es Zusammenhänge zwischen beiden Ereignissen, und eben die hätte ich ganz gern erfahren.

»Warum?«, fragte sie müde. »Sind Sie von der Polizei?«

Ich schüttelte den Kopf, ging zum Fenster, verschloss es und zog die Gardine vor. »Weidmannshein«, krächzte der Wellensittich, und ich sagte: »Halt den Schnabel.« Ich zog den Stuhl um den Tisch herum, sodass ich dicht vor der jungen Frau saß, die mit leeren Augen ins Zimmer starrte.

»Hallo! Nun kommen Sie mal zurück. Sie sehen einen guten Freund vor sich, der Ihnen helfen will.«

»Mir kann kein Mensch ...«

»Ich kann«, unterbrach ich sie so überzeugt, dass ich es selbst glaubte. »Sie sitzen in einer Klemme, die wahrscheinlich mit dem Mord an Augustin Mayberg zusammenhängt. Ich bin Privatdetektiv und will herausfinden, wer den Zollassistenten erschossen hat. Mir scheint, je schneller ich das schaffe, umso eher können wir Ihre Klemme aufbiegen. Übrigens sind Sie in Egglfing der einzige Mensch, der weiß, weshalb ich hier bin. Vorläufig jedenfalls.«

»Der Postenführer hat den Assistenten umgebracht«, sagte sie teilnahmslos.

»Kann sein, kann nicht sein. Das werden wir demnächst herausfinden. Wenn er es getan hat, dann aber gewiss nicht, weil Mayberg die Streifengänge nicht immer exakt eingehalten hat. Da steckt etwas anderes dahinter. Eine Schmuggelaffäre zum Beispiel. Wovon lebt eigentlich Ihr Onkel?«

Ein verständnisloser Blick streifte mich.

»Ich meine den kleinen Herrn Joseph Goepfert aus Haßlingen.«

»Er macht Botengänge.«

»So kann man's auch nennen. Schmuggel wäre treffender.«

Sie reagierte nicht.

»Ein Mensch, der so verzweifelt ist wie Sie«, sagte ich, »könnte zum Beispiel über den Mord etwas wissen, was er nicht verkraftet.«

»Wenn ich zurzeit ein bisschen durcheinander bin, dann hat das nichts mit dem Mord zu tun.«

»Obwohl es Ihr Liebhaber war, den man umgebracht hat?« Sie fuhr auf.

»Ruhig, ganz ruhig bleiben. Ich nehme an, Sie wollen jemanden decken. Jemanden, der Ihnen sehr nahe steht. Aber die Angst, dass es doch herauskommen könnte, macht Sie mürbe.«

»Ich will niemanden decken.« Ein leises Beben war in ihrer Stimme.

»Wer wusste von Ihrem Verhältnis zu Mayberg?«

Schweigen.

»Ihr Mann also.«

Ein widerwilliges, kaum wahrnehmbares Nicken.

»Wer noch? Goepfert, Ihr Onkel?«

Kopfschütteln.

»Ihr Mann hat sie in flagranti ertappt?«

Schweigen.

»Und Mayberg gedroht?«

»Nicht Gustl. Mir.«

Einen Augenblick lang sah ich sie verdutzt an.

»Ihnen? – Also, was hat sich abgespielt, als Ihr Mann plötzlich auftauchte und Sie mit Mayberg überraschte?«

Endlich kam Leben in ihre Augen.

»Die Stunden mit Gustl, das war das Beste in meinem Leben. Ich war so unglücklich vorher, obwohl ich doch die Kinder hatte und Xaver. Aber es war so leer um mich, und manchmal hatte ich Angst. Bis Gustl kam.«

»Wo waren Sie mit ihm, als Ihr Mann Sie überraschte, und wann ungefähr ist das gewesen?«

»Vor zwei Wochen. Nachts. Gegen eins etwa. Der Gustl lief Streife, den Grenzweg drüben am Fluss entlang, also keine drei Minuten von hier. Mein Mann war draußen auf einem der Hochstände. Bei solchen Gelegenheiten hat der Gustl manchmal reingeschaut zu mir. Wir saßen in diesem Zimmer auf dem Sofa. Ich hörte, dass jemand die Tür aufschloss und ins Haus trat.

»Und dann?«, fragte ich.

»Dann kam die Hölle. Wenn er mich geschlagen hätte, ich hätt's verstanden, weil man nach einem großen Schmerz wieder ins Gleichgewicht kommen muss. Aber er belauert mich, schleicht durchs Haus wie ein Kranker, möcht' mich anrühren und schafft's doch nicht. Keinen Schritt darf ich aus dem Haus gehen. Selbst zum Einkaufen fährt er mit ins Dorf. Manchmal sitzt er da und sinnt, schaut plötzlich auf und sagt: ›Früher hat man die Huren aufs Haberfeld getrieben.‹«

»Was meint er denn damit?«

»Kennen Sie das Haberfeldtreiben nicht?«, fragte sie erstaunt zurück. »Damit büßten schon bei einigen germanischen Volksstämmen die Frauen für Ehebruch und Unkeuschheit. Die Haberer waren gut organisiert, hatten einen Haberfeldmeister und viele Mitglieder. Sie maskierten sich, und mit Schreien und Poltern trieben sie die Frau aus dem Haus, schoren ihr das Haar und rissen ihr die Kleider vom Leib. Dann trieben sie sie mit Peitschen und Knüppeln aufs Stoppelfeld und hetzten sie, bis sie tot umgefallen ist. – Meine Großeltern haben mir noch davon erzählt. Das letzte Treiben war achtzehnhundertdreiundneunzig bei Miesbach.« Mit wehmütigem Lächeln fügte sie hinzu: »Xaver würd's ganz gern wieder einführen.«

»Das ließe sich kaum machen«, erwiderte ich, »ohne die halbe Menschheit auszurotten.«

Magdalena Bolz wirkte jetzt ruhig und vernünftig.

»An jenem Abend«, sagte ich, »als Ihr Mann Sie mit Mayberg überraschte, ist er bewusst zurückgekommen. Was hat ihn darauf gebracht, dass der Gustl Ihr Liebhaber sein könnte?«

»Irgendwann hat er Steinfels vor unserem Haus getroffen, und misstrauisch, wie er ist, hat er ihn gefragt, was er da zu suchen habe.

›Ich kontrolliere die Streife‹, erwiderte der.

Mein Mann weist ihn zurecht, dass die Grenze und der Streifengang nicht an unserem Haus vorüberführen. Da sagte Steinfels: ›Wenn ich den verdammten Schlendrian von Mayberg mal erwischen will, muss ich's schon auf einen kleinen Umweg ankommen lassen.‹ Die heimliche

Schande, verstehen Sie, die hätte der Xaver vielleicht noch ertragen, die öffentliche erträgt er nicht.«

Saubere Arbeit, dachte ich, wenn's Bolzens Arbeit war: den Liebhaber der Frau erschießen und den Verdacht auf den Mitwisser lenken.

»Steinfels sitzt«, sagte ich, »was kann der noch rumerzählen?«

»Xaver hat Angst, seine Frau würd's tun, um die Egglfinger in den Dreck zu ziehen. Immerhin ist sie eine Fremde. Mein Mann aber ist Jäger und Egglfinger, und da hat der Gustl ganz recht gehabt, für den besteht das Leben nur aus zwei Dingen: seiner Jagd und seiner Ehrbarkeit.«

»Wie soll denn das alles weitergehen?«

»Ich weiß nicht«, sagte sie ohne Hoffnung und fügte hinzu: »Wie immer. Er wird mich gewiss nur eine Weile schlecht behandeln, bis er alles verdaut hat, was er von Gustl schlucken musste, dann wird sich's wieder einrenken.«

Es klang so überzeugt, als wenn einer mit dem Strick um den Hals von seinem nächsten Gehaltstag spricht.

Ich fragte: »Warum sind Sie eigentlich nicht mit zu Maybergs Beerdigung gegangen?«

»Weil's Xaver nicht wollte. Du gehst nirgends mehr hin, hat er gesagt.«

Sie lächelte, und es sah ziemlich irre aus. Ich packte sie an beiden Schultern und rüttelte sie.

»Frau Bolz, Sie sind völlig mit den Nerven runter. Erstens, weil der Gustl tot ist, der Ihnen das Leben hier erträglich gemacht hat, zweitens aus Angst, Ihr Mann könnt's gewesen sein, der den Gustl erschossen hat, und drittens, weil Sie fürchten, die Polizei könnte dahinterkommen und Ihren Mann einsperren. Dann wären Sie den Egglfingern ausgeliefert als Frau eines Mörders. Das wäre entsetzlich für Sie, natürlich, doch was Ihr Mann tut, ist nicht besser. Er wird Sie isolieren, bis Sie ganz und gar verrückt werden und man Sie eines Tages als menschliches Wrack in eine Anstalt einliefert.«

Sie schüttelte den Kopf und konnte sich vor Angst kaum rühren, doch sie sagte: »Ich bin die Einsamkeit gewohnt, und ich habe die Kinder. Was ich mir eingebrockt habe, muss ich auch auslöffeln.«

»Unsinn. Sie sollten fort von hier. Die Welt ist größer als Egglfing.«

»Nicht für mich.«

Sie kroch in ihrer Sofaecke zusammen und bekam wieder ihren apathischen Blick.

Ich wusste, dass sie recht hatte. Es war auch nur so eine Möglichkeit gewesen, die mir durch den Kopf gegangen war, doch sie taugte nicht. Wie sollte sich eine Magdalena Bolz außerhalb dieses Jägerhauses zurechtfinden? Mit vier Kindern, von denen sie sich nicht trennen würde? Aber das gehört zu den deprimierenden Dingen im Leben, jemanden zugrunde gehen sehen und ihm nicht helfen können. Ich dachte, so ähnlich müsse auch Gustl Mayberg empfunden haben, als er in jener Nacht das Jägerhaus verließ.

Ich stellte ihr meine letzte Frage. Wo war Xaver Bolz in der Mordnacht gewesen? Sie überlegte. Mir kam es vor, als denke sie nicht darüber nach, wo er gewesen war, sondern darüber, was sie mir erzählen sollte.

»Er war zu Hause.«

»Wenn Sie mich belügen, wird's auch nicht einfacher für Sie«, sagte ich, »denn ich finde Maybergs Mörder, ob man mir Steine in den Weg legt oder nicht. Und oftmals, Frau Bolz, kommt mit der Gewissheit auch die Kraft, sich abzufinden. Es ist der Zweifel, der einen kaputt macht. Bitte, sagen Sie Ihrem Mann, dass ich ihn demnächst sprechen möchte.«

6

Die Egglfinger Trauergesellschaft kehrte zurück. Ich kam gerade zurecht, um Frau Rosl und Grit aus dem Wagen zu helfen. Rosl hatte verweinte Augen, und der alte Hübner warf ihr besorgte Blicke zu. Leise sagte Grit zu mir: »Es war zum Heulen schön. Wie die meisten Beerdigungen. Und wie war's bei Ihnen?«

»Nur zum Heulen.«

Ihr Sarkasmus täuschte nicht darüber hinweg, dass die Zeremonie sie ziemlich mitgenommen hatte. Ich bat Frau Rosl, mir etwas zum Essen zu bereiten. Ihr Schwiegervater fragte scheinheilig: »Ach, nun ist der Darm wohl wieder gesund?«

Oben im Zimmer erzählte ich Grit von meinem Besuch bei Goepfert und dessen Nichte. Wir kamen überein, dass sie ab und zu nach Lena Bolz sehen sollte. Gegen eine Frauenbekanntschaft konnte der Jäger keine moralischen Einwände vorbringen, und einer Egglfinger Urlauberin die Tür zu weisen, würde er kaum wagen. Auf diese Weise bewahrten wir Lena wenigstens eine Zeit lang vor der Isolierung, und vielleicht gelang es Grit obendrein, ihr etwas zu entlocken, was Bolzens Alibi für die Mordnacht erschütterte.

Die Schankwirtin rief, das Essen stehe bereit, und als wir hinunterkamen, servierte uns ihr Schwiegervater Weißwürste nach Münchener Art. Um ihm seinen Glauben an meinen ramponierten Magen doch noch etwas zu erhalten, bestellte ich mir Sechsämtertropfen dazu, einen würzigen, bekömmlichen Halbbitter. Draußen bremste ein Motorrad, kurz darauf standen Karl Köstler und der Götterbote, der der Polizei diente, in der Gaststube.

»Bitte schön, da sitzt Herr Eiserbeck«, sagte Karl Köstler und führte Wachtmeister Hermes an unseren Tisch.

Der legte mir einen zusammengefalteten Zettel neben meinen Teller. Kommissar Baierl verlangte nach mir. In Neuhaus. Sofort.

»Nehmen Sie einen Moment Platz«, sagte Grit zu Hermes, »mein Bruder wird erst seine Weißwurst essen.«

Der Götterbote verlagerte sein Gewicht von einem Bein aufs andere und sah unglücklich aus. Ich legte das Besteckt beiseite, ließ mir die Sechsämtertropfen durch die Kehle rinnen und sagte zu Grit: »Baierl verlangt nicht nach mir, weil ihm der dritte Mann zum Skat fehlt.«

»Steigen S' auf?«, fragte Hermes hoffnungsvoll. »Gleich?«

Ich nickte und ging mit ihm hinaus. Kaum saß ich auf dem Krad, preschte er los. Baierl empfing mich vor der Zollverwaltung in Neuhaus. Wir spazierten eine Runde um das Gebäude. Er kam mir nervöser vor, als ich ihn sonst kannte.

»Drinnen sitzt Hachenberger, der Hundeführer«, sagte er. »Der Zoll hat ihn schon durch die Mangel gedreht. Vielleicht lasse ich Sie ein bisschen mitdrehen.«

»Vielleicht? Sie hatten's verdammt eilig, mich hierherzukriegen.«

»Ich habe Ihnen die Freiheit gelassen, in einem Fall herumzuschnüffeln, der Sie nichts angeht. Das möchte sich auszahlen für mich.«

»Sie meinen, in dem Augenblick, wo Sie mit der Karre im Dreck stecken geblieben sind, soll ich Ihnen die nächste bereitstellen, damit sie weiterrollen können.«

»Sie empfindsamer Dickschädel.« Und dann platzte er heraus: »Morgen Nacht ist Lokaltermin im Köstlerhaus. Möglicherweise muss ich danach Steinfels wirklich auf freien Fuß setzen. Wem widme ich dann meine geschätzte Aufmerksamkeit, ohne den Egglfingern Zeit zu lassen, sich einen neuen Sündenbock zu suchen?«

»Außer Goepfert habe ich Ihrer Fürsorge noch zwei Mann zu empfehlen.«

»Namen?«

»Was ist denn bei Ihren Ermittlungen um Leberecht Köstler herausgekommen?«, fragte ich statt einer Antwort. »Und was ist mit den Zöllnern, die Mayberg kannten?«

»Sie können morgen zum Lokaltermin kommen und jetzt mit Hachenberger sprechen«, sagte der Kommissar.

Ich war's zufrieden und nannte ihm die Namen.

»Max Hübner, Schwiegervater der Schankwirtin, und Xaver Bolz, Jäger in Egglfing.«

Erstaunen breitete sich über sein Gesicht. »Und da soll was dran sein? Na, reden wir anschließend noch drüber. Kommen Sie jetzt.«

Der Offizier vom Zoll, der, wie Baierl mir zuflüsterte, zur Fahndungsgruppe gegen Rauschgiftschmuggler gehörte, war ein langer Kerl mit ungeduldigem Blick. Er erhob sich, als wir eintraten, drückte mir die Hand und rückte einen Stuhl zurecht. Ich kam zwischen ihm und Hachenberger zu sitzen. Baierl nahm etwas abseits von uns Platz.

»Kennen Sie diesen Herrn?« Der Offizier fragte Hachenberger und nickte zu mir hin.

»Hat mal an der Grenze rumgelungert.«

Er hatte den gleichen düsteren Blick wie damals, als Gustl Mayberg den alten Goepfert kontrollierte, obwohl der Hund nicht angeschlagen hatte.

»Und Sie? Erinnern Sie sich an ihn?«

Ich beschrieb, wie ich Hachenberger mit dem Hund an der Leine, zusammen mit einem zweiten Zöllner, aus dem Wald hatte kommen sehen, ließ die Szene mit der Madonna und die Begebenheit mit dem abgekuppelten Campinganhänger Revue passieren. Und dann war ich ganz sicher.

»Nicht der Zollassistent Mayberg«, sagte ich, »sondern dieser Mann stand zwischen Anhänger und Wagen, während die anderen den Anhänger durchsuchten, in dem der Hund ziemlichen Radau machte. Er muss in aller Ruhe zugesehen haben, wie der Fahrer abkoppelte.«

Hachenberger begehrte auf. Lüge! Verleumdung! Der Offizier schnitt ihm das Wort ab.

»Sie haben Tipps nach drüben gegeben, wann wir hier Rauschgiftkontrollen ansetzen«, sagte er, »doch als die große Ladung kam, da wussten auch Sie bis zur letzten Stunde nichts von einer Kontrolle, und die Sache ging schief. Herrn Eiserbecks Beobachtung ist nur das Pünktchen auf dem i, aber das i steht schon ein Weilchen fest für uns.«

»Sie wissen auch, weshalb ich mich in diese Sache hineinhänge?«, fragte Baierl beinahe mürrisch. »Sie kennen mich?« Hachenberger schüttelte den Kopf. Er sah nicht sonderlich interessiert aus.

»Dann darf ich mich vorstellen.« Er blieb sitzen, beugte sich nur ein wenig vor, die Hände auf die schweren Oberschenkel gedrückt. »Kommissar Baierl. Leiter der Mordkommission. Ich muss mich mit Ihnen beschäftigen, weil der Zollassistent Mayberg erschossen wurde.«

Hachenberger, der nicht nur düster, sondern auch unsagbar müde blickte, wurde etwas aufmerksamer. Er sah Baierl an und mühte sich, hinter den Sinn seiner Worte zu kommen. Da der Kommissar schwieg, nahm er an, man erwarte von ihm eine Bemerkung.

»Der Gustl war ein guter Kamerad«, sagte er, »und ein tüchtiger Zollbeamter.«

Baierl nickte. »Tüchtig genug, um Ihnen auf die Schliche zu kommen. Das wiederum haben *Sie* bemerkt und ihn erschossen.«

»Nein!« Er sprang auf. Der Stuhl kippte um. »So was lass ich mir nicht anhängen!«

Der Offizier ging zur Tür, schloss ab und steckte den Schlüssel ein.

»Sie wussten«, sagte Baierl, »dass Mayberg in jener Nacht den Dienst getauscht hatte, aber Sie …«

Er stand auf, griff nach Hachenbergers Hemdbrust, drehte sie wie einen auszuwringenden Waschlappen, bis dem Zöllner die Luft knapp wurde, und zog ihn dicht an sich heran. Sie standen Auge in Auge.

»… Sie hatten frei und haben ihm aufgelauert, als er ins Köstlerhaus ging. Er hatte die Angewohnheit, seine Pistole gleich beim Eintreten abzuschnallen und rechter Hand auf den Tisch zu legen. Vielleicht war Ihnen auch das bekannt. Jedenfalls kam es Ihnen gelegen. Sie wussten, es ist besser, ihn mit seiner eigenen statt mit Ihrer Pistole zu erschießen. Er hat Ihnen nicht misstraut, als Sie hereinkamen, dachte wohl, Sie wollten sich endlich aussprechen mit ihm, und sagte etwas von Sorgen, die er sich seit einiger Zeit um Sie mache. Da haben Sie geschossen. Aber er war noch nicht tot. Sogar der kummervolle Ausdruck war noch in seinem Gesicht. Sie kamen näher und schossen ein zweites Mal.«

»Nein, nein.« Hachenberger stieß die Worte leise aus, kraftlos, er schien zu entsetzt, um diese Beschuldigung zu erfassen, geschweige denn, darauf antworten zu können.

Der Offizier stellte den umgekippten Stuhl auf die Beine und drückte ihn Hachenberger in die Kniekehlen. Baierl ließ Hachenbergers Hemdbrust los, und der Hundeführer plumpste auf den Stuhl.

»Die Voreingenommenheit der Egglfinger kam Ihnen wie gerufen«, sagte der Kommissar, so dicht vor Hachenberger stehend, dass der wohl mit jedem Atemzug dessen Körpergeruch in die Nase bekam. »Vielleicht hatten Sie das auch einkalkuliert. Jedenfalls schienen Sie fein raus zu sein, als Steinfels verhaftet wurde.«

»Ich habe den Gustl nicht umgebracht. Der konnte doch gar nichts wissen …«

»Wovon?« Die Stimme des Offiziers schien gewohnt, Stahl wie Butter zu zerschneiden.

»Wenn ich erfahren habe, dass wir auf Rauschgift gehen, hab' ich's nach Österreich gemeldet …«

»Waldwegen vier«, unterbrach ich ihn. Er nickte.

Der Offizier betrachtete mich mit einem misstrauischen und Baierl mit einem warnenden Blick.

»… aber der Gustl hat davon nichts wissen können«, wiederholte Hachenberger.

»Trotzdem hat er den Alten kontrolliert«, erinnerte ich ihn, »den mit der Madonna.«

Der Zöllner beteuerte, er wisse auch nicht, was sein Kamerad damit bezweckt habe. »Aber jedes Mal, wenn der kam, ließ er ihn die Tasche öffnen.«

»Und?«, hieb die Offiziersstimme dazwischen.

»Der Alte ist ein Fan für Laienschnitzereien. Gustl hat sich das Zeug betrachtet und's ihm zurückgegeben. Wir standen immer gut miteinander, der Gustl und ich, bis auf die Marotte, den Alten ausgerechnet dann auspacken zu lassen, wenn wir auf Rauschgift gingen und feststand, dass der nicht ein Gramm bei sich hat.«

»Aber ausgerechnet dann hatte er wohl immer eine Schnitzerei im Rucksack?«, fragte ich.

»Ja, das stimmt.«

»Wo sind Sie denn gewesen in der Nacht, als Gustl erschossen wurde?«, fragte der Kommissar.

»Zu Hause. Im Bett. Meine Frau kann's bezeugen.«

»Wie's aussieht, bezeugt das jede Frau für ihren Mann«, brummelte Baierl, winkte mir und ging nach draußen. In der Tür sagte er zu dem Zolloffizier: »Bis auf Weiteres

Ihr Mann.« Und draußen, kaum dass die Tür hinter uns zuschlug, schnauzte er: »Waldwegen vier. Woher wissen Sie diese Adresse? Und seit wann?«

Ich erzählte ihm von meinem morgendlichen Besuch beim alten Goepfert und gab ihm den Zettel mit der Adresse und den seltsamen Zeichen, die ich vom Original abgeschrieben hatte.

»Heute war er wieder im Österreichischen?«, fragte Baierl.

»Zumindest hatte er es vor, wie er seiner Nichte versicherte. Über deren Mann habe ich übrigens auch noch eine Story auf Lager.«

»Das will ich hoffen«, sagte der alte Brummkopf, als schulde ich ihm wer weiß wie viel Geschichten. »Aber jetzt sehen wir uns erst noch mal bei Goepfert um, ganz gleich, ob er zu Hause ist oder nicht.«

»Ohne Durchsuchungsbefehl?«

Er schob sich in seinen Wagen und fuhr los. »Hatten Sie denn einen heute morgen?«

Ich grinste. Unterwegs versuchte ich, ihn für eine Theorie zu gewinnen, die langsam in meinem Kopf entstand und über die ich mir selbst erst klar wurde, während ich sie formulierte.

»Waldwegen vier, Österreich«, sagte ich. »Wenn das die Adresse von Zwischenhändlern ist, sind das ausgefuchste Kerlchen, die sich normalerweise nicht nur mit einer Sorte Schmuggelware befassen. Die erhalten also Bescheid, an dem und dem Tag ist Rauschgiftkontrolle, und das nutzen sie in zweifacher Hinsicht aus: Sie schicken zu diesem Zeitpunkt kein Rauschgift über die Grenze, sondern andere Sore. Geraubte Kirchengüter zum Beispiel. Niemand wird sich an diesem Tag für einen alten Mann interessieren, bei dem der auf Rauschgift getrimmte Hund nicht anschlägt. Sollte es doch geschehen – nun, der Schmuggler hat ein gültiges Zertifikat in der Tasche, in dem das jeweils geschmuggelte Stück als wertlos erklärt wird. – Doch Gustl Mayberg hat den Braten gerochen.«

»Mordmotiv für Goepfert?«, fragte der Kommissar und gab zu bedenken: »Aber er muss es nicht selbst getan haben. Vielleicht hat er seinen Auftraggebern von Mayberg erzählt und die haben ihn beseitigt.«

Ich widersprach. »Zu viel Umstände, zu viele Mitwisser. So etwas läuft geradliniger. Ein gestandener Schmuggler, der seinen Job nicht verlieren will, bittet keinen Auftraggeber um Hilfe.«

Achselzuckend bremste Baierl den Wagen vor Goepferts Haus. Inzwischen war es dunkel geworden. Der Himmel hatte sich bewölkt. In Goepferts Haus brannte kein Licht.

Diesmal war es Baierl, der an Tür und Scheiben klopfte, fragte, ob jemand im Hause sei, und uns schließlich mit Hilfe eines Dietrichs Einlass verschaffte.

Im Raum stand noch dieselbe stickige Luft wie am Morgen. Baierl knipste Licht an. Im Schein einer von Fliegen verdreckten Glühbirne lag das Einzwerg-Paradies vor uns, Tischchen, Stühlchen, schmutziges Bettchen. Die Fliege im Brei war inzwischen ertrunken.

Rücklings legte ich mich unter den Tisch und tastete nach dem Zettel. Ich fand ihn nicht. Baierl reichte mir seine Taschenlampe. Der Zettel war verschwunden.

»Vielleicht hat er ihn gebraucht«, sagte ich. »Können Sie sich schon einen Reim darauf machen, was diese seltsamen Zeichen zu bedeuten haben?«

Baierl knurrte etwas Unverständliches, und ich kroch wieder unter dem Zwergentisch hervor. Wir löschten das Licht, gingen in den Korridor und von da aus in den Schuppen. Der Kommissar betrachtete im Schein seiner Taschenlampe Goepferts Gerätschaften, als habe er sein Lebtag noch keine Spaten, Schaufeln, Picken und Spirituskocher gesehen. Als er zu den Zeltplanen kam, warf er mir einen auffordernden Blick zu, und ich schlug sie zurück. Der längliche Gegenstand, der darunter zum Vorschein kam, war ein umgeworfener Hackeklotz.

»Madonna mit Sarg«, stellte Baierl wütend fest. »Fantasieprodukte eines übereifrigen Privatdetektivs.«

Ich erwiderte nichts. Ich ärgerte mich nicht einmal. Goepfert hatte reagiert. Meine Theorie schien zu stimmen. Doch wer hatte ihm geholfen, den Sarg abzutransportieren? Oder hatte er ihn irgendwo in der Nähe vergraben? Augenblicklich war es sinnlos, das herausfinden zu wollen. Ich schlug Baierl vor, nach Egglfing zur Waldschenke zu fahren und dort Abendbrot zu essen. Für mich die bequemste und schnellste Art, nach Hause zu kommen. Außerdem knurrte mir nun doch der Magen.

Der Kommissar willigte ein. Unter der Voraussetzung, dass ich ihm unterwegs über Hübner und Bolz erzählte. Das hatte ich ohnehin vor.

»Hübner«, erklärte ich ihm, »ist hinter Gustls Verhältnis mit seiner Schwiegertochter gekommen. Gerät sie in schlechten Ruf, steht's auch um ihn schlimm, denn wirtschaftlich ist er abhängig von ihr. Ich habe gehört, wie er sie geohrfeigt und ihr beigebracht hat, es sei ein Segen für ihr Haus, dass Mayberg tot ist, denn über kurz oder lang wäre es doch zum Skandal gekommen.«

»So, das haben Sie gehört«, sagte Baierl, angestrengt auf den holprigen Weg blickend. »Na, Sie haben ja auch einen Sarg mit einer Madonna gesehen.«

Ich erwiderte, meiner Aufmerksamkeit entgehe selten etwas.

»Jetzt ist Bolz dran«, forderte der Kommissar.

»Gustl hatte auch mit dessen Frau ein Verhältnis.«

»Im Geschichtenerfinden sind Sie unübertroffen«, sagte Baierl, den Blick auf die schlechte Fahrbahn gerichtet. Seine Stimme klang gereizt, mit einem leicht drohenden Unterton. »Die Lena Bolz kenne ich. Die hat vier Kinder, hängt an ihrem Mann und ist Fremden gegenüber scheu wie ein Reh.«

»Ich kenne sie besser«, erwiderte ich unbeeindruckt und versuchte, ihm zu erklären, was das für ein Verhältnis gewesen war zwischen ihr und Augustin Mayberg.

»Er hat eine Spannung abgefangen«, sagte ich, »die unaufhaltsam zwischen dem Ehepaar herangewachsen ist. Bolz, der ist wie ein Baum und braucht nichts als den Egglfinger Wald zum Gedeihen, aber der sensiblen Lena fehlte sein Einfühlungsvermögen für ihre Situation. Sie hat nur ihre vier kleinen Kinder um sich, nicht einmal nach Egglfing gibt es einen Brückenschlag für sie. Mayberg begriff das und machte sich zum Mittler zwischen ihrer Einsamkeit und der Außenwelt. Doch Bolz begreift es bis heute nicht, fühlt sich nur in seiner Männlichkeit verletzt. Was tun? Seinen Teil Schuld einzusehen und Lena zu vergeben, dazu hat er den Charakter nicht. Scheidung ist Schande und kommt ohnehin nicht in Frage. Also treibt er Lena bewusst in seelische Depressionen …«

»Und erschießt den Mann, der sein Leben aus dem Geleise gebracht hat«, sagte Baierl.

»Trotzdem gefällt mir irgendetwas nicht an der Geschichte«, bemerkte ich, und Baierl murrte: »Mir gefällt die ganze Geschichte nicht, von Maybergs Tod über Steinfels' Verhaftung bis zu allem, was noch auf uns zukommt.«

Ich fragte, ob Steinfels nicht doch der Täter gewesen sein könnte, nicht wegen des abendlichen Streites, sondern weil er irgendwie in der Rauschgift- oder Antiquitätenschmuggelei drinstecken könnte.

»Morgen werden wir klüger sein«, entgegnete Baierl, »wenigstens in Bezug auf Steinfels. Einen nach dem anderen auszuschließen bedeutet, auch dem Täter näher zu kommen.«

»Haben Sie den Passauer Kunstfreund schon ermittelt, in dessen Keller der Statuenkopf versteckt war?«

»Verdächtig sind ein Hopfenhändler, der Leiter einer Speditionsfirma mit grenzüberschreitendem Warenverkehr und ein Professor für Geschichte in München, der hier eine Zweitwohnung besitzt«, zählte Baierl auf. »Finanziell sind alle drei in der Lage, sich ein so teures Hobby wie das Sammeln gestohlener Kunstschätze zu leisten. Der Hopfenhändler und der Professor waren zur Zeit des Dauerregens nicht in Passau, der Leiter der Speditionsfirma hatte einen Unfall und lag im Krankenhaus. Es hätte also keiner der drei seinen vom Hochwasser gefährdeten Schatz retten können. Ihre Wohnungen und Keller liegen dicht beieinander in der Uferstraße. Sie werden observiert. Im Augenblick gibt das alles weit weniger her als der Verdacht, Maybergs Mörder könne aus der Rauschgiftszene stammen, mit Hachenberger oder den Dealern vom Weißen Bock zusammenarbeiten oder Bolz sei aus verlorener Ehre zum Verbrecher geworden.«

»Und Goepfert?«, fragte ich.

»Kann sich von dem Zöllner bedroht gefühlt oder mit ihm zusammengearbeitet haben. Schließlich war auch Mayberg Sammler alter Schnitzwerke. Den Zwerg jetzt festzunehmen hieße seine Hintermänner warnen. Und reden würde der wie ein Hackeklotz.«

»An dem Tag, als der Statuenkopf auftauchte, war Goepfert immerhin in Passau. Die halberfrorenen Mauersegler hat er unterwegs aufgelesen, das kann nicht seine Mission gewesen sein.«

Baierl knurrte etwas Unverständliches.

»Wollten Sie ihn nicht beschatten lassen?«

»Bleiben Sie mal einem Wiesel auf den Fersen! Sobald er irgendwo auftaucht, setze ich wieder jemanden auf ihn an.«

Als wir die Gaststätte betraten, klatschten die ersten Regentropfen nieder. Die Schankstube war mäßig voll, und das Erste, was uns auffiel und den Atem verschlug, war Joseph Goepfert. Er saß der Tür vis-à-vis am Tisch mit der alten Urmersbach, neben der ein spindeldürrer Mann Warmbier trank. Als sie mich erkannte, winkte sie uns heran, und wir nahmen Platz. Goepfert winkte uns nur einen Gruß zu und ließ sich ansonsten nicht stören. Er erzählte Anekdoten.

»Will der Franzl a Pferd kaufen. Bringt ihm der Bertl eins und red ihm zu: Dös musst nehmen, Franzl, dös is scho recht. Wannst mit dem um sechse den Hof verlässt, bist um sieben in Neuhaus. – Der Franzl kauft's net. Schaut den Bertl bloß erbost an und meint: Was soll i denn scho um sieben in Neuhaus?«

Die Frau klopfte sich vor Lachen die Schenkel und der Urmersbacher die erkältete Brust. Baierl aber flüsterte mir zu: »Der ist noch viel gerissener, als wir angenommen haben.«

Wir bestellten unser Abendbrot, während Frau Urmersbach zum Aufbruch mahnte.

»Komm, Alois, morgen fängt der Tag früh an für uns. Das Sauwetter hat uns zurückgeschlagen in der Arbeit, aber die Urlauber, wann s' kommen, möchten richtiges Bauernland und bestellte Felder sehen.«

Goepfert wechselte ein paar belanglose Worte mit mir, sprach Baierl aber mit Herr Kommissar an. Er wusste also, wen er vor sich hatte. Zusammen mit der Familie Urmersbach verließ auch er die Gaststätte. Baierl eilte zum Telefon. Hastig verdrückte er seine Bratwürstel und fuhr zurück nach Passau. Ich ging nach oben, sah durch den Türspalt in Grits Zimmer Licht und trat ein. Sie lag angezogen auf dem Bett und las.

»Na endlich«, rief sie.

Es klang missmutig, doch aus ihrem Blick ersah ich, dass sie sich gesorgt hatte. Ich berichtete ihr von Hachenbergers Vernehmung und meinem zweiten Besuch bei Goepfert.

»Und was haben Sie angestellt?«

»In Ruhe meine Weißwürste gegessen, wobei mir Herr Karl Köstler Gesellschaft geleistet hat.«

»Was halten Sie von ihm?«

»Der ist anders als die Egglfinger, denke ich, trotzdem ist er mir nicht sympathischer als sie, weil er so was Kaltes, Geschäftsmäßiges an sich hat. Ich habe mich bald mit der Ausrede davongemacht, Lena Bolz besuchen zu wollen, und ich war auch dort, aber da ist ihr Mann eben nach Hause gekommen, und den wollte ich Ihnen überlassen.«

»Fein«, sagte ich, »vielleicht treffe ich ihn noch an. Schlafen Sie gut.«

Ich stieg die Treppen wieder hinunter. Am Küchenfenster wurde die Gardine einen Spalt zurückgezogen. Hübners Nase drückte sich an der Fensterscheibe platt. Von den Bäumen tropfte es, und ich streifte regennasse Zweige. Die Luft war kühl und sauber und roch nach Nadelwald. In der Ferne grollte das abziehende Gewitter. Hinter mir raschelte es im Unterholz; als ich mich umwandte und die Taschenlampe aufblitzen ließ, war es schlagartig still. Es mochte ein Tier gewesen sein. Hundert Meter weiter knackten kleine Äste hinter mir, kurz vor Bolzens Anwesen hörte ich ein schleifendes Geräusch. Natürliche Laute der Nacht und des Waldes oder folgte mir jemand? Ich hatte wenig Chancen, dahinterzukommen. Der Himmel war wolkenbehangen, und das Mondlicht brach nur für Sekunden durch.

Das Haus des Jägers lag völlig im Dunkel. Ich war mit der Absicht gekommen, mich nur bemerkbar zu machen, falls es Anzeichen dafür gab, dass Bolz zu Hause war und mich erwartete. Vielleicht saß er im Dunkel und hielt Ausschau nach mir. Oder er schlich mir nach, um mich anzufallen, wenn ich über den Zaun in sein Anwesen stieg. Doch mein Bedarf an Abenteuern und Überraschungen war an jenem Tag gedeckt. Ich beschloss, den Gang zum Jägerhaus als Verdauungsspaziergang zu betrachten, und kehrte um. Auch auf dem Rückweg nahm ich hin und wieder das schleifende Geräusch wahr. In Grits Zimmer verlosch das Licht, als ich die Treppen hochstieg. Sie schien sich wahrhaftig um mich zu sorgen. Ich blickte noch ein Weilchen über den Anfahrtsweg zum Gasthaus auf den Wald hinaus. Niemand zeigte sich, alles blieb still. Auch kein Käuzchen schrie mehr.

Der Lokaltermin blieb bis zur letzten Stunde geheim. Selbst Leberecht Köstler schien davon überrascht. Die Polizei fuhr nach Einbruch der Dunkelheit mit zwei Wagen vor. Einer hatte verhangene Fenster, sodass man die beiden Personen, die im Wagenfond sitzen blieben, nicht erkennen konnte.

Ich nehme an, dass es Urmersbachs waren, die die Kunde verbreiteten, im Köstlerhaus »sei was los«. Sie konnten vom Fenster ihres Gehöftes aus die Polizeiwagen sehen, Jedenfalls drängte sich Minuten später eine Menschenmenge vor dem Haus und setzte die unglaublichsten Gerüchte in Umlauf.

»Sie bleiben an meiner Seite«, sagte Baierl zu mir. »Wenn's so ausgeht, wie ich annehme, nutzt ihr Inkognito ab morgen ohnehin nichts mehr.«

Wir begaben uns in Köstlers Privaträume. Der Kommissar erklärte dem Ehepaar, was getan werden musste. Die kleine Frau Köstler klammerte sich an ihren Mann und fragte zitternd, was man mit dieser Vorstellung bezwecke.

»Stunde der Wahrheit«, sagte Baierl. »Sie beide legen sich jetzt in die Betten. Die Sachen dürfen sie anbehalten. Wenn Sie im Dienstzimmer etwas hören, verhalten Sie sich genau so wie in jener Nacht, als Mayberg erschossen wurde.«

»Tatortrekonstruktion also«, sagte Köstler mit einer Miene, als habe er das Orakel von Delphi enträtselt. »Habe gelesen darüber. Die Verhältnisse müssen weitgehendst den Bedingungen angepasst sein, wie sie während der Begehung der Tat herrschten.«

Baierl war augenblicklich nicht gelaunt, Vorlesungen über Kriminalistik anzuhören. »Scheren Sie sich endlich ins Bett«, sagte er ungehalten.

»Ich mache Sie darauf aufmerksam, dass das nicht der richtige Ton ist, Herr Kommissar, Bürgern gegenüber, die ihre Zeit opfern, um Ihnen zu helfen.« Langsam nahm sein Gesicht die Farbe eines gekochten Krebses an. »Außerdem wurde Herr Mayberg morgens gegen vier Uhr erschossen, und jetzt ist noch nicht einmal Mitternacht.«

»Wo ist denn Ihr Sohn?«, fragte Baierl die Frau.

Die Spitznase der Frau fuhr hoch. Ihre Augen, kleine

schwarze Perlen in dem fahlen Gesicht, bewegten sich so flink, als wolle sie alles zur gleichen Zeit erfassen: den Kommissar, mich, ihren Mann und Karl Köstler, der eben zur Tür hereintrat. Doch dann blieb ihr Blick auf dem Sohn haften.

»Was ist denn los hier?«, fragte Karl Köstler.

Der Kommissar erklärte es ihm. Der junge Uhrenhändler hörte zu, den Blick gesenkt, nachdenklich.

»Herrscht denn das gleiche Wetter wie damals?«, fragte er schließlich, und das war die erste intelligente Frage, die ich gehört hatte, seit wir dieses Haus betraten. »Ich meine, hat mein Vater eine Chance, so wie damals den Mann zu erkennen, der aus dem Fenster gesprungen ist?«

Der Kommissar zog ein Schreiben aus der Tasche, entfaltete es und sagte: »Bericht der Universitäts-Wetterwarte. In jener Nacht waren die Sichtverhältnisse schlecht. Es herrschte schwarzes Gewölk und ständig bedeckter Himmel. Wenn Ihr Vater den Mann unter diesen Bedingungen erkannt hat, wird es ihm heute erst recht möglich sein. Der Himmel ist nur stark wolkig, aber nicht ganz bedeckt. Die Voraussetzungen, jemanden zu identifizieren, sind günstiger als damals.«

»Danke«, sagte der junge Köstler. »Ich gehe jetzt in mein Zimmer. Es soll ja wohl alles so sein wie in der Mordnacht.«

»Gute Nacht, Junge.« Frau Köstler lächelte, als ihr Sohn die Tür hinter sich ins Schloss drückte, und energisch jetzt, forderte sie ihren Mann auf, ins Schlafzimmer zu kommen.

»Herr Eiserbeck wird Sie begleiten.«

Der Kommissar stieg die Treppe hinunter, ehe Köstler protestieren konnte. Der ließ seinen Unmut an mir aus.

»Wieso stecken Sie dauernd mit diesem Polizisten zusammen? Anbiederei, was? Habe nichts übrig für solche Typen. Absolut nichts! Und nun noch den Aufpasser spielen.«

»In jener Nacht, als die Schüsse fielen«, entgegnete ich ungerührt, »haben Sie nicht vor Ihrem Bett gestanden und gezetert, sondern darin gelegen und geschlafen. Also bitte. Tun Sie wenigstens als ob.«

Endlich streckte er sich auf seinem Lager aus. Die Frau hatte sich eine Decke bis zum Kinn hochgezogen. Ihre dünne, spitze Nase ragte steil in die Luft. Ein, zwei Minuten lang herrschte Stille. Dann krachte im Dienstzimmer ein Schuss. Sie sprangen beide hoch.

»Was war das?«, fragte Köstler dramatisch.

»Das hast du damals nicht gefragt«, fuhr ihn die Frau an und huschte zur Tür hinaus.

»Los, los«, mahnte ich, »Sie sind gleich auf den Flur gelaufen.«

Er ging hinaus.

»Damals hat jemand geröchelt.« Er sagte es in einem Ton, in dem man Regiefehler kritisiert.

Plötzlich rief jemand »Aaauuu!«, viermal hintereinander, dumpf, röchelnd angstvoll.

Köstlers standen wie die Bildsäulen. Erschrockener konnten sie damals auch nicht gewesen sein. Und dann krachte der zweite Schuss.

»Geh zum Flurfenster!«, sagte Köstler zu seiner Frau,

doch er sah mich dabei an. Sein Blick gab mir zu verstehen, dass er seine Rolle kannte und gut zu spielen gewillt war. »Gib acht, wer aus dem Haus kommt.«

Er verschwand im Schlafzimmer, und ich folgte ihm. Unter uns wurde ein Fenster aufgerissen, ein Mann sprang hinaus und rannte in Richtung Grenze. Er trug die Uniform eines Zöllners. Nach ein paar Schritten drehte er sich um, wandte uns sein Gesicht zu, blieb sogar einen Augenblick lang stehen. Ein Schemen in der Nacht.

Wir schwiegen beide. Die kleine Frau huschte herein, sah von einem zum anderen und fragte nichts. So standen wir und starrten aus dem Fenster, als müsse die eigentliche Sensation erst kommen, da betrat der Kommissar das Zimmer.

»Wer war der Mann?«

Karl Köstler steckte den Kopf zur Tür herein und fragte: »Darf ich?« Baierl winkte ihn heran.

Der alte Köstler warf sich in die Brust und sagte gewichtig, ohne eine Spur von Verlegenheit: »Also, damals war es Steinfels. Den Mann, der heute seine Rolle gespielt hat, kenne ich nicht.«

»Doch«, erwiderte der Kommissar, »Sie kennen ihn. Aber wenn Sie heute nicht feststellen konnten, wer es war, konnten Sie es vor ein paar Tagen erst recht nicht.«

»Das ist eine Unterstellung …«

»Sie haben unterstellt, dass es Steinfels war«, fuhr Baierl ihn an. »Das medizinische Gutachten lautet, dass Ihre Sehkraft stark beeinträchtigt ist. Sie konnten unmöglich erkennen, wer da flüchtet. Ich gestehe Ihnen zu, dass Sie mit einer ganz bestimmten Erwartungshaltung aus dem Fenster geschaut haben. Da Sie annahmen, Zöllner haben einen widerspenstigen Schmuggler gestellt und versucht, ihn zur Räson zu bringen, erwarteten Sie, einen Zöllner aus dem Fenster springen zu sehen. Der unbeliebteste war Steinfels, also erwarteten Sie ihn. Sie haben sich eingeredet, ihn erkannt zu haben!«

»Ich habe ihn erkannt«, beharrte Köstler stur.

»Der Mann, den Sie eben gesehen haben, trug der die Uniform eines Zöllners oder war er in Zivil?«

Köstler räusperte sich. »Heute? Das können Sie nicht vergleichen, Mann, das habe ich Ihnen doch schon vorher gesagt. Völlig andere Sichtverhältnisse …«

»Bessere!«

»Mitnichten. Damals trat eben der Mond durch die Wolken, als Steinfels sich umwandte. Da konnte ich sein Gesicht deutlich sehen. Und der Mann heute, na, ich würde sagen, der war in Zivil.«

»Und Sie Eiserbeck?«

»Er trug Zöllneruniform. Aber sein Gesicht – also, ich hätte nicht mal meinen eigenen Vater erkannt bei der Beleuchtung.«

»Richtig! Ich sagte ja, damals trat eben der Mond durch die Wolken!«

»Für jene Nacht ein seltener Zufall«, meinte der Kommissar, »aber wir können's auch mit dem Mond versuchen.«

Er ging hinaus, gab jemandem Anweisungen und kam zu uns zurück. Unten kletterte wieder der Mann in Zöllneruniform aus dem Fenster, langsam jetzt, beinahe gemütlich. Er lief ein paar Schritte und stellte sich dann mit dem Gesicht zu uns. Karl Köstler trat ans Fenster, beugte sich hinaus und schüttelte den Kopf. Der Kommissar zog ihn ins Zimmer und sagte zum alten Köstler: »Stellen Sie sich genau so wie damals. Nach dieser Wolke wird der Mond länger zu sehen sein als in jener Nacht. Ich sagte ja, die Bedingungen sind heute bessere.«

Wir starrten zum Himmel. Die grauschwarze Wolke wurde dünner, zerfaserte. Und dann schlossen wir für den Bruchteil von Sekunden die Augen, blinzelten, gewöhnten uns an das klare, helle Mondlicht, das uns geblendet hatte. Uns! Der Mann vor dem Köstlerhaus schaute noch immer hoch zu uns, das Gesicht im Dunkeln.

»Heute«, sagte der Kommissar zu Köstler, »scheint Ihnen der Mond sogar etwas seitlich ins Gesicht. Damals haben Sie sein Licht direkt von vorn gehabt. Das heißt, Sie hätten es gehabt, wenn er durch die Wolken gebrochen wäre.«

»Fauler Zauber!«

Köstler gab sich noch immer nicht geschlagen, suchte nach Ausflüchten, beschimpfte Baierl, behauptete, Steinfels erkannt zu haben und alles läge daran, dass er heute einen Mann identifizieren solle, den er nie vorher im Leben gesehen hatte.

»Kommen Sie«, sagte der Kommissar und ließ uns vor sich her die Treppen hinuntersteigen. Rechts vom Haus hatten sich hinter einer Polizeikette die Egglfinger eingefunden. Sie waren still, gespenstisch still, wie sie da bald im Mondlicht, bald in der Dunkelheit der Nacht standen, mehr Statisten, die auf ihren Auftritt warten, als unbeteiligte Zuschauer.

Der Mann, der aus dem Fenster gesprungen war, stand noch immer wie angewurzelt.

»Sie können jetzt herkommen!«, rief der Kommissar zu ihm.

Langsam kam er näher, stellte sich dicht vor den Uhrenhändler und sagte: »Guten Abend, Herr Köstler.«

Es war der Postenführer Steinfels.

Steinfels wurde sofort aus der Untersuchungshaft entlassen. Da die Beschuldigung des Uhrenhändlers hinfällig geworden war, sprach gegen den Zollbeamten nicht mehr und nicht weniger als gegen jeden Egglfinger. Seine Frau löste sich aus dem Pulk der Zuschauer, die Polizisten ließen sie passieren, und sie lief ihrem Mann entgegen. Nicht zu schnell, gerade so, als hole sie jemanden vom Bahnhof ab, dessen Zug eben eintraf. Sie fiel ihm weder um den Hals, noch schluchzte sie. Wie zwei Freunde, die sich lange nicht zu Gesicht bekommen haben, drückten sie sich die Hände. Steinfels sagte: »Ich hab' Appetit auf was Leckeres.«

»Da komm mal mit«, forderte ihn die Frau auf.

Das war alles. Sogar um das nächtliche Schauspiel eines zu Herzen gehenden Wiedersehens hatten die Preußen ihre Egglfinger gebracht. Ich begleitete die beiden ein Stück und riet ihnen, für kurze Zeit aus dem Ort zu verschwinden. Bis der Mörder gefunden war.

Steinfels nickte. »Ich bekomm' noch Urlaub.«

Und seine Frau sagte: »Die Koffer sind schon gepackt.

Morgen früh geht's mit dem ersten Bus nach Passau und dann weiter. Da ist unsere Adresse.« Sie drückte mir einen Zettel in die Hand.

Ich verabschiedete mich mit einem Handkuss von ihr. Man trifft nicht jede Nacht eine kluge Frau. Der Kommissar gab seinen Leuten Anweisungen, die Egglfinger vom Köstlerhaus fern zu halten. Es war nicht vorauszusehen, wie sie auf Köstlers Schimpftiraden gegen die Polizei reagieren würden. Womöglich zogen sie los und holten sich Steinfels zurück, wenn sie sich nur gegenseitig genug aufgeputscht hatten.

»Kruzitürken! Scheucht die Bande nach Hause«, wetterte Baierl. »Meinetwegen holt euch Verstärkung und packt jeden Einzelnen ins Bett, ich werd's verantworten, aber Ruh will ich haben in dem Nest!«

Ich klopfte ihm auf die Schulter. »Steinfels ist los, der Teufel ist los. Haben Sie was anderes erwartet?«

»Wenn die sich gegenseitig verrückt machen, kriegen wir kein vernünftiges Wort mehr aus ihnen heraus. Und so leicht soll's der, den ich suche, nun doch nicht haben«, sagte der Kommissar grimmig.

Im Hausflur schimpfte Köstler noch immer. Alle Polizisten bis zurück zu Vidocq seien hinterhältige Hundsfötte. Und Nichtskönner dazu. Die Preußen hätte der Herr Napoleon mit Stumpf und Stiel ausrotten sollen, dann wäre solche Brut wie Steinfels nicht erst gediehen. Der Eiserbeck sei ein Arschkriecher, die Zöllner allesamt Waschlappen, wollen nicht gradestehen dafür, dass es einer von ihnen war.

Karl Köstler versuchte, seinen Vater zu beschwichtigen. Die Frau mit dem Spitzmausgesicht schwieg, zupfte Köstler nur am Arm, wenn seine Ausdrücke zu drastisch wurden. Augen hatte sie nur für ihren Sohn. Ihr Blick blieb auch an ihm hängen, als es ihm endlich gelungen war, Köstler zum Rückzug zu bewegen, und der Sohn zu uns herauskam. Ich sagte zum Kommissar: »Gleich morgen früh suche ich Bolz auf. Und wenn ich jeden Baum umdrehen muss, um ihn zu finden, aber er wird mir Rede und Antwort stehen.«

Da hielt uns Karl Köstler die Hand hin. »Es tut mir leid«, sagte er. »Mein Vater schießt in seiner Eigenwilligkeit oftmals übers Ziel.«

»Na, Sie können ja nichts dafür«, brummte Baierl und drückte ihm die Hand. »Gute Nacht. Muss auch kein Zuckerlecken sein, mit ihm unter einem Dach zu wohnen.«

»Innerhalb der Familie kennen wir keinerlei Zwistigkeiten«, entgegnete Köstler etwas steif. »Und es ist auch in seinem Namen, wenn ich mich für sein Auftreten entschuldige. – Falls wir Ihnen weiterhin helfen können, soll's gern geschehen.«

Als er sich von mir verabschiedete, sagte er: »Sie sind kein Urlauber, nicht wahr? Sie sind Privatdetektiv.«

»Erraten. Oder haben Sie mein prunkvolles Dienstleistungsschild am Haus gesehen?«

»Ich habe es aus Ihrem Verhalten geschlussfolgert. Es wird selbstverständlich unter uns bleiben. Selbst meine Eltern werden nichts davon erfahren.«

»Nett von Ihnen. Leider werden ab morgen noch mehrere dahinterkommen, doch das soll Ihre Sorge nicht sein. Eventuell würde ich Sie gern noch mal sprechen. Sie kennen doch die Egglfinger ziemlich gut.«

»O ja. Wir sind Alteingesessene. Suchen Sie mich auf, wann immer Sie wollen. Abends hier im Ort, tagsüber in Passau, im Uhrengeschäft.«

Auch wir drückten uns die Hände, dann ging er ins Haus.

»Ich werde morgen um Goepfert meine Kreise enger ziehen«, sagte der Kommissar. »Ein Sarg kann doch nicht spurlos verschwinden. – Dem Himmel sei Dank, sie ziehen ab.«

Er meinte die Egglfinger, die murrend und sichtlich unzufrieden in kleinen Grüppchen auseinanderliefen.

Eine Frauengestalt löste sich heraus und kam auf uns zu. Es war Grit. Sie sagte: »Das ist aber 'n Ding.«

»Jetzt wird sich zeigen, was unsere Vorarbeit wert war«, meinte der Kommissar. »Gehen wir noch mal die drei Motivgruppen durch, die für den Mord in Frage kommen: Kirchenraub, Rauschgift, Privatsphäre.«

»Mayberg hat mir einmal geraten, mich nie gegen den Sittenkodex der Egglfinger zu vergehen«, sagte ich. »Er war damals ungewöhnlich ernst, und ich hatte das Gefühl, er könne selbst dagegen verstoßen haben. Jetzt wissen wir, dass er es getan hat.«

»Deshalb käme Bolz als Täter in Frage.«

»Ich suche ihn morgen früh auf und lasse ihn nicht eher laufen, bis er mir sein Alibi für die Mordnacht glaubhaft nachweist. Wahrscheinlich muss ich ihm dazu tüchtig die Hölle heiß machen, und der Lena mit.«

»Einverstanden. Den alten Hübner knöpf' ich mir vor.

Kommen wir zur Rauschgiftszene. Hachenberger scheidet als Mörder aus. Sein Alibi ist unantastbar, das habe ich nachgeprüft. Er könnte aber nicht nur nach Österreich Tipps verkauft haben, sondern auch mit hiesigen Dealern in Verbindung stehen. Vielleicht hat Mayberg das geahnt, vielleicht sogar im Zusammenhang mit dem Vorfall im Weißen Bock. Da muss ich mich vorläufig auf die Zuarbeit der Fahndungsgruppe verlassen. Das nächste. Crimen sacrilegii. Da sehe ich Anknüpfungspunkte für uns, aber ich muss ein bisschen ausholen. In Passau wird ein wertvoller Statuenkopf gefunden, der könnte einem Sammler gehört haben, das wird sich demnächst herausstellen. Der Sammler ist selten der Räuber. Von dem fehlt jede Spur, bei dem Statuenkopf und bei der Madonna. Und ich glaube auch nicht, dass Mayberg etwas über den Räuber der Madonna wusste. Aber der kann die Ware nicht lange bei sich behalten und übermittelt sie einem Hehler. Der Keller, in dem der Statuenkopf lag, kann auch das Versteck eines Hehlers sein.«

»Da fehlt ein Zwischenglied«, bemerkte ich. »Die Sore wird von einem Schmuggler vom Räuber zum Hehler gebracht.«

»Feiner Dienstleistungsbetrieb«, sagte Grit und erntete einen vernichtenden Blick von Baierl.

»Bis jetzt«, fuhr er fort, »habe ich nur von denen gesprochen, die wir noch nicht kennen, der Schmuggler dagegen ist uns bekannt – Joseph Goepfert. Und dessen Geschäft hat wohl auch Mayberg durchschaut, wie Ihre Beobachtungen an der Grenze vermuten lassen.«

»Grit hat schon recht«, meinte ich, »Kirchenraub ist

ein so gut organisiertes Geschäft geworden wie jedes andere, mit eingebauten Sicherheitsfaktoren und gewinnbringend für alle Beteiligten. Wer dazwischenfunkt, wird ausgeschaltet. Goepfert kann durchaus Maybergs Mörder sein. Oder diesen kennen. Wenn's nach mir ginge, würde ich ihn noch heute Nacht greifen.«

»Der würde Ihnen aber was verraten«, sagte Baierl mit spöttischer Verachtung.

»Unter dem nötigen Druck schon. Es ist ein Unterschied, ob man jemandem vorwirft, geschmuggelt oder getötet zu haben. Solange Steinfels als vermutlicher Mörder verhaftet war, wäre aus keinem was rauszubringen gewesen, weder aus Bolz noch aus Hübner oder Goepfert. Jetzt hat sich die Situation geändert.«

»Goepfert wird beobachtet. Lassen wir uns noch einen Tag lang die Chance, dass er uns zu einem Hehler oder Sammler führt. Morgen kümmern wir uns um Bolz und Hübner; scheiden die aus, ist Goepfert dran.«

Unsere Verabschiedung fiel kurz und kühl aus. Auf dem Weg zur Waldschenke machte ich meinem Unmut Luft.

»Der soll mich nicht behandeln und in seinen Dienstplan einbeziehen, als wäre ich einer seiner Polizisten«, raunzte ich Grit an, die nun wahrhaftig nichts dafür konnte. »Nachdem ich ihm das Feld vorbereitet habe, teilt er mir ein kleines Stückchen davon zu: Bolz, und von allen anderen lass die Finger.«

»Sie wollten sich doch ohnehin Bolz vornehmen …«

»Natürlich, und das tue ich auch, aber nicht nur ihn! Bis jetzt bin ich nicht zum Zuge gekommen mit meinem

Auftrag, Maybergs Mörder zu finden, weil der ja angeblich schon einsaß. Nun, wir haben die Zeit gut genutzt, und jetzt, wo ich loslegen kann, lasse ich mich durch nichts aufhalten, auch nicht durch Baierls Ehrgeiz …«

»So ganz verstehe ich Ihren edlen Zorn noch nicht«, warf Grit ein.

»Merken Sie denn nicht, was er vorhat? Er möchte nicht nur den Mörder, sondern obendrein noch einen weitverzweigten Schmugglerring aufdecken. Wenn ihm das mal nicht zum Verhängnis wird! Sonst hat er immer allerhand Sprüche auf Lager, aber einen scheint er nicht zu kennen: Ein guter Jäger jagt nur einem Wild nach. Ich will den Mörder. Rauschgiftszene und Schmuggel von geraubten Kirchengütern, das interessiert mich bloß als Landschaft, in der ich zu suchen habe, ebenso wie mich die moraldumpfe Hinterwäldlerei der Egglfinger nur als möglicher Nährboden für diesen Mord interessiert. – Verdammt, Grit, ich habe das Gefühl, wir sollten noch heute Nacht nach Haßlingen zu Goepfert. In einem hat der Dicke nämlich recht: Der ist noch viel gerissener, als wir angenommen haben.«

»Gehen Sie nach Haßlingen«, sagte Grit, »und Sie sind mit Sicherheit raus aus der Sache. Der Kommissar lässt Goepfert beobachten, und genau diesen Beobachtern werden Sie in die Arme laufen.«

Ich sagte laut und deutlich ein unfeines Wort, und Grit schwieg erschrocken. Nach einer Weile sagte sie leise: »Ich hätte gern mal gewusst, wie man ein echtes Zertifikat mit einer echten Madonna zusammenbringt, die diese als falsch ausweist.«

»Da gibt es zwei Möglichkeiten. Entweder man besticht einen Gutachter, vielleicht hat man auch einen im Schmugglerring, aber das bedeutet einen Mitwisser und eine Gefahr mehr. Günstiger ist, man schickt dem Gutachter ein Laienstück, und nachdem er das Zertifikat ausgefertigt hat, tauscht man die Laienarbeit gegen das Wertstück aus.«

»Worauf die alles kommen«, sagte sie sanft, »und der Gustl hat das bestimmt auch gewusst.«

»Natürlich.«

»Der Gustl war so nett und leutselig und auch ein schlauer Fuchs, heißt es, aber dass er besonders gottesfürchtig gewesen sei, hat niemand betont. Ob der nicht auch den Drang in sich gespürt hat, Kostbarkeiten zu besitzen? Etwas so Originelles zum Beispiel wie einen geweihten Schatz von geweihter Stätte?«

»He, worauf soll denn das hinauslaufen?«

»Auf Gustl als Sammler. Vielleicht hat er nicht nur gewusst, was Goepfert schmuggelt, und es ihm durchgehen lassen, sondern ihn erpresst, ab und zu ein Stück an ihn abzugeben.«

»Grit, der Mayberg war keiner, der krankhaft egoistisch Schätze sammelt, die er sich alle paar Wochen heimlich und allein im Keller oder auf dem Boden betrachtet.«

»Aber vielleicht sein Vater? Der alte Schnitzmeister, der jetzt einsam in Deggendorf wohnt.«

Ich musste lächeln. »Wenn jemals einer eine Beschreibung meiner Sekretärin wünscht, werde ich sagen, sie ist ein Gemisch aus Fantasie, Zeitungssensationen und Judo.«

»Wahrhaftig war es eine Zeitungsmeldung, die mich darauf gebracht hat«, erwiderte sie ernsthaft. »Gestern meldete dpa, dass bei Kiefersfelden an der bayrisch-österreichischen Grenze Zöllner verhaftet wurden. Sie haben gegen Bezahlung Lastwagenfahrer ohne Beanstandung abgefertigt und außerdem Kraftfahrzeugsteuern, die sie am Grenzkontrollpunkt eingezogen hatten, nicht abgeführt. Da ist mit der Zeit ein sechsstelliger Betrag zusammengekommen.«

»Na gut«, sagte ich, »auch Zöllner sind nicht unfehlbar, siehe Hachenberger.«

»Also, wer sagt uns denn, dass Gustl hinter jemandem her war und nicht mitgemacht hat?«

»In Dreiteufelsnamen, fahren Sie morgen früh nach Deggendorf und sehen Sie sich beim alten Mayberg um.«

»Prima«, sagte Grit, »da kann ich wieder mal alles auffrischen, bei Mayberg meine Fantasie, am Kiosk meinen Hunger nach Sensationen aus aller Welt – und auf dem Rückweg werde ich in Passau schnell mal den Judoklub besuchen.«

Mir war's recht. Bei der möglichen Konfrontation mit einem Mörder soll man kleine Mädchen aus dem Schussfeld ziehen.

7

Schön von weitem sahen wir, dass in den Privaträumen der Waldschenke noch Licht brannte. Auch im Flur. Und die Haustür stand offen.

»Bitte, schließen S' ab«, rief Frau Rosl aus der Küche, als wir eintraten. »Sind jetzt alle im Haus, die reingehören.«

»Ich mein', zwei sind zu viel drinnen.«

Das war Hübners Stimme. Er kam zusammen mit seiner Schwiegertochter in den Flur. Sie hatte den strengen Blick einer Oberin, die eine Schwester zurechtweist.

»Es sind meine Gäste in meiner Pension.«

»Deine Gäste, jawohl! Und was für Gäste!«

Ihr hochmütiges Lächeln brachte ihn zum Schweigen. Sie trug das Haar aufgesteckt, straff und eng am Kopf anliegend. Die hohen Backenknochen traten stark hervor. Eine neue Schankwirtin.

»Du kommst schon noch runter von deinem hohen Ross«, fauchte Hübner, ohne sie anzusehen. »Ein Schnüffler und seine Schnepfe!«

»Mach dich nur weiter lächerlich«, sagte Rosl sehr von oben herab.

»Die sind im Haus ohne meine Einwilligung!«

»Möglich«, sagte ich, »hier geschieht so manches ohne Einwilligung. Der Gustl Mayberg hat hin und wieder eine Frau besucht ohne Zustimmung gewisser Leute, und dann haben sie ihn ohne seine Einwilligung erschossen.«

Hübners Gesicht wurde kalkig. In den Augen seiner Schwiegertochter stand Triumph.

»Hab' ich dir nicht gesagt, ein Schnüffler ist er, ein kleiner, mieser Bettgucker.«

Vor unterdrückter Wut zitterte seine Stimme. Ich hielt ihm meine Karte hin.

»Damit Sie's ganz genau wissen. Eiserbeck. Auskünfte, Ermittlungen. Wenn Sie mal herausgekommen wären aus Ihrem Nest, wenigstens bis Passau, hätten Sie in der Donaugasse mein prächtiges Firmenschild sehen können.«

»Wirf ihn hinaus, Tochter! Ihn und sein ...«

»Ich bin nicht deine Tochter.« Sie gab mir den Weg frei. »Wenn Sie jetzt nach oben möchten, Herr Eiserbeck.«

Ich legte den Arm um Grits Schultern und schob sie an den beiden vorbei.

»Meine Sekretärin«, sagte ich, »ebenso tüchtig wie ich selbst.«

Wir stiegen die Treppe hoch.

»Dass die Polizei so was duldet«, grollte Hübner.

»Manchmal ist sie sogar angewiesen auf unsereins«, entgegnete ich.

Wieder war die Tür verschlossen. Nichts Besonderes, dachte ich, denn es war noch früh am Tag. Wie immer stand das Küchenfenster auch an jenem Morgen einen Spalt offen. Ich rief nach Bolz. Drinnen schlugen die

Hunde an. Wo die Dackel waren, befand sich Bolz. So hielt er es, seit ich dieses Haus beobachtete. Zu Maybergs Beerdigung hatte er sie sogar samt der Kinder ins Auto geladen und mit zum Friedhof genommen.

Jetzt bellten sie im Haus, ausdauernd, wütend und so laut, dass er sie hören musste, selbst wenn er einen tiefen Schlaf hatte. Möglicherweise beobachtete er mich hinter der Gardine, ließ mich einfach zappeln oder war sich noch unschlüssig, wie er mir entgegentreten sollte. Er wusste nicht, wie viel ich herausgefunden, und war nicht sicher, was mir seine Frau verraten und was verschwiegen hatte. Wahrscheinlich hielt er sie auch jetzt davon ab, die Tür zu öffnen.

»Kommen Sie raus, Bolz!«, rief ich. »Oder lassen Sie mich ein. Ich weiß, dass Sie im Hause sind. Wir kommen nicht drumherum, miteinander zu sprechen.«

Nur die Hunde antworteten mir, und deren Sprache verstand ich nicht.

»Ich werde von hier aus sagen, was ich Ihnen zu erzählen habe«, brüllte ich gegen das Haus. »Ich werde so laut schreien, dass es nicht nur zufällige Spaziergänger, sondern auch die Egglfinger in ihren Betten und die Zöllner an der Grenze hören!«

Selbst diese Androhung lockte ihn nicht heraus, und das stimmte mich nachdenklich. Die Hunde kläfften sich heiser, doch jetzt konnte ich ihrem Gebell eine Antwort entnehmen. Es waren nur zwei, die anschlugen. Wahrscheinlich spazierte Bolz seit früher Morgenstunde mit dem dritten durchs Revier. Doch warum kam Lena nicht zur Tür, wenn sie allein im Haus war? Alle Hochsitze des Jägers kannte ich nicht, doch auf zwei oder drei war ich während meiner Streifzüge schon gestoßen. Dort wollte ich mein Glück versuchen und dann noch einmal zum Jägerhaus zurückkehren.

Der Morgen war noch jung. Kühle Luft strich vom Hausruck her über den tiefer gelegenen Grenzwald. Sonnenstrahlen tasteten durch die Zweige der Bäume. Das dunkle Nadelgehölz dazwischen gab dem Landstrich etwas Ernstes, beinahe Feierliches. Von dem drohenden Gewölk der Nacht war nichts geblieben. Der Himmel blaute, Vögel zwitscherten. In der Ferne rief ein Kuckuck. Ich zählte mit. Er rief unentwegt. Ich gab das Zählen auf. Ich würde noch lange leben.

Auf dem ersten Hochstand, zu dem ich gelangte, fand ich Bolz nicht. Vor der Leiter war das Gras niedergetreten. Das konnte seit Tagen so sein oder seit Stunden. Meine Pfadfinderkenntnisse reichten nicht aus, um das festzustellen. Ich spazierte weiter, jetzt nahe am Inn entlang, der noch immer Hochwasser führte. In dem schmalen Flussbett schoss das Wasser talwärts, brach sich an Steinen, spritzte auf, schwappte hier und da übers Ufer. Nichts war zu hören als das Tosen des Wassers. Vor dem Ufer breitete sich eine Wiese bis hin zum Waldrand, lehmig, steinig. Spuren der Überflutung. Drüben am Waldrand war der zweite Hochstand, den ich kannte.

Schon von weitem entdeckte ich den Jäger. Er lehnte den Unterarm auf die niedrige Brüstung aus Knüppelholz, und der Kopf war ihm auf den Arm gesunken. Entweder schlief er, oder er beobachtete etwas unterhalb der Kanzel. Beim Näherkommen sah ich etwas Braunes,

Zottiges im Gras liegen. Das musste es sein, was ihn interessierte. Es war ein dunkelbrauner Langhaarteckel. Mit blutverkrustetem Fell an der Seite. Der Körper war kalt und steif.

»Herr Bolz!«, rief ich. »Was ist denn passiert?«

Er schwieg. Ich schaute hoch, und er sah mich an. So gleichgültig und leer blicken Tote.

Ich stieg hoch zu ihm und stellte fest, dass man ihn in den Rücken geschossen hatte. Zweimal. Der Schütze musste nahe an die Kanzel herangekommen sein. Ich blickte mich um. Bolz hatte mit dem Gesicht zur Wiese und zum Fluss gesessen. Rechts war in der Ferne der Grenzübergang zu sehen. Mit einem guten Fernrohr konnte man gewiss Einzelheiten erkennen. Wandte man sich weiter um, war ein Waldweg einzusehen. Der führte nach Egglfing.

Zu Bolzens Füßen lagen sein Fernglas und das Jagdgewehr. Ich hob das Glas auf und schaute noch einmal in die Runde. Zwei Hasen hoppelten durchs Gras. Links, wo der Wald die Wiese in einem Halbbogen umgrenzte und sich bis zum Fluss hinzog, grasten Rehe. Vielleicht hätte Bolz das interessiert. Ich sah zur Grenze. Dort war kaum Verkehr. Ein Lastwagen kam vom Österreichischen herüber, zwei Pkws rollten hinüber. Deutlich waren die Uniformen der Zöllner zu erkennen. Ich wandte mich in Richtung Egglfing. Den Waldweg, der dahinführte, überquerte ein Eichhörnchen. Das war alles, was es zu sehen gab.

Ich überlegte, ob es günstiger sei, zur Grenze zu laufen und die Zöllner zu benachrichtigen oder vom Köstlerhaus aus den Kommissar anzurufen. Wenn ich Pech hatte, hielt sich niemand im Dienstzimmer auf, und Köstlers waren vielleicht schon nach Passau ins Geschäft gefahren. Die Grenze, schien mir, war außerdem näher. Ich legte das Fernglas zurück und stieg die Leiter hinunter. Bolz starrte weiterhin auf seinen Hund. Der Wind, der jetzt in kleinen Böen in den Wald einfiel, wehte dem Jäger das Haar in die Stirn. Die Sonne hatte sich über den Waldrand erhoben und tauchte das makabre Bild in freundliche Helle. Was für ein Frühling in Egglfing! So viel Sonne. Zu viel Tote.

Die Grenzer riefen über Funk die Zentrale an, dann brachten sie mich mit einem Krad nach Egglfing ins Köstlerhaus. Als wir eintrafen, hatte der Diensthabende telefonisch schon Bescheid erhalten, dass Passau verständigt sei. Der Kommissar, so hieß es, sei ohnehin unterwegs nach Egglfing. Natürlich. Er wollte Hübner aufsuchen. Zwei Kriminalisten begleiteten ihn. Wahrscheinlich wollte er die in der Waldschenke einquartieren, damit sie die Egglfinger vernehmen konnten. Die Polizeistationen auf dem Wege zwischen Passau und Egglfing wurden verständigt. Man würde den Kommissar und seine Begleiter sofort zum Köstlerhaus und von dort zum Fundort der Leiche dirigieren. Der Polizeiarzt wurde verständigt, der Fotograf und die Leute von der Spurensicherung.

Ich rief drüben in der Waldschenke an, bekam Hübner an den Apparat und verlangte Grit zu sprechen. Vielleicht merkte er an meinem Ton, dass es sich nicht um Liebesgeflüster in der Morgenstunde handeln konnte, jedenfalls holte er sie ohne Widerrede. Im Telegrammstil erzählte ich ihr, was vorgefallen war, sagte, sie solle sich trotzdem von ihrem Programm nicht abbringen lassen und zum alten Mayberg nach Deggendorf fahren. Die Busverbindung über Passau war gut. Nach dem Gespräch ging ich vors Haus.

Karl Köstler riss eben den Wagenschlag seines Volkswagens auf. Der alte Uhrenhändler stolzierte herbei und wollte einsteigen. In diesem Augenblick entdeckte mich der junge Köstler, wünschte mir einen guten Morgen und fragte verwundert, wieso ich zu so früher Stunde schon auf den Beinen sei. Sein Blick glitt von den Motorrädern der Zollbeamten zum Fenster des Dienstzimmers, durch das er gewiss den eifrig telefonierenden Zöllner beobachten konnte.

»Ich war nur spazieren«, erwiderte ich, »um mich ein wenig mit Herrn Bolz zu unterhalten.«

Karl Köstler lächelte. »Na ja, Detektive und Jäger haben halt manches gemein. Unter anderem auch das Frühaufstehen.«

Der Alte stieg in den Wagen.

»Hoffentlich nicht auch das Frühsterben«, entgegnete ich.

Die Tür, die Karl Köstler hatte zuschlagen wollen, glitt ihm aus der Hand. Er kam ein paar Schritte auf mich zu. »Was soll das heißen? Wollen …«

Er fragte nicht weiter, was ich hatte sagen wollen. Er hatte es schon begriffen. Ich nickte, er trommelte mit nervösen Fingern auf den Kofferraum des Wagens.

»Armes Egglfing. Zwei Tote kurz vor der Saison.«

»Ich würde eher die Frau und die vier Halbwaisen bedauern«, sagte ich.

Vater Köstler schob den Kopf aus dem Wagen. »Was ist denn los?«

»Xaver Bolz ist tot«, antwortete Karl.

Der Alte stieg aus. »Xaver Bolz?« Das klang drohend. Schon erschienen die hektischen roten Flecken auf seinem Gesicht, die außerordentliche und gefährliche Erregung ankündigten. »Ihr Hampelmänner! Ihr Nichtskönner!«, schrie er los. »Unser Jäger! Ein Alteingesessener, achtbarer Egglfinger mit Leib und Seele! Das habt ihr nun davon; lasst den hergelaufenen Saupreißen frei, und schon wird wieder einer der Unsrigen umgebracht!«

Er war umwerfend in seiner Sturheit. Ich verspürte Lust, ihm einen kleinen Tiefschlag zu verpassen, wenn die Wirkung auch nicht lange anhalten würde. »Hat hier jemand von Mord gesprochen?«, fragte ich. »Herr Bolz ist an Herzversagen gestorben.«

Sie standen jetzt nebeneinander, und ihre Blicke waren gleichermaßen ungläubig. In diesem Moment sahen sie sich sehr ähnlich, wenn man den Altersunterschied nicht beachtete. Beide ein rundliches, etwas vorgeschobenes Kinn, die Nase lang und kräftig, hohe Stirn und sorgfältig geschnittenes und nach hinten gekämmtes Haar. Vier Augen blickten mich kalt, misstrauisch und ein wenig verächtlich an. In Köstler juniors Mundwinkel schlich sich ein feines, scharfes Lächeln.

»Dann bis heute Abend. Sie bleiben doch noch bei uns?«

»Natürlich, man kann sich direkt dran gewöhnen, jeden fünften, sechsten Tag eine Leiche zu finden.« Ich ließ sie stehen und ging ins Haus zurück. Drinnen sagte ich zu dem Zöllner, der den Telefonhörer auf die Gabel drückte: »Habe eben erfahren, wer Bolz erschossen hat.«

Er fiel darauf herein. »Nicht möglich«, meinte er überrascht.

»Wieder wusste es der alte Köstler. Steinfels war's.«

Sein Gesicht wurde abweisend. »Wäre denn das so abwegig?«, fragte er.

Ich war an den Falschen geraten. Wahrscheinlich einer der Egglfinger Patrioten. »Sie haben recht«, lenkte ich ein. »Bei einem Mordfall ist eigentlich keine Verdächtigung abwegig. Auch Ihre nicht, Herr …«

»Urmersbach«, erwiderte er kühl. »Jochen Urmersbach. Ich bin der jüngste Sohn vom Gehöft hinterm Köstlerhaus.«

Scheinbar ohne jeden Zusammenhang, fragte ich ihn, wann morgens der erste Bus nach Passau fuhr. Er versuchte, sich seine Verwunderung nicht anmerken zu lassen und gab mir Bescheid.

»Der erste fährt schon halb vier. Der nächste kurz nach sechs.«

Ich konnte nur hoffen, dass die kluge Frau Steinfels und ihr Mann den Bus um halb vier Uhr genommen hatten.

Mit Hilfe eines Tauchsieders, der wahrscheinlich noch aus der Nachkriegszeit stammte, kochten wir uns einen Kaffee, und der Zöllner Jochen Urmersbach, der zumindest nicht nachtragend war, teilte sein Frühstück mit mir. »Wenn der Trubel hier erst beginnt, werden Sie so schnell keine Gelegenheit finden, für Ihr leibliches Wohl zu sorgen.«

Er sollte recht behalten. Kaum hatten wir den letzten Schluck getrunken, fuhr ein Wagen vor. Baierl und die beiden Kriminalisten stiegen aus. Der Kommissar wurde draußen noch aufgehalten, seine Begleiter traten ein. Der eine stellte sich mit dem schlichten Namen Müller vor, der andere sagte, er heiße Veroonen. Beide waren lang, dürr und schlecht rasiert. Sie trugen braune Hosen und helle Windblusen. Für eine Verwechslungskomödie schienen sie wie geboren.

Der Zöllner sagte erstaunt: »Wie soll man euch denn auseinanderhalten?«

»Von uns aus überhaupt nicht«, erwiderte der eine, ich glaube, es war Müller, doch beschworen hätte ich's schon nicht mehr. »Wir sind Cousins«, erklärte er, »wir ermitteln immer gemeinsam.«

»Na schön«, entgegnete ich, »Hauptsache, ihr verwechselt euch selber nicht.«

Kurz und bündig erzählte ich ihnen, was sie über beide Morde wissen mussten, und mitten in meine Geschichte platzte der Kommissar hinein. Er schoss gleich auf mich zu.

»Wie passt denn das nun zu Ihrer rührseligen Story?«, fuhr er mich an. »Ehegatte erschießt Geliebten seiner Frau und richtet sie seelisch zugrunde. Aber Tage später liegt er selbst kalt und steif im Wald. Er wird sich doch vor Herzeleid nicht eigenhändig in den Rücken geschossen haben?«

»Er liegt nicht«, berichtigte ich, »er sitzt und starrt seinen toten Hund an. Wie das alles zu den vorangegangenen Ereignissen passt, werden wir schon herausfinden.«

»Von mir aus«, entgegnete Baierl böse, »packen Sie sich auf die Couch und denken Sie darüber nach. Denn wenn Sie auf den Beinen sind, kommt dabei nichts weiter heraus als eine Leiche nach der anderen.«

»Malen Sie den Teufel nicht an die Wand«, sagte ich erschrocken.

Sein Unmut war zu verstehen. Der Mord an Bolz brachte nicht nur den polizeilichen Ermittlungsplan gegen drei Verdächtige durcheinander, er komplizierte die Lage erheblich, da der Tote einer der Verdächtigen gewesen war. Welche Zusammenhänge bestanden hier? Hatten wir ein oder zwei Täter zu suchen? Für den Mord an Mayberg gab es mehrere Motive. Aber warum musste Bolz sterben? Kommissar Baierl würde mich weiterhin brauchen und weiterhin gegen mich wettern, um nicht so offenkundig werden zu lassen, dass er mich brauchte. Wenn er nicht übertrieb, war ich zufrieden.

Nacheinander trafen der Arzt, der Fotograf, die Leute von der Spurensicherung und noch ein Pkw, vollgestopft mit Kriminalisten, ein. Baierl schien entschlossen, gegen den oder die Täter eine gewaltige und in jedem Falle siegreiche Schlacht zu schlagen. Nur zweifelte ich daran, ob dazu ein Heer lärmender Soldaten geeignet war. Vorerst erschien mir erfolgversprechender, diesem und jenem den Stachel der Angst, des Misstrauens und der Unsicherheit ins Fleisch zu drücken und nicht so laut »Wer?« zu rufen, sondern nach dem Warum zu fragen.

Auf dem Weg zum Fundort der Leiche ließ Baierl sich

haargenau mein morgendliches Erlebnis beschreiben. Hinter uns her zog der Konvoi der Mordkommission. Nur die Kriminalisten, die zuletzt gekommen waren, blieben im Ort, um die Egglfinger schon mal auszufragen. Zeitverschwendung. Ich hätte es ihnen auch sagen können. Sie hatten allesamt geschlafen.

Xaver Bolz saß noch unverändert. Um den Hundekadaver mit dem blutverkrusteten Fell schwirrten schon Schmeißfliegen. Die Fotografen begannen mit ihrer Arbeit, die Spurensicherer krochen durchs Gebüsch, streiften über die Wiese, suchten den Hochstand ab. Bolzens Leichnam wurde heruntergeholt. Nach einer Weile sagte der Arzt: »Der Tod ist vor zirka vier Stunden eingetreten. Also nicht vor morgens vier Uhr. Zwei Pistolenschüsse in den Rücken. Lungenschüsse, wie es aussieht.«

»Morgens um vier Uhr durch zwei Pistolenschüsse getötet«, wiederholte der Kommissar. »Wie Mayberg.«

»Ein Vier-Uhr-Mörder«, sagte ich. »Wir werden künftig sehr früh aufstehen müssen.«

»Jetzt malen Sie den Teufel an die Wand.«

Baierl ging mit mir ein Stück auf die Wiese hinaus, blickte zum Himmel, der nicht mehr so klar war wie am frühen Morgen. Ein milchigweißer Schleier lag vor der Sonne.

»Gestern hatten wir drei Verdächtige«, sagte Baierl, den Flug eines Vogels beobachtend, »heute sind es nur noch zwei. Angenommen, Bolz hat Mayberg wirklich erschossen, weil der der Liebhaber seiner Frau gewesen ist, weshalb liegt er nun hier? Wer hat sich an ihm gerächt?« Und nach einer Weile: »Seine Frau etwa?«

Die Lena, dachte ich, die keine Zukunft mehr hat, falls ihr Mann als Maybergs Mörder ins Zuchthaus kommt. Für die Frau eines Mörders und Zuchthäuslers würde niemand auch nur einen Finger rühren. Und sie hatte vier Kinder. Aber die Frau eines Opfers, die Witwe des in Egglfing beliebten Jägers, der hinterhältig erschossen wurde, die konnte mit Anteilnahme rechnen und mit finanzieller Hilfe. Konnte Lena so berechnend sein?

»Wie auch immer«, sagte ich, »jemand muss zum Jägerhaus und sie offiziell vom Tod ihres Mannes benachrichtigen. Wollen Sie einen Ihrer Leute schicken, oder soll ich's übernehmen?«

Ehe er mir antworten konnte, rief jemand nach ihm.

»Moment mal«, sagte er und stapfte zum Waldrand hinüber. Ich folgte ihm. Die Leute hatten sich um einen Hügel frisch aufgeworfener Erde versammelt. Zwei Spurensicherer stocherten dahinter mit Feldspaten in einer Senke herum.

»Was'n los?«

»Hier ist vor kurzem gegraben worden, Kommissar«, sagte einer, stieß den Spaten in die Erde und trat auf uns zu. »Wir haben mal nachgeschaut.«

»Und?«

Ich war schneller an der Senke als Baierl, ich erkannte ihn auf den ersten Blick wieder: altes Eichenholz, handgeschnitzte Verzierungen und Kupferbeschläge – der Sarg, in dem ich die Madonna gefunden hatte. Ich sagte es dem Kommissar.

»Öffnen!«, befahl er.

Sie hoben den Deckel an. Dürres Laub wirbelte hoch. Ich griff hinein. Nichts. Ich wühlte tiefer. »Nichts.«

»Ausschütten!«, sagte Baierl.

Sie hoben den Sarg aus der Grube und kippten ihn um. Die Madonna lag nicht mehr darin. Ein Weilchen standen wir wortlos herum. Baierl mit hochrotem Kopf und geschwollenen Stirnadern. Er hatte darauf gehofft, dass ihn Goepfert mit der Madonna zu den Hehlern oder Sammlern gestohlener Kirchenschätze führen würde. Wo war Goepferts Schatten? Baierl wusste die Antwort so gut wie ich, und dieses Wissen machte ihn wütend. – Goepfert hatte seinen Beobachter wieder abgehängt!

»Seltsam«, ließ sich schließlich einer der Cousin-Kriminalisten vernehmen, Müller oder Veroonen, ich wusste es nicht. »Ein Mann wird im Wald neben einem vergrabenen Sarg ermordet.«

»Hm«, machte der andere, »ein Sarg wird im Walde neben einem Ermordeten vergraben.«

Zu welch grandiosen Ergebnissen mochten sie gelangen, wenn sie jedes Ereignis so gründlich von zwei Seiten packten! Baierl erwachte aus seiner Versunkenheit.

»Ihr fahrt nach Egglfing. Ein paar nehmen sich die Waldschenke vor und das Dorf, zwei das Jägerhaus. Den Mister da könnt ihr mitnehmen, falls er das will.« Er zeigte auf mich.

»Meinetwegen benachrichtigen Sie Frau Bolz«, rief er mir noch zu, »ich habe jetzt eine andere Tour zu fahren.«

Er bestimmte zwei von der Spurensicherung, die ihn begleiten sollten, und lief mit ihnen zu seinem Wagen. Ich war sicher, sie fuhren nach Haßlingen zu Goepfert.

Auf dem Weg nach Egglfing saß ich neben dem Chauffeur, die beiden Dürren hinter uns im Wagenfond. Sie wollten von mir allerhand über die Waldschenke wissen; Lage, Anzahl der Räume, Inhaber, Personal, ob das Bier würzig, das Essen schmackhaft und die Betten bequem seien. Gewissenhaft gab ich ihnen über alles Auskunft und fügte gratis hinzu: »Man kann sich dort sogar rasieren.«

Sie schauten sich einigermaßen überrascht in die Gesichter und sagten fast gleichzeitig: »Wahrhaftig, du hast's nötig.«

Seltsame Vögel.

Da ich außer mit Lena auch mit Frau Rosl sprechen wollte, bevor sie von der Polizei vernommen wurde, deutete ich behutsam an, es sei günstig für sie, sofort den alten Hübner zu vernehmen.

»Seien Sie unbesorgt«, sagte der eine, »wir lassen Ihnen genügend Vorsprung.«

Für dumm verkaufen konnte man, sie also nicht.

»Warum seid ihr denn so nett zu mir?«

»Das hat nichts mit Ihnen zu tun. Unser Ermittlungsplan sieht vor: schlafen bis mindestens ein Uhr, gut essen, Kehle anfeuchten, und dann fangen wir gleich an.«

»Ist das gemeinhin euer Tagesplan?«

»Nur, wenn wir zwei Tage und Nächte lang nicht ausgeruht haben, weil wir hinter einem Sexualverbrecher her waren.«

»Habt ihr ihn gekriegt?«

»Sehen wir so aus, als würden wir einen nicht kriegen?«, erwiderte der eine.

»Wir können gelegentlich auch Hase und Igel spielen«, erklärte der andere. »Einer von uns ist immer schon da. Und der Hase läuft sich tot.«

Langsam wurden mir die beiden sympathisch.

Im Vorgarten spielten zwei von Bolzens Kindern.

»Seid doch so gut und holt die Mutter heraus!«, rief ihnen der Kriminalist zu, der mich begleitete.

Wir hatten abgesprochen, dass er sich in Haus und Garten umsah, während ich mit der Frau sprach. Lena trat aus der Tür, den Säugling im Arm, sie sah blass und apathisch aus.

»Mein Mann ist noch unterwegs«, sagte sie von der Tür her, »kommen Sie später wieder.«

»Wir möchten mit Ihnen sprechen, Frau Bolz. Ich bin von der Polizei, und Herrn Eiserbeck kennen Sie ja schon.«

Langsam kam sie zur Gartenpforte.

»Ja, ich kenn' den Herrn Eiserbeck, und ich hab' ihm schon alles gesagt. Als der Gustl getötet wurde, war mein Mann zu Hause.«

Ich sah es dem Polizisten an, dass wir uns mit den gleichen Gedanken herumschlugen – kann man einer jungen Frau so einfach über den Gartenzaun hinweg ins Gesicht sagen, man habe soeben ihren Mann erschossen aufgefunden?

»Das geht schon in Ordnung, Frau Bolz«, sagte ich, »aber die Polizei muss über alles Protokoll führen und Ihre Unterschrift darunter haben.«

Zögernd kramte sie den Schlüssel aus der Schürzentasche und schloss auf.

»Ich weiß nicht, ob das recht ist und ob es dem Xaver gefallen möcht, dass ich Leut ins Haus einlass.«

Wir folgten ihr in das Zimmer, in dem ich schon einmal mit ihr gesprochen hatte, und warteten, bis sie den Säugling ins Nebenzimmer gelegt und ihre Älteste zur Aufsicht hereingeholt hatte. Zuerst fragte ich sie, wann ihr Mann am Morgen aus dem Haus gegangen sei. Genau wusste sie es nicht, noch zur halben Nacht müsse es gewesen sein, und sie habe noch geschlafen.

»Zum Mittagbrot ist er zurück.«

»Frau Bolz, der Xaver kommt nicht zurück. Er ist tot.«

In ihrem Gesicht veränderte sich nichts, sie sah mich nur mit ihrem hoffnungslosen Blick an, der manchmal beängstigend leer wurde.

»Er ist tot, Lena«, wiederholte ich.

Sie nickte. »Aber er war zu Haus, als der Gustl erschossen wurde.«

Sie hatte nichts kapiert. Sie sprach noch immer von Gustl Mayberg.

»Das liegt schon eine Zeit zurück, das wissen Sie doch, Lena. Ich spreche von heute. Heute morgen um vier, da hat jemand Ihren Mann erschossen, den Xaver.«

»Nein! Nein!«

Sie wehrte sich gegen das Begreifen. Endlich weinte sie laut und hemmungslos. Es war eine Erlösung für alle. Mein Begleiter begann, den Gewehrschrank zu inspizieren, dann ging er hinaus, um sich in den anderen Räumen umzusehen. Magdalena Bolz wusste nicht, was um sie herum geschah. Sie weinte noch immer. Ich saß vor ihr und wartete, bis sie ruhiger wurde.

Schließlich sagte sie: »Erzählen Sie mir's genau. Ich nehm' mich zusammen.«

Ich berichtete, wie ich ihn und den Hund vorgefunden hatte.

»Lena«, sagte ich, »bitte, versuchen Sie sich an alles zu erinnern, was in der letzten Zeit im Jägerhaus vorgefallen ist außer dem Zusammentreffen von Mayberg und Ihrem Mann. Wer hat das Haus betreten? Über wen hat Ihr Mann irgendwelche Bemerkungen fallen lassen? Hatte er Angst vor jemandem, wusste oder ahnte er etwas in Bezug auf den Mord? Hatte er Feinde?«

»Der Xaver ist ein guter Mensch gewesen«, sagte sie, »nur was ich ihm angetan habe, konnte er nicht verwinden.«

Ihre Stimme war leise und apathisch, doch es drängte sie zu sprechen.

»Ich hab' nicht gesehen, wie's hätt' weitergehen könnt mit uns. Der Gustl war tot, und der Xaver mocht' mich nicht mehr. Irgendwann hätten's auch die Kinder gespürt, und wenn ich daran gedacht hab', war ich ganz verzweifelt. Aber am schlimmsten ist's gewesen, dass ich gemeint hab', der Xaver könnt' sich vergessen und den Gustl erschossen haben und man würde ihn deshalb einsperren. Dann schon lieber tot, hab' ich manchmal gedacht. Ich oder – er.«

»Aber Sie haben das ja nur gedacht, nicht wahr? – Die Polizei wird Sie fragen, wo Sie heute Morgen um vier Uhr gewesen sind.«

Einen Augenblick lang sah sie mich an.

»So was zu denken ist schon Sünd genug.«

»Es wird sich alles aufklären«, sagte ich schnell.

Der Gedanke an den Tod, ihren eigenen oder den ihres Mannes, mochte verführerisch gewesen sein, doch ich war sicher, sie besaß genügend moralische Hemmungen, ihn zu verwerfen.

Aber da war noch eine Sache, die sie unbewusst verraten hatte und über die ich Genaueres erfahren musste.

»Ihr Mann war demnach in der Nacht, als Mayberg erschossen wurde, doch nicht zu Hause«, stellte ich fest, »sonst hätten Sie keine Angst zu haben brauchen, dass er's getan hat.«

Sie faltete ihre schmalen Hände. Sie sah erbarmungswürdig aus, wie sie da in ihrer Sofaecke hockte.

»Was immer er getan hat, jetzt kann's ihm nicht mehr schaden«, entgegnete sie, »wenigstens vor den Menschen nicht. Ich hätt's niemals verraten, dass er damals erst um sechs Uhr früh nach Hause gekommen ist. Er hat sich gleich hingelegt. Er muss schon lange im Wald gewesen sein.«

Angenommen, Bolz hatte den Nebenbuhler erschossen, warum musste er nun selbst dran glauben? Wollte jemand Mayberg auf diese Weise rächen?

»Durch wen haben Sie eigentlich von Gustls Tod erfahren?«, fragte ich.

»Durch Onkel Joseph. Furchtbar war's. Ich seh' ihn noch vor mir. Gegen Mittag stand er an der Tür, ich ließ ihn ein.

»Na, ihr beiden Waldameisen«, sagt Goepfert, »wisst ihr eigentlich, was so um euch herum geschieht?«

»Wird kaum was Gescheits sein«, knurrt Bolz und setzt sich auf. Er hat auf der Couch gelegen.

»Da hast recht. Im Köstlerhaus, im Dienstzimmer der Zöllner, ist heute Morgen der Assistent Mayberg erschossen worden.«

Der jungen Frau verschwimmen die Gegenstände vor den Augen. Plötzlich fällt alles in ein großes schwarzes Loch. Sie reibt sich die Stirn. Und will aus dem Zimmer.

»Du bleibst«, sagt Bolz. Bekümmert fragt der Alte: »Was ist denn, Mädel? Bist etwa schon wieder schwanger?«

»Weiß man schon, wer's getan hat?«, fragt Bolz den Alten.

»Sein Postenführer war's. Abends hatten sie Streit. Der Uhrenhändler hat ihn nach der Tat aus dem Fenster springen und zum Wald laufen sehen.«

»Was du nicht sagst! Der Steinfels soll das gewesen sein? Na, ich weiß nicht.«

Zum ersten Mal sieht Magdalena Bolz ihren Onkel, den so leicht nichts aus der Ruhe bringt, in Erregung geraten.

»Warum soll's denn der Steinfels nicht gewesen sein, der Saupreiß?«, fragt er laut und böse. »Weißt du's besser?«

»Gott bewahre. Ich weiß gar nix. Und nix geht's uns an, wenn die Zollbeamten sich gegenseitig abknallen.«

»Recht hast. Dagegen wüsst' ich auch nix einzuwenden.« Der alte Schmuggler grinst, wünscht den beiden noch einen schönen Tag und verschwindet wieder.

Vielleicht würde der Jäger noch leben, wenn ich gewusst hätte, dass er in jener Nacht draußen auf dem Hochstand war und sich später darüber wunderte, dass es der Steinfels gewesen sein sollte, den er da gesehen hatte.

8

In Passau, in meinem Büro, meldete sich niemand. Grit war sicherlich noch nicht aus Deggendorf zurück. Ich rief das über uns wohnende Ehepaar an und bat, Grit einen Zettel ins Wartezimmer auf den Schreibtisch zu legen. Ich ließ ihr mitteilen, dass ich so schnell wie möglich nach Passau käme, sie möchte im Büro auf mich warten. Dann legte ich auf.

Da ich sehr nahe an der Küchentür stand, hörte ich Hübner in klagendem Ton sagen: »Beim Bäckermeister sind's gewesen und fast in jeder Familie im Unterdorf. Bis zum Abend werden's auch das obere Dorf durchgekämmt haben. Der Schmittchen-Alois hat mich nicht gegrüßt heut Morgen.«

»Der kann's halt nicht verwinden, dass du seine Enkelin eine läufige Hündin genannt hast«, entgegnete Rosl.

Eigentlich hatte ich die Schankwirtin zu einem Gespräch heraufbitten wollen, zog aber die Hand, die nach der Klinke griff, zurück und lauschte.

»Da hatt' ich wohl recht. Ist das eine Art, sich hinterm Wirtsgarten umlegen zu lassen? Nicht mal dunkel war's. Vor den Augen der Urlauber ist's geschehen, kann man sagen, mitten in der Saison.«

»Du bist über die ganze Familie hergezogen. Das vergisst dir der Alois eben nicht.« Rosls Stimme klang spitz.

»Unsinn. Das liegt fast zwei Jahre zurück. Inzwischen waren wir doch gut Freund.«

»Aber jetzt ist die Polizei im Dorf, und jeder hat damit zu tun, seine Weste weiß zu waschen und auf die Schmutzflecken der anderen zu zeigen.«

»Ja«, bestätigte Hübner, »da magst du recht haben. Ein Glück, dass unser Haus weiß ist. Innen und außen.«

»Meine Wirtschaft ist sauber. Gegen mich kann keiner was vorbringen. Fürs Personal kann ich natürlich nicht die Händ ins Feuer legen.«

»Fürs … Wie nennst du mich?« Ein Aufschrei, der seine Fassungslosigkeit verriet und die Furcht, die in ihm war. »Rosl, was ist los mit dir? Wir sind eine Familie. Wir müssen doch zusammenhalten.«

»Natürlich. So tüchtig, wie du in letzter Zeit zu mir gehalten hast. Mit Vorwürfen und Ohrfeigen. Warum schlägst du mich heute nicht? Stören dich die Polizisten, die sich im Haus einquartiert haben?«

»Musst' ich dich nicht zur Räson bringen, Schwiegertochter, so wie du dich aufgeführt hast nach seinem Tod? Jetzt prahlst du, dass keiner was gegen dich vorbringen kann. Aber wem hast du's zu verdanken?«

»Ich ahn' schon, was ich dir alles zu verdanken hab'«, sagte sie düster.

»Fühl dich nicht gar so sicher. Der Steinfels läuft wieder frei herum. Der kann noch reden.«

»Er hat sich verkrochen und wird erst zurückkommen, wenn alles ausgestanden ist. Was hätte der davon, die Kuh zu spielen, die das Gras runterfrisst, was inzwischen über die Sach gewachsen ist?«

»Was willst eigentlich von mir, Mädel«, fragte er hilflos. »Bei allem, was ich getan hab', hab' ich dein Bestes gewollt.«

»Hast du mich jemals gefragt, was für mich das Beste ist?«

»Da muss einer doch nicht fragen. Die Waldschenke natürlich, die dir mein Sohn hinterlassen hat. Sie ernährt uns.«

»Wieso sagst immer uns? Ich denk', du willst mein Bestes? – Vielleicht wird sie mir langsam ein Klotz am Bein, die Waldschenke. Vielleicht hält mich hier nichts mehr, und ich möcht' fort. In die Stadt ...«

»Aber Rosl! Was willst denn allein in der Stadt?«

»Wer sagt dir denn, dass ich allein gehn würde?«

Ungläubig fragte er: »Hat er denn was angedeutet? Ich dacht', der wird dich nicht mehr wollen.«

Sie sprachen jetzt nahe der Tür, und ich hielt es für besser zu klopfen. Augenblicklich wurde geöffnet.

»Ja, bitte, Herr Eiserbeck?«

Ich bat sie auf mein Zimmer. Sie band die Schürze ab und folgte mir. Oben setzte sie sich etwas steif und förmlich auf den angebotenen Stuhl. Ihr Blick und ihre Haltung drückten gespannte Erwartung aus.

»Privatgespräch?«, fragte sie.

Ich schüttelte den Kopf. »Nach Egglfing bin ich gekommen, um Augustin Maybergs Mörder zu finden. Als ich glaubte, der Lösung nahe zu sein, passiert ein zweiter Mord. Heute nacht wurde Xaver Bolz erschossen. Sie wissen das sicherlich.«

»Im Dorf spricht man von nichts anderem.«

»Gibt es Gerüchte über einen möglichen Täter?«

»Nach dem Reinfall mit Steinfels werden die Leut sich hüten.«

»Haben Sie an Steinfels' Schuld geglaubt?«

Kopfschütteln.

»Sondern?«

»Es wäre Ruhe gewesen im Dorf«, sagte sie statt einer direkten Antwort, »und alles so weitergegangen wie bisher.«

»Natürlich. Auch für Sie. Nur dass Sie nicht mehr wussten, wie Sie das aushalten sollten. Mir brauchen Sie nichts vorzumachen, Rosl. Ich kann's nachfühlen, wie Ihnen hier zumute ist. Eine hübsche Frau in den besten Jahren und an Egglfings Sittenkodex gebunden! In der Stadt könnten Sie zurückzwinkern, wenn Ihnen einer schöne Augen macht, und keinen würde es kümmern, was Sie in Ihrer Freizeit anstellen.«

»Na schön«, sagte sie, »mit Ihnen kann man reden, Sie sind nicht aus diesem Nest und sicherlich bissel rumgekommen in der Welt. Ja, ich wollt' raus hier, nennen wir die Dinge beim Namen, ich möcht' hier nicht eintrocknen und die heitere, zu jedermann nette Schankwirtin sein, bis ich weißes Haar hab'. Und trotzdem, was würde ich denn darstellen in der Stadt? Eine Küchenhilfe oder Kellnerin bestenfalls. Hier bin ich die Besitzerin der Waldschenke.«

»Wenn sie Ihnen gehört, können Sie sie verkaufen und sich in der Stadt eine kleine Wirtschaft oder Teestube zulegen. Sie hätten schon Zuspruch.«

»Da müsste ich's aber übers Herz bringen, den Alten zu ruinieren. Dem einfach die Schenke wegnehmen, das bringt ihn um, und ihn in die Stadt umsiedeln, das würde er nicht lange überleben.«

»Trotzdem hatte ich in den letzten Tagen den Eindruck, Sie befreien sich nicht nur von seiner Vorherrschaft, sondern möchten ihn überhaupt los sein.«

»Das ist ein anderes Problem«, sagte sie ausweichend.

»In Ordnung, diskutieren wir erst das eine zu Ende, Ihr Leben hier und wie Sie herauskommen wollen. Sie mögen den Köstler-Karl. Das spürt man, sobald er den Kopf zur Tür hereinsteckt. Aber er? Und warum haben Sie was mit Mayberg angefangen, wenn Sie Köstler meinen?«

»Eine Zeit lang dachte ich, dem Karl wäre es so ernst wie mir. Ich hab' ihn wirklich gern. Noch immer. Ich hätt' mich auch in sein Uhrengeschäft eingefunden, aber als er merkte, dass ich so weit denk', hat er sich rar gemacht. Ich weiß nicht, wie er sich die Frau vorstellt, die er heiraten und ins Geschäft nehmen will. Ich kann rechnen und versteh' was von Buchführung, und mit mir sehen lassen, meine ich, kann er sich auch. Doch das Schönste wäre für mich gewesen, wieder ein Nest zu haben und sich geborgen fühlen zu können. Es hat doch sonst alles geklappt zwischen uns.«

»Was meinte denn Ihr Schwiegervater dazu?«

»Dem wär's schon recht gewesen. Ich hätte ihm die Waldschenke überlassen, wenn ich mit dem Karl in die Stadt gegangen wär'.«

»Und als Köstler sich zurückzog?«

»Da meinte er nur, wer hoch hinauswill, der fällt tief, und ich würd' eben in die Waldschenke gehören.«

»Gab's kein Gerede über Sie und Köstler?«

Sie zuckte die Schultern. »Das ist das Seltsame am Karl,

der hat so eine Art, kühl und vornehm und doch freundlich. Über den trauen sie sich nicht zu klatschen. Zumindest nicht offen. Wenn ich ihn hinters Licht geführt hätte, wär's mir übel angekreidet worden. Bei ihm heißt's nur: Der prüft sehr genau, wen er ins Geschäft nimmt.«

»Dann kam Mayberg?«

»Gustl kannte ich schon lange. Es war nichts zwischen uns. Aber als ich merkte, in Karls Zukunftsplan spiele ich keine Rolle mehr, der lässt mich sitzen, da bin ich in meiner Verzweiflung zum Gustl gelaufen. Der Gedanke, bis an mein Lebensende in diesem Nest zu hocken, hat mich ganz verrückt gemacht. Und dazu die Enttäuschung, dass der Karl nur so gespielt hat mit meinen Gefühlen.«

»Mit Mayberg konnte es aber auch nichts Ernsthaftes werden. Der war verheiratet.«

»Das hab' ich gewusst. Er hat mich nicht genarrt. Manchmal hab' ich mir zwar gewünscht, er bliebe trotzdem bei mir, aber das war keine ernsthafte Hoffnung. Jedenfalls hat er mich verstanden, der Gustl. Du musst hier raus, hat er gesagt, du kannst deinen Karl kriegen. Dem werde ich die Hölle heiß machen, von wegen dich sitzen lassen.«

»Geschafft hat er das aber nicht«, bemerkte ich.

»Vielleicht wär's ihm noch gelungen, den Karl umzustimmen, wenn man ihn nicht erschossen hätte.«

»Da sind wir bei dem zweiten Problem«, sagte ich, »Ihr Schwiegervater. Er ist Ihnen ein Klotz am Bein. Wegen ihm können Sie nicht in die Stadt. Aber wenn man ihn als Maybergs Mörder verhaften würde …«

»Nein!«, fiel sie mir ins Wort. »Ich hoff' doch nicht

drauf, dass er's gewesen ist. Ich möcht' nur Klarheit darüber, ob er's getan hat oder nicht.«

»Er ist abhängig von Ihnen und Ihrem guten Ruf und wusste von Ihrem Verhältnis zu Mayberg.«

»Das konnte nicht ausbleiben.«

»Wo war er in der Nacht, als der Zollassistent ermordet wurde?«

»Das ist eine verrückte Sache. Er, der schwindsüchtige Urmersbach und der Käutner-Vater, der ehemalige Schulrat, treffen sich hin und wieder beim Urmersbach.«

»Was treiben die denn da?«

»Das weiß keiner außer ihnen. Vielleicht erzählen sie sich Schwänke aus ihrer Jugendzeit – nicht ganz stubenrein, mein ich.«

»Treffen sie sich regelmäßig?«

»Nein. Je nachdem, wie sie Zeit haben. Der Käutner-Vater ist immer abkömmlich, aber der Urmersbach muss seinem Ältesten helfen, den Hof zu führen, und mein Schwiegervater hat oft lang in der Schenke zu schaffen.«

»Wann kam Ihr Schwiegervater in jener Nacht zurück?«

»Gegen fünf Uhr.«

»Hören Sie ihn immer kommen?«

Sie verneinte, in jenen Morgenstunden lag sie wach und wartete auf Gustl Mayberg.

»Stattdessen kam Steinfels, telefonierte, weil im Köstlerhaus die Leitung lädiert war.«

»Und hatten von Stund an Ihren Schwiegervater in Verdacht.«

»Seine Vorwürfe wegen Gustl waren immer ärger geworden, aber ich hab' mich taub gestellt. Ich hatte noch Hoffnung, dass der Gustl den Karl zur Besinnung bringt, und als er tot war, hab' ich gegrübelt, wer einen Grund hätt', ihn beiseitezuräumen. Da bin ich immer wieder auf meinen Schwiegervater gekommen.«

»Von Ihrer Warte aus verständlich.«

»Solang Steinfels als schuldig galt, gab's keinen Grund, mich zu beunruhigen. Aber der Steinfels ist frei, und auf der Suche nach dem' Mörder wird das ganze Dorf umgekrempelt. Ich muss endlich wissen, was da auf mich zukommt.«

»War Ihr Schwiegervater heute Nacht zu Hause?«

»Nein, er hat wieder beim Urmersbach gehockt.«

»Wann kam er nach Hause?«

»Diesmal weiß ich's nicht. Ich habe geschlafen.«

Es sei eine Schande, dass man nun auch noch arbeitsame Leut aus ihrem Tagewerk reiße, keifte Frau Urmersbach. Reineweg zu nichts sei die Polizei zu gebrauchen. Hätten sie sonst Steinfels laufen lassen? Dieses Lied kannte ich. Dagegen war wohl nicht anzuspielen. Auch dass sie mich mit der Polizei in einen Topf warf, ließ ich unwidersprochen. Kurz und bündig forderte ich, ihren Mann zu sprechen. Sie schlappte über den Hof zur Scheune, und wenig später trat der dürre Urmersbach hustend ins Zimmer.

»Herr Urmersbach, um wie viel Uhr hat Herr Hübner heute Morgen Ihr Haus verlassen?«

»Mein Haus? Was sollt' er denn da bis morgens zu schaffen haben?«

»Noch interessiert das niemanden. Wenn es sich nötig

macht, werden wir's schon herausfinden. Vorläufig möchte ich nur wissen, wann Hübner von Ihnen weggegangen ist.«

»Um die vierte Stund sind's beide verschwunden«, antwortete er widerwillig.

»Und damals, als Mayberg erschossen wurde?«

»Was hat denn das mit unseren Zusammenkünften zu tun?«

»Antworten Sie.«

»Jo, ich kann mich dran nicht mehr erinnern.«

»Auch nicht an die Schüsse, die drüben im Köstlerhaus gefallen sind?«

»Woher sollt' ich wissen, dass die aus dem Köstlerhaus kamen? Und 's blieb ja auch alles still danach. Ich bin gleich eingeschlafen.«

»Also waren zu dieser Zeit Hübner und der Schulrat nicht mehr im Haus.«

»Stimmt, die war'n schon weg«, bestätigte er arglos.

Höchstens fünf Sekunden vor mir huschte Grit in das Haus mit dem grellgelben Firmenschild. Sie war zum Judotraining gewesen, dem geliebten.

»Da ich ohnehin auf Sie warten sollte«, meinte sie mit einem Blick auf den Zettel, den der Nachbar hereingelegt hatte.

In ihrem Sekretariat kochte sie Kaffee und deckte die Essecke auf dem Schreibtisch-Monster. Unterwegs hatte sie Obsttorte gekauft. Und Zeitungen.

»Schön, mal wieder zu Haus zu sitzen, als gäb's kein Egglfing und keinen Vier-Uhr-Mörder«, sagte sie.

Eine Weile taten wir wahrhaftig so, als gäb's nichts auf der Welt als Eiserbecks Büro, Kaffee und Torte. Doch nach und nach verfiel ich ins Grübeln, und Grit griff nach den Zeitungen.

Plötzlich rief sie: »Das ist unerhört! Aus Rache für einen verlorenen Scheidungsprozess geht eine Frau in die Praxis ihres Anwalts, übergießt ihn mit Benzin und zündet ihn an. Er ist gestorben.«

»Pfui Teufel! Wo ist das passiert?«

»In Athen.«

»Weit weg.«

»In München ist im Arbeitszimmer eines Politikers eine Plastikbombe explodiert. Zum Glück war er eben – mal rausgegangen. Und in Österreich wurden der Fahrer und dessen Freundin verhaftet, die kürzlich einundneunzig Kilo ›Grüner Türke‹ in ihrem Wohnwagen über die Grenze geschmuggelt haben. Über ihn ist man an die Hintermänner herangekommen und konnte somit wieder einen Rauschgiftring zerschlagen.«

»Mayberg hat gleich gesagt, den schnappen sie in Österreich.«

»Moment mal, das ist noch nicht alles. Es wird vermutet, dass die Täter auch andere Waren außer Landes bringen ließen. Ermittlungen sind noch im Gange.«

»Das wird Baierl auf Touren bringen. – Und was gibt's Neues aus Deggendorf?«

Grit legte die Zeitung beiseite.

»Der alte Herr Mayberg ist ein sehr netter Herr«, bekannte sie kleinlaut, »und bescheiden. Keinerlei Anzeichen für krankhafte Sammlerleidenschaften oder Verbindungen zu Schmugglern und Hehlern. Gustls Tod hat ihn ziemlich mitgenommen. Er sagte, grad in letzter Zeit hätte der Gustl sich so lieb um ihn gekümmert. Da hatte er oft in Passau zu tun und ist immer schnell mal nach Deggendorf rübergefahren.«

»Na also«, sagte ich, »es fügt sich Stein an Stein.«

»Wo ist denn da was Brauchbares für uns?«

»Der Zollassistent Mayberg hatte in Egglfing die Grenze zu bewachen. Wieso hatte er in letzter Zeit oft in Passau zu tun?«, gab ich zu bedenken.

»Sie wissen's natürlich.«

»Ich ahne es. Er hat das geschafft, was Baierls Leuten immer wieder misslingt – Goepfert im Auge zu behalten. Dabei hat er Dinge herausgefunden, die gefährlich waren.«

»Meinen Sie, er kannte Goepferts Abnehmer?«

»Das vermute ich nur. Was ich inzwischen weiß, ist, warum auch der Jäger Bolz sterben musste und wie diese beiden Morde miteinander zusammenhängen.«

Grit goss mir Kaffee ein.

»Also Endspurt«, sagte sie.

»Frau Bolz hat mich darauf gebracht. In der Nacht, als Mayberg erschossen wurde, war ihr Mann unterwegs, saß vermutlich gegen Morgen auf der Kanzel am Waldrand, unweit der Grenze. Kurz nach vier Uhr hört er jemanden auf dem Weg von Egglfing herkommen. Es führen viele Wege von dort aus zum Wald, doch er kann den Pfad einsehen, der hinterm Köstlerhaus beginnt. Mit seinem Nachtglas beobachtet er den Mann. Um ihn zu erkennen, war es zu dunkel. Der hält jedenfalls in seinem Lauf inne, weil er die Gestalt auf dem Hochsitz entdeckt hat. Möglicherweise ist er vom Jäger auch angerufen worden. Also dreht er um und läuft zurück oder verzieht sich ins Dickicht. Was weiß ich.

Am nächsten Tag erfährt der Jäger von Joseph Goepfert, dass Mayberg im Köstlerhaus erschossen wurde und Steinfels, sein Mörder, sei durchs Fenster gesprungen und in den Wald gelaufen.

Ungläubig ruft er aus: ›Steinfels soll das gewesen sein?‹

Er meint den Mann, den er gesehen hat. Ob er ihn nun tatsächlich erkannte oder nur sicher war, dass es Steinfels nicht sein konnte, werden wir nie erfahren. Jedenfalls hatte er kein Interesse daran, den Egglfingern ihren Sündenbock streitig zu machen. Darauf wird der Mörder auch vertraut haben. Aber dann wurde Steinfels freigelassen. Ein Privatdetektiv und die Polizei traten auf den Plan und waren nicht gewillt, sich noch einmal einen Täter servieren zu lassen, sondern ihn selbst zu suchen. Sie würden auch Bolz vernehmen. Er war die größte, vielleicht einzige Gefahr für Maybergs Mörder. Deshalb zog der gegen Morgen, gleich nach Steinfels' Freilassung, los, fand den Jäger wieder auf der Kanzel und schlich sich diesmal hinterrücks heran bis auf Schussweite.«

Grit reagierte prompt, und ich war froh darüber. Ich brauchte einen Partner, mit dem ich die möglichen Varianten durchspielen konnte.

»Goepfert«, sagte sie, »dem wurden Maybergs Kontrollen unheimlich. Vielleicht hat es auch eine Auseinandersetzung zwischen beiden gegeben.«

Das war gut möglich.

»Am Tage nach der Tat geht Goepfert zu Bolz, um herauszufinden, ob der ihn in der Nacht erkannt und was er vorhat«, spann Grit ihren Faden weiter.

»Er war erschrocken und geriet ein bisschen aus der Fassung«, fuhr ich fort, »als Bolz sagte: Das soll der Steinfels gewesen sein? Aber er beruhigte sich, denn der Jäger meinte, es gehe ihn nichts an, wenn sich die Zollbeamten gegenseitig erschießen.«

»Danach hat sich alles so abgespielt, wie Sie's erwähnten: Steinfels kommt frei, Bolz wird für Goepfert zur Gefahr und deshalb umgebracht. Da gibt's doch überhaupt keine dünne Stelle«, behauptete Grit.

»Aber eine schwache Leistung von Goepfert. Seit wann benutzt ein Schmuggler den offiziellen Weg, wenn er fliehen will? Keiner kennt den Wald, die heimlichen Pfade, die Verstecke im Dickicht so gut wie er. Abgesehen vom Jäger natürlich. Auf diese Weise wie der Täter flieht aber nur einer, der wenig mit dem Wald zu schaffen hat, ihn vielleicht sogar fürchtet.«

»Hübner?«

»Zum Beispiel.«

»Goepfert hätte nichts Besseres tun können, um den Verdacht von sich abzulenken.«

Wenn der Alte schon raffiniert vorgehe, meinte ich, dann nicht auf so komplizierte Art. In Momenten der Gefahr würde Goepfert tun, was er als Schmuggler seither getan hatte; sich unsichtbar machen, auf Pfaden davonschleichen, die nur ihm bekannt waren. Dass er davon etwas verstand, bewies er zurzeit Baierls Leuten.

Grit zuckte die Schultern. »Probieren wir's mit Hübner.«

Ich erzählte ihr, dass Hübner in beiden Mordnächten zusammen mit dem Schulrat beim Urmersbach-Bauer gewesen sei. Jedenfalls hat Hübner ein Mordmotiv und für beide Tatzeiten kein Alibi. Als Mayberg umgebracht wurde, verließ er zusammen mit dem Schulrat gegen vier Uhr Urmersbachs Haus. Seine Schwiegertochter behauptet, er sei erst gegen fünf Uhr in der Waldschenke angekommen. Nun kriegt man es aber nicht fertig, die Wegstrecke von Urmersbachs Hof zur Waldschenke in mehr als zehn Minuten zu bewältigen. Auch nicht, wenn man auf dem Bauch kriecht.

»Also ist Hübner der Mörder!«

»Seien Sie nicht gleich so endgültig! Er könnte es gewesen sein. Vielleicht war er es wirklich. Aber ich brauche etwas, das ihn festnagelt. Noch kann er sich herauswinden, und ganz Egglfing würde hinter ihm stehen, so wie es gegen Steinfels gestanden hat.«

»Hübner müsste doch durch Verhöre kleinzukriegen sein.«

»Ja, aber wir sollten uns nicht verrennen und nur ihn und den alten Schmuggler verdächtigen.«

»Bolz stand noch auf unserer Liste, aber der ist tot.«

»Er war mein großer Irrtum«, bekannte ich, »mit dem guten, uralten Motiv Eifersucht. Ich sagte zu Baierl, irgendwas störe mich an der Vorstellung, er habe es getan. Jetzt, wo es zu spät ist, weiß ich, was es war. Wäre er Maybergs Mörder gewesen, hätte er sich Lena gegenüber anders verhalten. Ihm war klar, dass sie ihn nicht verraten und ins Zuchthaus bringen würde. Außerdem wollte er sich doch gar nicht an Mayberg, sondern an seiner Frau rächen und sie und damit seine Schande loswerden. Also hat er sie fürchten lassen, er könnte der Mörder sein, und die Ungewissheit hat sie fertiggemacht. Das sind so Dinge, die woanders ganz anders verlaufen wären. Aber bei einem Egglfinger funktionierte es eben nur so.«

»Wenn Sie sagen, jeder Egglfinger könnt's gewesen sein, meinen Sie doch einen ganz bestimmten.«

»Ein ungelegtes Ei ist ein sehr unsicheres Ei«, entgegnete ich und war froh, als die Türglocke schellte.

Draußen stand die Postfrau, drückte meiner Sekretärin Karten und Briefe in die Hand und sagte zu mir: »Herr Eiserbeck, im Postamt liegt ein Päckchen für Sie. Der Bub, der es hätte austragen sollen, ist heute Morgen von der Polizei geholt worden.«

»Wieso denn das?«

»Ansichtskarten, die schwer zustellbar waren, hat er einbehalten. Weil er immer so Sehnsucht hat nach fernen Ländern und die Reisebüro-Angebote nicht bezahlen kann, hat er sich die Welt auf diese Art ins Haus geholt. Auf was für Ideen die Jugend kommt! Also, wenn's Ihnen eilig ist mit dem Päckchen, seien Sie so nett und holen sich's ab. Ansonsten möcht's noch ein, zwei Tage dauern, bis wir's Ihnen zustellen können.«

»Man wird ihn hoffentlich wieder laufen lassen, diesen Postboten mit Fernweh«, sagte Grit, als die Frau gegangen war. »Wo die Karten doch sowieso schwer zustellbar waren …«

»Für Eiserbecks Sekretärin sind Sie entschieden zu wehleidig«, sagte ich. »Ich werde jetzt das Päckchen holen.«

Ich ging in mein Zimmer und nahm eine goldene Sprungdeckeluhr aus einer Schachtel, ein Erbstück meines Vaters. In kunstvoll geschwungener Schrift waren auf dem Deckel seine Initialen eingraviert. Ich steckte sie ein. In der Nähe von Köstlers Uhrengeschäft rutschte ich in eine Parklücke, stieg aus und stand bald darauf vor einem gut dekorierten Schaufenster.

Kaufen sie Köstler-Uhren, und Sie wissen, was die Stunde schlägt!

Goldene Schrift auf blauem Samt. Darunter Pendeluhren dreier Generationen. Natürlich ertönte eine Spieluhr, als ich die Tür öffnete. Der Raum war mit mahagonibraunen Regalen und Verkaufstischen ausgestattet. Neben dem Eingang eine Sitzecke für Kunden, runder Tisch, braune, tiefe Ledersessel, aus denen man so schnell nicht wieder auftauchte, wenn man erst einmal darin versunken war.

Herr Leberecht Köstler bediente eine Dame, der die Qual der Wahl ins Gesicht geschrieben stand. Der Chef blickte in meine Richtung, blinzelte, riskierte erneut einen Blick. Er erwiderte meinen Gruß und fragte: »Dienstlich oder privat?«

Es klang nicht unfreundlich, nur neugierig. Er versuchte sogar ein Lächeln.

Inzwischen hatte die Dame ihre Entscheidung getroffen, Köstler legte die Uhr behutsam in ein Etui, das ebenso kostbar aussah wie die Uhr selbst. Er kassierte, begleitete seine Kundin zur Tür, öffnete sie, dienerte. »Immer zu Diensten, gnädige Frau.«

Gute alte Schule. Gewiss würde er sie zusammen mit dem Geschäft an seinen Filius übergeben. Er fragte, was er für mich tun könne, und ich zog mein Erbstück aus der Tasche.

»Gute Arbeit«, lobte er. »Stellt zweifellos einen gewissen Wert dar. An wie viel hatten Sie denn gedacht?«

»Ich dachte daran, sie reparieren zu lassen. Sie hat den Tick, nicht mehr zu ticken.«

Säuerliches Lächeln und die Aufklärung darüber, dass Köstlers zwar ein Uhrengeschäft führen, gelegentlich auch den Ankauf wertvoller alter Uhren tätigen, Reparaturen jedoch seien nicht vorgesehen.

In diesem Augenblick wurde ein Vorhang beiseitegeschoben, und Karl Köstler trat ein, begrüßte mich mit Handschlag und sagte zu seinem alten Herrn: »Bitte, Vater, lass Herrn Eiserbeck sozusagen den ersten Kunden meines neuen Geschäftszweiges sein.« Und zu mir gewandt: »Wie Sie wissen, stecken wir mitten in den Arbeiten, die eine Geschäftsübergabe so mit sich bringt. Vater wird sich zur Ruhe setzen, zur wohlverdienten. Ich werde sein Werk fortführen und erweitern. Eine Abteilung für Reparaturen soll hinzukommen. Keine allzu große Umstellung, schließlich haben wir bislang schon alte, aufgekaufte und lebensmüde Uhren instand gesetzt für den Wiederverkauf. Es ist mehr eine Personalfrage.«

»Aber du hast noch niemanden, der dir zur Hand geht, wenn du anfängst, Kundenmaterial zu reparieren«, mahnte der Alte.

Inzwischen hatte Karl Köstler das Prachtstück in die

Hand genommen und betrachtete es geradezu mit Zärtlichkeit.

»Diese Arbeit übernehme ich persönlich«, sagte er, »die Uhr ist wahrhaftig zu schade, ungenutzt in der Ecke eines Schrankes zu liegen.«

Sein Vater wandte sich einem Ehepaar zu, das eben den Laden betrat und nach einer Kuckucksuhr fragte. Junior schrieb mir einen Beleg aus und bat mich, in vier oder fünf Tagen wieder hereinzuschauen.

»Ich hoffe, Sie sind damals, als das Hochwasser uns zu schaffen machte und ich Sie nach einer wahren Odyssee endlich hier absetzen konnte, noch zurechtgekommen«, sagte ich.

»Jaja.«

»Keine Geschäftsverluste?«

»Keine.«

»Das freut mich.«

»Heute morgen, was Sie uns da über Xaver Bolz erzählten, war das ein böser Scherz?«, fragte er leise.

»Halb und halb«, flüsterte ich. »Bolz ist tot. Der Herzschlag war eine Zugabe von mir. Ich wollte Sie am frühen Morgen nicht gleich schockieren. Der Jäger ist erschossen worden. Auf seinem Hochsitz.«

»Ach!« Er zuckte zurück. »Sie sind mit dem Fall beschäftigt?«

»Das ist Kommissar Baierls Bier. Ich suche nach Gustl Maybergs Mörder. Sie kennen doch Ihre Egglfinger, haben Sie sich mal Gedanken darüber gemacht, was da geschehen sein könnte? Steinfels ist ja offensichtlich entlastet.«

»Weil mein Vater ihn nicht erkannt hat? Er hat niemanden erkannt. Demnach könnte es Steinfels ebenso wie jeder andere gewesen sein.«

»Er hat zur Tatzeit im Bett gelegen. Wenn ich jeden verdächtigen wollte, der morgens um vier angeblich im Bett war …«

»Richtig, da würden auch wir auf Ihrer Liste stehen. Nur …«, er zuckte die Schultern, eine Geste der Hilflosigkeit.

Ich lenkte ein: »Es ist ein Geschäft, das sich sehen lassen kann. Das Pünktchen auf dem i ist jetzt noch eine attraktive Frau Köstler.«

Ich verabschiedete mich, und mir wurde durch ihn die gleiche Abgangszeremonie zuteil wie dem Kunden, der vor mir das Geschäft verlassen hat. Leute mit Manieren, die Köstlers.

Ich fuhr zur Post, erhielt mein Päckchen und trug es zum Wagen. Erst dort sah ich es mir genauer an und stellte fest – damit stimmte etwas nicht.

Name und Adresse waren zusammengesetzt mit ausgeschnittenen Druckbuchstaben, wahrscheinlich hatte irgendeine Tageszeitung dafür herhalten müssen. Kein Absender. Natürlich nicht. Wer sich so viel Mühe macht, findet nicht noch Muße, seinen Namen zu offenbaren. Das Päckchen war weder auffällig groß noch besonders schwer. Es konnte ebenso gut einen Stein und Packpapier wie eine kleine Bombe enthalten. In München, im Arbeitszimmer eines Politikers … hörte ich Grit vorlesen.

Vielleicht sollte ich es einfach auf die Straße werfen.

Geschah nichts, machte ich mich lächerlich. Geschah etwas, würde ich wahrscheinlich als Bombenwerfer verhaftet. Ich legte es auf den Beifahrersitz und startete. Ich war kein Politiker. Auch kein Rechtsanwalt, der einen Prozess verloren hatte.

Noch war Gelegenheit, aus der Stadt herauszufahren und die seltsame Fracht an einsamer Stelle zu entladen. Ich konnte auch die Polizei damit beglücken. Natürlich tat ich nichts dergleichen. Grit mit ihren Schauergeschichten! Das Dumme daran war nur, dass sie die nicht erfand.

Im Büro stellte ich es auf Grits Schreibtisch. Auch hier Erstaunen, Misstrauen, Neugier.

»Leider schreiben die Journalisten immer erst hinterher darüber«, sagte ich, nahm es wieder auf und drückte mein Ohr dagegen. »Ruhe im Karton.«

»Viel will das auch nicht heißen«, meinte Grit skeptisch.

»Falls Sie noch mal zum Judotraining müssen«, sagte ich, »lege ich Ihnen nichts in den Weg. Nehmen Sie im Vorbeigehen das gelbe Schild von der Hauswand. Erinnerung an einen neugierigen Privatdetektiv.«

»Dieser Kerl ist mein Brötchengeber«, sagte sie, »und mein Platz ist an seiner Seite.«

Trotzdem trat sie nicht an meine Seite, sondern einen Schritt zurück, als ich daranging, die Verpackung zu lösen. Papier. Viel Papier.

»Nichts als Papier«, sagte Grit beinahe enttäuscht.

Doch da fühlte ich etwas zwischen den Fingern: etwas Kleines, Metallenes, Hartes. Noch eine Schicht Papier – und vor uns lag ein Schlüssel.

Grit bekam einen ungläubigen Blick und durchwühlte das Papier. »Bitte. Der Begleitbrief.«

Ich nahm ihr einen zusammengefalteten Briefbogen aus der Hand. Wieder ausgeschnittene Buchstaben und Worte. Diesmal zu einem Text zusammengefügt. Ziemliche Fleißarbeit.

Sie wollen die Madonna. Ich will meine Ruhe. Treffpunkt: Einsiedler von Höchlingen 15 Uhr. Warte vier Tage.

9

Kommissar Baierls unzufriedener Blick gab schon einen Vorauskommentar. Es war ein Arbeitstag ohne nennenswerte Erfolge gewesen.

»Dieser abgebrochene Riese hatte seinen Verfolger wieder abgeschüttelt«, klagte er. »Die Fahndung läuft. Auf seinem Anwesen war nicht viel mehr zu finden als der ewig schmutzige Essennapf und im Schuppen deutlich sichtbar die Stelle, an der der Sarg gestanden hat. Keine Spur von der Madonna.«

»Die wird wohl Goepfert auf seiner Flucht begleiten.«

»Sie hat dieser Tag also auch nicht viel klüger gemacht?« Ein gewisses Misstrauen lag in dieser Frage. »Na, für Sie ist der Fall ja ohnehin gestorben.«

Irgendetwas Verblüffendes weiß er einem doch immer zu sagen!

»Wieso denn das?«, fragte ich.

»Ihr Auftrag war, Maybergs Mörder zu suchen, und ich hab's Ihnen zugebilligt. Bolz wird ihn getötet haben. Die Gründe dafür wissen Sie besser als sonst jemand. Bolz wiederum war Mitwisser der Goepfertschen Schmuggelei, das hat der Alte ausgenutzt, ihn unter Druck gesetzt und ihm geraten, den Sarg mit der Madonna aus dem Haus zu schaffen. Allein konnte er das einfach nicht bewerkstelligen. Außerdem kann wohl nur ein Jäger draufkommen, den Sarg dicht neben seinem Hochstand zu verstecken. Dort hatte er ihn sozusagen unter Kontrolle.«

»Interessant, und wer hat den Jäger erschossen?«, fragte ich.

»Goepfert. Wahrscheinlich hat die Lena sich ihm anvertraut, damit wäre auch ein gewisser Zusammenhang zwischen beiden Morden gegeben.«

Dieser Fall ließ wahrhaftig eine Menge Variationsmöglichkeiten zu. Die sich der Kommissar ausgedacht hatte, war von schwachen Stellen zerschlissen wie eine alte Socke.

Das kommt vor. Ich hatte auch schon an haltlose Theorien geglaubt.

»Wenn in diesem Fall etwas feststeht«, erwiderte ich, »dann die Tatsache, dass Bolz den Zollassistenten *nicht* erschossen hat.«

»Da waren Sie aber mal anderer Meinung!«

Ich bestand auf meinem Recht, mich irren zu dürfen, und erzählte ihm, was ich bei Frau Bolz erfahren hatte.

»Also, Kommissar, umgekehrt wird ein Schuh daraus: Bolz hat den Mörder gesehen, was ihm aber im Nachhinein erst klar wurde. Der Mörder – das kann natürlich Goepfert oder Hübner oder sonst wer sein – hat nach Steinfels' Freilassung das Gruseln gekriegt und Bolz erschossen, bevor wir mit ihm sprechen konnten. Das bedeutet …«, hier lächelte ich vertraulich, »wir beide sind hinter demselben Mann her. Ich muss schon weitermachen, im Auftrag meiner Mandantin und mit Ihrer Billigung.«

»Na schön«, sagte er, »nun haben wir wenigstens eine gewisse Ordnung im Geschäft.«

Wir hatten uns in Egglfing auf dem Weg zur Waldschenke getroffen, er aus Haßlingen, ich aus Passau kommend. Jetzt standen wir neben unseren Wagen, und ich sagte, zum Köstlerhaus hinweisend: »Apropos Geschäft. Wie läuft's denn so bei Uhrenhändlers?«

»Bestens. Warum interessiert Sie das?«

»Wollen Sie behaupten, Sie hätten die beiden noch nie als Täter in Ihr Puzzlespiel eingesetzt?«

Grimmiges Nicken. Das läge doch auf der Hand, meinte er, den äußeren Umständen nach. Aber ein solcher Verdacht führe zu nichts. Leider.

»Der Alte mit seinen halbblinden Augen, der hätte doch so lange an Mayberg vorbeigeschossen, bis der ihm die Pistole aus der Hand genommen hätte.«

»Stimmt. Und der Alte springt auch nicht mehr durchs Fenster, Kommissar. Aber es ist einer gesprungen, zum Wald hingelaufen und von Bolz gesehen worden.«

»Karl Köstler? Gegen den habe ich nicht mehr in der Hand als gegen jeden x-beliebigen Egglfinger. Der hat geschlafen wie all die braven Leut hier morgens um vier. Dass er nun zufällig im Mordhaus gelegen hat, hilft mir auch nicht weiter.«

»Wieder so ein Fall, bei dem man nur übers Motiv der Wahrheit nahe kommt.«

»Soweit vorhanden«, brummte Baierl.

»Der Uhrenladen floriert also?«, bohrte ich wieder.

»Besser als man annehmen sollte. Ein Grundstück in Berchtesgaden mit 'nem feinen Haus drauf. Das bekommt man schließlich auch nicht für 'n Appel und 'n Ei. Und in Juniors Zimmer eine Standuhr aus dem achtzehnten Jahrhundert. Ein Vermögen wert. Allein wegen ihrer Geschichte. Sie stammt aus Frankreich, und ein Landser hat sie nach dem Ersten Weltkrieg aus Frankreich unter großen Gefahren mitgebracht. Köstler hat sie auf einer Versteigerung erworben.«

»Das Haus in Berchtesgaden soll wohl 's Altenteil für Herrn Leberecht Köstler werden?«, fragte ich.

»Können Sie sich vorstellen, dass der von hier fortzieht?«

Nein, das konnte ich nicht. Keiner der Alteingesessenen würde das tun.

»Sommersitz für'n Junior, das kommt schon eher hin«, sagte Baierl. »Ich habe die Steuer aufs Geschäft angesetzt. Nichts zu machen. Alles sauber. Aber – selbst wenn's nicht so wäre, wieso hätte der einen Grund gehabt, den Gustl umzubringen?«

Da lag auch für mich der Hase im Pfeffer. Gewiss nicht, weil Mayberg ihn mit der Schankwirtin verkuppeln wollte.

»Fahren wir noch ein paar Meter zur Waldschenke«, schlug Baierl vor. »Ich erwarte dort Rapport von meinen Leuten.«

»Und wir sind hungrig«, fügte ich hinzu und stieg in den Fiat.

Ausgerechnet in diesem Moment besann Baierl sich an seine Kavalierpflichten, kam heran und reichte meiner Sekretärin durch das heruntergekurbelte Fenster die Hand.

»Guten Abend, die Dame«, sagte er. »Man könnt' vor lauter Arbeit das Höflichsein vergessen. Dass Sie's noch immer aushalten bei diesem professionellen Besserwisser!«

Grit kann sehr charmant lächeln und dabei liebenswürdige Frechheiten von sich geben. Professionelle Besserwisser, meinte sie, seien ihr halt sympathischer als staatlich bezahlte Wenigwisser, und während sie mit dem Kommissar plauderte, beging sie eine Riesendummheit. Eine, die ebenso gut mir hätte unterlaufen können und die wir damals überhaupt noch nicht erkannten. Sie hatte eine Landkarte auf dem Schoß liegen, Höchlingen im Bayerischen Wald rot eingerahmt und 15 Uhr danebengeschrieben.

Vor der Waldschenke erlebten wir eine kleine Überraschung. Die Egglfinger, die abends dort ihr Bier zu trinken pflegten, standen grüppchenweise im Freien, und man brauchte nicht lange hinzuhören, um zu wissen, sie befeindeten sich gegenseitig.

»Statt der Rosl zur Hand zu gehen und ihr ein Vorbild zu sein, schaut er sich bei dem Urmersbach-Bauern heimlich Schweinereien an. Eine Schand is dös für ganz Egglfing!«

»Du sei still!«, keifte Frau Urmersbach. »Hast du schon mal mit Verstand deinen eigenen Sohn betrachtet? Wenn er dir auch nur für'n Sechser ähnlich sieht, kannst weiter herziehen über den Hübner und meinen Mann.«

»Der alte Käutner, heißt's, wär' auch dabei gewesen!«

»Stimmt!«, rief der Schulrat a. D. »Wir treiben's nicht wie eure Männer, die unter einem Vorwand in die Stadt fahren und sich dort angucken, was sie sehen möchten, und übers Angucken hinausgehen und noch Geld fürs Mitmachen zahlen! Wir amüsieren uns ein bissel zu Hause, und nix ist dabei, wenn's zwischen den eigenen vier Wänden bleibt!«

Verblüfft fragte ich den Kommissar, ob er sich einen Reim drauf machen könne, was hier los sei. Er konnte. Er kam mir hübsch von oben herab, als er erklärte, diesmal habe er sich erlaubt, auf meinen Spuren ein wenig Nachlese zu halten. Zwar hätte ich herausgefunden, dass Hübner kein Alibi für die Mordnacht besitze, doch er habe obendrein erfahren, was die ehrbaren Alten bei ihren gelegentlichen Zusammenkünften treiben. Dass Urmersbachs zum Fernseher ein Videogerät besitzen, habe ihn darauf gebracht. Sie leihen sich in der Stadt Pornofilme aus, die sie sich die halbe Nacht lang ansehen. Selbstverständlich ist da kein weibliches Wesen zugegen.

Das also war der Inhalt dieser Herrenabende! Grit, die alles mit angehört hatte, lächelte angewidert.

Die Meute drängte näher zum Wirthaus hin. Grit wies auf ein Schild an der Tür. *Geschlossen* stand mit großen, handgemalten Buchstaben darauf. Die Egglfinger entdeckten uns, verstummten und gaben uns den Weg frei. Hinter mir sagte eine Frau: »Meine Urlauber wird's nicht lange halten, wenn's keine Gaststätte gibt in der Näh.«

Ich wandte mich um.

»Warum soll's denn keine Gaststätte mehr geben?«

»Das Schild ›Geschlossen‹ hat die Polizei rausgehangen!«

»Sind Sie heut vernommen worden?«

»Freilich. Wir alle. Am schlimmsten war der, den's doppelt gibt.«

Der Kommissar schmunzelte.

»Sie alle sind vernommen worden«, sagte ich, »harter Arbeitstag für die Polizei. Nun sitzen sie da drinnen und möchten in Ruhe Abendbrot essen. Aber was tun die Egglfinger? Die stehen vor der Tür und beschimpfen sich gegenseitig wie Leute, die auf andere aufmerksam machen wollen, damit man den Dreck am eigenen Stecken nicht sieht. Wenn Sie meinen, dass Sie der Polizei noch was zu sagen haben, dann morgen zur Dienstzeit.«

Die Ersten zogen sich zurück, andere zögerten, meinten, so könne man ihnen auch nicht kommen. Und der Hübner-Max habe vorhin mörderisch gebrüllt. Vor Wut.

»Das tut er immer, wenn der Rosl's Essen angebrannt ist«, sagte ich, »das sollten Sie doch wissen.«

Sie zerstreuten sich, murrend, mit scheelen Blicken auf uns, aber sie gingen. Der Kommissar klopfte. Als niemand öffnete, donnerte er gegen die Tür.

»Die wollen wohl nicht nur in Ruhe Abendbrot essen«, wetterte er, »sondern auch noch ungestört schlafen.«

Einer der Müller-Veroonens öffnete, blickte mit freudigem Staunen zu uns herab und sagte: »Bitte einzutreten.«

»Was'n los hier?«, fragte der Kommissar unwirsch.

»Wir hören einem Vöglein beim Singen zu.«

In diesem Augenblick dröhnte Hübners Stimme durchs Haus.

»Verdammt und zugenäht! Eine Horde Polizisten mit Affenverstand! Los doch, schleppt mich ab wie Steinfels. Vielleicht gibt's 'n Orden für jeden, den ihr unschuldig einsperrt!«

»Der alte Rabe krächzt manchmal bisschen laut«, meinte Müller-Veroonen entschuldigend.

»Macht mal Pause«, befahl Baierl, »und kommt in den Schankraum. Alle. Die Rosl soll Bier bringen und was zu essen.«

Der Lange verschwand. Im Haus wurde es still. Nach und nach fanden sich die Polizisten in der Gaststube ein. Rosl bediente uns. Sie warf mir einen langen, verzagten und fragenden Blick zu. Wahrscheinlich waren ihr die Ereignisse über den Kopf gewachsen. Doch in den nächsten Stunden konnte ich ihr auch nicht helfen.

»Was habt ihr im Ort erfahren?«, wollte Baierl wissen.

»Jeder, der befragt wurde, hat zur Tatzeit geschlafen«, antwortete einer der Polizisten, »behauptet aber, der Nachbar sei unterwegs gewesen.«

»Und woher weiß er das?«, fragte Baierl gereizt.

»Weil der Nachbar sich immer zur Unzeit rumtreibt. Oder die Tochter. Oder der Sohn.«

»Befragung also ohne Ergebnis«, stellte Baierl fest.

»Verdächtig benehmen sich alle. Oder ist das nicht sonderbar, dass hier jeder über den anderen herzieht?«

Und sein Nachbar meinte: »Man könnte glauben, die hätten einen Gemeinschaftsmord begangen.«

»Quatsch. Das gibt's nur bei Agatha im Orientexpress«, kommentierte Baierl und hieb zornig auf seine Schweinshaxen Münchener Art ein. »Hier war das nur einer. Habt ihr auch Köstlers vernommen?«

»Nur die Frau. Die Männer kehren erst am Abend aus Passau zurück.«

Neuigkeiten hatte ihnen die kleine mäuschengraue Frau Köstler auch nicht kundgetan. Sie hatte nichts dagegen einzuwenden gehabt, dass sich die Kriminalisten ein wenig umsahen, in allen Zimmern und auch im Schuppen, der gleichzeitig als Garage diente.

»Man könnte ihn besser als Garage bezeichnen«, berichtigte ein Müller-Veroonen, »der als Schuppen missbraucht wird. Köstlers bringen dort ebenso ihren Wagen unter wie die Zöllner ihre Motorräder. Das vorhandene Werkzeug benutzen sie gemeinsam, und wer für die Zinkbadewanne und herumstehenden Kisten verantwortlich ist, weiß keiner.«

»Aber die Leute sind teuer eingerichtet, und der Sohn obendrein noch geschmackvoll«, fügte einer der Kriminalisten hinzu. »Na, das mit der kostspieligen französischen Standuhr wussten wir ja schon.«

»Sobald die Köstler-Männer zu Hause sind, geh' ich rüber«, meinte der Kommissar. »Weiter. Was gab's bei Bolz?«

»Eine verstörte Witwe, zwei hungrige Dackel und einen wütenden Kater.«

Kein Hinweis war zu finden gewesen, der sie auch nur annähernd darauf gebracht hätte, warum Bolz sterben musste.

»Was ist mit dem alten Hübner los« fragte Baier', »der euch 'n Affenverstand bescheinigt?«

Veroonen hatte ihn vernommen, nachdem er vom Kommissar wusste, was die drei Alten nachts bei Urmersbach trieben. Anfangs bestritt Hübner.

Jedenfalls bestätigte Frau Rosl, er sei erst gegen fünf Uhr nach Hause gekommen. Wo war er bitte schön gewesen, seit er um vier Uhr Urmersbach und den Schulrat verlassen hatte?

Eine Zeit lang machte der Schreck den alten Hübner stumm. Als ihm die Sprache endlich wiederkehrte, erschöpfte sich sein Vokabular in Schimpf- und Drohworten. So weit der Stand der Dinge, als wir gekommen waren.

»Was macht der Alte jetzt?«, fragte der Kommissar.

»Er isst Abendbrot.«

»Sein gutes Recht. Wenn er's hinter hat, bringt ihn her.«

Baierl wandte sich mir zu. »Morgen Nachmittag möchten Sie nach Neuhaus zur Zollverwaltung kommen. Die haben die Liste aller Gegenstände für Sie bereitliegen, die in den letzten beiden Jahren in Österreich durch Kunst- oder Kirchenraub abhanden gekommen sind. Von einigen gibt's auch Abbildungen. Möglicherweise ist die Goepfert'sche Madonna dort vermerkt.«

Ich fragte, ob es möglich sei, schon am Vormittag hinzufahren.

»Warum nicht?«, meinte der Kommissar nach kurzem Zögern. »Bei der Zollverwaltung ist doch immer einer zu Hause.«

Zwei Polizisten führten Hübner herein. Nach Schimpftiraden schien ihm nicht mehr zumute zu sein. Er sah grau aus, alt und müde. Mit geschlossenen Augen fragte er: »Warum wollt ihr mich denn fertigmachen? Ihr alle, die Rosl, die Egglfinger, die Polizei. Keinem von euch hab' ich je was getan.«

»Genau das wird sich der Steinfels auch gefragt haben«, sagte ich, »als er unschuldig eingesperrt wurde.«

Er hielt die Augen noch immer geschlossen, aber ein

kleines, mokantes Lächeln saß in seinen Mundwinkeln, als er erwiderte: »Der Steinfels. Der Saupreiß. Das is was anderes.«

Am Ende war er also noch nicht.

Der Kommissar aß in Ruhe seine Schweinshaxen auf. Hin und wieder warf er Hübner Blicke zu, als habe der ihm sein letztes Geld aus der Tasche gestohlen. Schließlich wischte er sich mit einer Papierserviette den Mund, drückte sie auf den leeren Teller und nahm einen Schluck aus dem Bierglas. »Wo waren Sie zwischen Viertel vor vier und fünf Uhr, als Mayberg ermordet wurde?«

»Vor der Waldschenke. Ich hab' dem Gustl aufgelauert.«

»Machen Sie gefälligst die Augen auf, wenn ich mit Ihnen rede. Ich muss ja denken, Sie träumen den Unsinn, den Sie daherreden.«

Langsam hob der Alte die Lider, taxierte Baierl mit argwöhnischem Blick.

»Sie wissen genau, dass ich keinen Unsinn red'. Sie kennen die Affäre zwischen meiner Schwiegertochter und dem Gustl.«

»Bettgeschichten interessieren mich nicht«, sagte Baierl. »Warum haben Sie Gustl Mayberg aufgelauert?«

»Um ihm noch einmal ins Gewissen zu reden, er möcht' von der Rosl lassen. Es fehlte nicht viel, und der hätte uns ins Gerede …«

»Geschenkt!«, unterbrach Baierl. »Woher wussten Sie, dass er früh um vier zu Ihrer Schwiegertochter kommen würde?«

»Wenn er Nachtdienst hatte, kam er oft zwischen vier und Dienstschluss.«

»Sie hörten, wenn er kam, also hätten Sie im Haus, in Ihrem Zimmer warten können.«

»Im Haus wäre meine Schwiegertochter dazwischengefahren. Ich wollt' ihn allein sprechen.«

»Wie kam er denn zur Tür herein?«

»Er klopfte leise oder schrie wie ein Käuzchen. Die Rosl lag wach, wenn sie ihn erwartete.«

»Es war Ihnen also sehr ernst damit, dass die beiden sich nicht mehr trafen?«

»Aber ja doch. Schließlich war der Kerl verheiratet. Die Rosl führt die Waldschenke, ist jung und wird noch mal einen Schankwirt brauchen. Wenn dann so ein Verhältnis an den Tag kommt … Und der Gustl war zu sorglos in Bezug auf die Leut.«

»Verstehe. Das musste ein Ende haben. Natürlich.«

Hoffnung schlich in Hübners Blick. Er richtete sich ein wenig auf.

»Dieser Mayberg war also ziemlich stur«, sagte der Kommissar. »Der wäre zu Ihrer Schwiegertochter gegangen, solange es ihm Spaß machte. Und keinen Spaß macht's so einem halt erst, wenn er tot ist.«

Hübners Gesicht verzog sich, als füge ihm jemand körperlichen Schmerz zu.

»Wie standen Sie zu Bolz?«

»Ich mocht' ihn leiden.«

»Bis er Sie beobachtete, wie Sie an jenem Morgen vom Köstlerhaus aus in den Wald liefen und er dahinterkam, dass derjenige, der da flüchtete, den Gustl erschossen hatte.«

»Die Rosl denkt's«, sagte Hübner erschöpft. »Seit der

Gustl tot ist, nimmt sie an, ich hätt's getan. In ihren Augen war's zu lesen und zu spüren in ihrem Verhalten …«

»Wenn Sie's nicht gewesen sind«, unterbrach ich ihn, »warum haben Sie die Rosl bestärkt in ihrem Glauben? ›Ein Glück für dieses Haus, dass der Gustl tot ist.‹ Ihre Worte, Herr Hübner. Das Mädel wurde schikaniert von Ihnen und geschlagen. Warum? Wollten Sie sie einschüchtern, damit sie ihre Gedanken nicht laut werden lässt? Sie hat gefürchtet, dass Sie's gewesen sein könnten, nicht gehofft, Herr Hübner.«

Er warf die Arme auf den Tisch, den Kopf darauf und heulte. Von der Tür her rief ein Polizist, Köstler-Vater und -Sohn seien eingetroffen. Der Kommissar erhob sich. »Ich schau' mal rüber. Kommen Sie mit?«

Ich schüttelte den Kopf.

»Recht haben S'. Wird nichts einbringen. Möcht' mir nur kein Versäumnis vorwerfen lassen.« Er nickte zu dem heulenden Hübner hin. »Von dem kriegen wir noch heute Nacht ein Geständnis. Spätestens morgen. Länger hält der nicht durch.«

Dämmerung legte sich über den Wald. Durch das weit geöffnete Fenster drang kühle Abendluft ins Zimmer. Im Haus hallten die Schritte von Polizeistiefeln. Ein unbestimmtes Geräusch ließ mich zur Tür blicken. Langsam wurde die Klinke niedergedrückt. Ich hatte abgeschlossen.

»Herr Eiserbeck!« Rosls Stimme. Leise und flehend.

Ich erhob mich vom Bett, auf dem ich mich in voller Kleidung ausgestreckt hatte, und schloss auf. Sie glitt an mir vorbei ins Zimmer.

»Setzen Sie sich doch.«

Sie schüttelte den Kopf.

»Er tut mir leid, der Alte«, sagte sie, »früher, als mein Mann noch lebte, da war er wie ein guter Hausgeist. Erst seit ich die Schankwirtin bin und er weiß, dass er abhängig ist von mir, tut er so herrisch. Aber wenn er so weit gegangen ist, dass er den Gustl erschossen hat ... Bitte, es ist wichtig für mich, was meinen Sie, hat er's getan?«

Ich zuckte die Schultern. »Noch seh' ich nichts, was ihn entlasten könnte, aber der einzige Verdächtige ist er auch nicht.«

»Wenn's einem doch gegeben wär', in die Zukunft zu schauen. Ich hab' den Eindruck, die Egglfinger würden's nicht verkraften, dass ein Mörder unter meinem Dach gelebt hat, und würden die Schenke meiden.«

»Fangen Sie's geschickt an – erzählen Sie den Presseleuten eine rührselige Geschichte über den Doppelmord. Die werden hier auftauchen, sobald der Fall geklärt ist. Und wenn die nur wollen, dann drehen die das so hin, dass die Waldschenke eine Sensation wird.«

Sie winkte ab.

»Sensationen sind Eintagsfliegen. Ich brauch' was Solides. Falls ich verkaufen muss, würden Sie mir jemanden vermitteln, der was versteht von diesen Dingen? Ich möcht' mich nicht übers Ohr hauen lassen.«

»Das ließe sich einrichten. Warum wenden Sie sich eigentlich nicht an Köstler-Karl? So fair würde er doch sein, dass er Ihnen als guter Freund und Geschäftsmann zur Seite steht.«

»Gewiss«, sagte sie zögernd und fügte nach einer kleinen Pause hinzu: »Der Kommissar meint, morgen könne er den Fall abschließen. Sind Sie da sicher?«

»Ich schätze es auch so ein. Morgen oder übermorgen.«

»Dann werde ich jetzt schlafen gehen«, sagte sie müde. »Ein Tag mehr oder weniger, was zählt das noch.«

Sie ging aus dem Zimmer. Ich löschte die Lampe, warf mich wieder aufs Bett und verfiel ins Grübeln.

Jemand hat Grund, Augustin Mayberg umzubringen, einen Zöllner. Einen, der hart durchgreift, wenn es um Rauschgift geht. Doch damit rechnet jeder Dealer bei jedem Zöllner, deshalb erschießt er ihn nicht. Aber ein Schmuggler kommt mit einer wertvollen Madonna, der bescheinigt wird, sie sei eine neuzeitliche Laienarbeit. Und Mayberg unternimmt weiter nichts, als dem Schmuggler zu raten, er möge auch beten, so wie die Madonna. Er selbst stirbt schneller, als man ein Vaterunser zum Himmel schicken kann.

Vor seinem Tod hat er Streit mit dem Postenführer. Dessen Drohungen hören Grit und ich, Köstler und Frau Urmersbach, und damit weiß ganz Egglfing davon. Der Mörder kann die Situation ausnutzen.

Hübner sagt: Ein Glück für dieses Haus, dass Mayberg tot ist. Tatortrekonstruktion. Der vermeintliche Täter wird freigelassen. Leberecht Köstler hat sich geirrt. Der Kommissar hat sich geirrt. Karl Köstler entschuldigt sich betreten für das Verhalten seines Vaters. Mäuschengrau und mäuschenschlau hängt Frau Köstler am Arm ihres Mannes, wie eine, die weiß, wie man den Speck holt, ohne in die Falle zu gehen. Den Mund macht sie nur auf, um zu sagen, was der Haustyrann hören will, aber ihre Augen ruhen auf dem Sohn.

Ich erzähle Baierl, dass ich am nächsten Morgen Bolz aufsuchen werde. Ich nehme an, er hat die Schüsse auf Mayberg abgegeben, aber das sage ich nicht, brauche ich nicht zu erwähnen, denn der Kommissar weiß ja, weshalb ich zu ihm will.

Ob auch Goepfert an jenem Abend unter den Neugierigen war, die der Tatortrekonstruktion zuschauten mit großen Augen, damit sie besser sehen, und mit großen Ohren, damit sie besser hören konnten?

Ich kriege Lust, noch am späten Abend das Jägerhaus aufzusuchen. Hübner bemerkt, wie ich weggehe, drückt seine Nase an der Fensterscheibe platt. Kaum bin ich im Wald, raschelt es im Unterholz. Das war keine Eidechse, kein Fuchs, der über dürre Zweige lief. Ich wurde verfolgt bis zu Bolzens Haus, das dunkel dalag und still. Was hätte mein Verfolger getan, wenn ich hineingegangen wäre. Lebte Bolz noch? Oder ich nicht mehr?

Bolz hat den Mörder gesehen. Der Mörder wusste, dass ich Bolz noch nicht gesprochen hatte, und bringt ihn um, bevor dieses Gespräch zustande kommt. Inzwischen habe ich manches durchschaut und manches kombiniert, und den Mörder, denke ich, den kenne ich jetzt. Selbst wenn der sich darüber im Klaren ist, bin ich nicht unmittelbar in Gefahr, denn er ist sicher, dass ich nur vermute und keinerlei Beweise habe. Er hofft, es werde sich ein neuer Sündenbock finden. Er denkt, wenn nicht, dann wächst eben Gras über die Sache, hoch und dicht mit der Zeit. Und ich denke, freu dich nicht zu früh.

Morgen um fünfzehn Uhr beim Einsiedler werde ich erfahren, wo die Madonna steckt.

Gegen drei Uhr morgens wachte ich fröstelnd auf, schloss das Fenster, kleidete mich aus und ging zu Bett. Fest und traumlos schlief ich bis in die neunte Stunde.

Ich saß im Zollamt und studierte die Liste. Beachtlich war die Zahl der geplünderten Kirchen allein in Österreich, erheblich der Wert der Schätze, die entwendet wurden. Einige waren wiederaufgetaucht, bei Schmugglern, Hehlern oder Sammlern. Oft hatte der Zufall dabei eine Rolle gespielt, hin und wieder eine Routineüberprüfung. Auch Steuerfahnder waren am Ende ihrer Ermittlungen auf einen entwendeten Kirchenschatz gestoßen. Selten konnte die ganze Kette vom Räuber zum Sammler überblickt werden.

Die wiedergefundenen Wertstücke waren in der Liste mit Rotstift angekreuzt worden. Viele Kreuze fand ich nicht. – Doch ich entdeckte die Madonna. Sie war beschrieben und abgebildet. Seit mehr als einem Jahr wurde sie in einer kleinen Wallfahrtskirche im Österreichischen vermisst. Sie war das Werk eines italienischen Meisters aus dem 17. Jahrhundert. Diesmal war die Kette an einer Stelle gerissen, wo sie mit einer zweiten verbunden war, dem Schmuggel mit Rauschgift. Wie ich schon aus der Zeitung wusste und nun vom Leiter der Zollstelle bestätigt erhielt, war in Österreich der Fahrer des Wagens gefasst worden und über ihn eine Reihe Händler, Schmuggler, Hehler, Tippgeber. An Tagen, an denen Rauschgiftkontrollen stattfanden, ließen sie keinen Stoff über die Grenze gehen, sondern schickten Joseph Goepfert auf die Reise mit Kirchenschätzen, deren Raub ein bis zwei Jahre zurücklag. Inzwischen waren Presse und Polizei längst mit neuen Sensationen und Verbrechen beschäftigt.

Das Doppelspiel funktionierte. Bis der Zollassistent Augustin Mayberg von Magdalena erfuhr, dass ihr Onkel ein eingefleischter Schmuggler war. Nach dem Kriege hatte er seine Familienangehörigen damit am Leben erhalten. Die Katze lässt das Mausen nicht, mochte Mayberg gedacht haben. Rauschgift schmuggelte er nicht, da war der Zollassistent sicher. Er vertraute Hachenbergs Hund durchaus.

Eines Tages ließ er sich die Tasche des Alten zeigen, fand etwas, das kostbar aussah und angeblich doch nichts wert war. Seine Neugier war geweckt. Er ließ den Alten nicht mehr aus den Augen.

Auf dem Zettel, den ich unter Goepferts Tischplatte hervorgezogen hatte, waren in primitiver Verschlüsselung die Daten vermerkt, an denen er etwas über die Grenze gebracht hatte, dahinter die Gegenstände, um die es sich handelte, und der Geldbetrag, den er dafür bekam. Dieser Betrag war zu gering, um die Verkaufssumme zu sein, aber groß genug, um einen anspruchslosen Gewohnheitsschmuggler auszuzahlen. Also brachte Goepfert seine Ware zu einem Zwischenhändler, der dann das große Geld damit verdiente.

Der Leiter der Zolldienststelle machte mich darauf aufmerksam, dass hinter der geschmuggelten Madonna noch kein Geldbetrag stand. Sie konnte noch nicht in

Händen von Goepferts Abnehmer sein. Wem sagte er das! Er fragte sich und mich, warum wohl der Alte diesmal die Ware so lange bei sich behielt, obwohl sie eine Art Schwarzer Peter war – wer ihn besaß, lief Gefahr, das Spiel zu verlieren. Wahrscheinlich, so vermutete er, ist mit seinem Aufkäufer etwas geschehen.

Auch darauf hätte ich ihm antworten können, doch nichts stellte einen Erfolg so sehr in Frage, wie Wissen am falschen Ort und zur falschen Zeit ausgeplaudert. Ich musste erst die Einsiedelei von Höchlingen hinter mich bringen. So wie sich die Angelegenheit jetzt darbot, war Goepfert der wichtigste Mann. Der Zoll suchte ihn, um sich von ihm zu seinem Abnehmer führen zu lassen. Vielleicht stieß man über ihn sogar bis zum letzten Kettenglied vor, dem Anstifter, dem Sammler. Außerdem galt es, die Madonna zu retten und der Wallfahrtskirche zurückzugeben. – Doch auch der Kommissar suchte Goepfert. Er suchte den Doppelmörder.

Ich verabschiedete mich von den Offizieren der Zollverwaltung, fuhr zurück nach Egglfing und traf zum Mittagessen dort ein. An einem Tisch saßen Grit, die Müller-Veroonen und der Kommissar, der nicht eben in bester Stimmung war. Hübner verdarb sie ihm. Nachdem er die Phasen des Aufbegehrens, der Aggression und der Depression hinter sich hatte, gab er nur noch mit stumpfsinniger Ruhe von sich, er habe weder Mayberg noch Bolz erschossen. So viel auch gegen ihn sprach, beweisen konnte ihm Baierl nichts. Nun hoffte der Kommissar ebenso wie die Zollbeamten darauf, dass sie bei der Großfahndung Goepfert aufstöberten.

Außer bei Hübner sahen sie nur noch bei ihm ein Mordmotiv.

Grit empfahl mir Bayerisches Tellerfleisch aus Schweineschulter, mild gepökelt, und wollte genau wissen, was ich beim Zoll herausgefunden hatte. Ich erzählte es ihr und dem Kommissar. Als mein Essen kam, standen die Polizisten auf, um ihrer Arbeit wieder nachzugehen, worin die auch immer bestehen mochte.

Grit empörte sich über die Unzahl gestohlener Kirchenschätze.

»Weil die Diebe bestraft werden wie alle anderen«, meinte sie, »fühlen sie sich ermutigt. Im älteren Strafrecht wurde Kirchenraub besonders streng geahndet, weil man darin eine Beleidigung der Gottheit sah.«

»Wie soll man denn heutzutage noch durchblicken, wer Gott am meisten beleidigt hat?«, fragte ich. »Derjenige, der den Kelch, die Monstranz, die Madonna stiehlt oder der sie an den Meistbietenden verhökert? Oder der Sammler, der angestiftet hat zu Raub, Geschäft und Schmuggel?«

Während unseres Gesprächs saßen wir allein am Tisch, Polizisten gingen ein und aus, unter ihnen auch die Müller-Veroonen. Mal der eine, mal der andere – nahmen wir an.

Höchlingen, ein kleiner Ort mitten im Bayerischen Wald. Achthundert Meter abseits, noch tiefer im Wald gelegen, ein verfallener Hof, die Einsiedelei genannt. Der Hundertjährige hause noch dort, erzählte man mir, doch keiner wisse genau, ob der erst achtundneunzig oder gar schon hundertzehn Jahre zähle. Ins Dorf kam er schon seit langem nicht mehr. Mitleidige Seelen oder Neugierige brachten ihm hin und wieder Kartoffeln, Brot, auch etwas Zubrot. In der Nähe des Hofes floss ein Bächlein mit klarem Gebirgswasser. Er hatte zum Leben, was er brauchte. Ich steckte ein Stück Brot, Schinken und einen Flachmann ins Gepäck.

Hinter dem Ort wurde der Wald dichter, der Weg schmal und uneben. Tiefhängende Äste bürsteten übers Verdeck, der Himmel bestand aus ineinandergeschlungenen grünenden Zweigen. Ich hielt den Fiat an und ging zu Fuß weiter. Nach ein paar Schritten stand ich vor einer kleinen Lichtung.

Von dem ehemaligen Hof war nur noch das Hauptgebäude bewohnbar, vorausgesetzt, man fürchtete sich nicht davor, eines Morgens unter Trümmern zu erwachen. Ein Haufen morsches Gebälk verwies auf den einstigen Standort der Scheune. Der halbverfallene Stall lehnte sich an eine alte Eiche. Sie sah ganz danach aus, als würde sie noch lange nach seinem Zusammenbruch ihren Platz behaupten. Vielleicht drückte sie den Stall auch langsam beiseite, das war nicht so genau auszumachen. Sicher dagegen schien, dass er den nächsten Sturm nicht überstehen würde.

Mitten im ehemaligen Hof ein morscher Brunnentrog, umspielt von den Strahlen der Frühlingssonne, und vor dem Trog auf der steinernen Bank eine menschliche Gestalt, reglos, die Hände auf einen Knotenstock gestützt, das Gesicht der Sonne zugewandt, der Einsiedler.

Ich stellte mich dicht vor ihn hin und wünschte ihm

einen guten Tag. Sein Gesicht, braun und runzelig wie ausgedorrte rissige Erde, wandte sich mir zu, ein hoher zittriger Ton drang aus seiner Brust. Er hatte meinen Gruß erwidert.

Ich legte ihm das Brot und den Schinken in den Schoß. In seine grauen Augen kam ein wenig Leben. Ich schraubte den Flachmann auf und schwenkte ihn unter seiner Nase. Er packte zu und trank. Heiterkeit legte sich über sein Gesicht und drang in alle Runzeln. Sein Blick glitt in ferne Tage zurück, in denen das warme, wohlige Gefühl, das jetzt durch seine Adern rann, ihn tatendurstig und unternehmungslustig gemacht hatte. Wenn er auch hier im Bergwald saß wie ein verwitterter Stein, er hatte sein Leben gehabt, und in Augenblicken wie diesem kehrten auch die Erinnerungen zurück.

Ich schraubte den Verschluss zu, als hinter mir jemand sagte: »Hände hoch, Eiserbeck!«

Ich hob die Hände hoch, in der linken hielt ich die Flasche. Der Alte begann mit einem Taschenmesser Schinken abzuschneiden.

»Lassen Sie die Flasche fallen!«

»Das geht zu weit«, sagte ich erbost, »die hab' ich für den Einsiedler mitgebracht. Ich lasse sie nicht fallen und werfe sie Ihnen nicht an den Kopf. Ich lege sie dem Alten einfach in den Schoß. In Ordnung?«

»Meinetwegen.«

Ich tat's und schlug vor, uns von Angesicht zu Angesicht zu unterhalten.

»Gehen Sie bis zur Scheune«, sagte er. Als ich vor dem Bretterhaufen stand, durfte ich mich umdrehen.

Der kleine Goepfert hatte etwas Wildes, Entschlossenes im Blick, das mir zu denken gab. Ein Tier, gehetzt und in die Enge getrieben. Der letzte verzweifelte Ausbruch entschied über Leben und Tod. Seine Hand, in der er einen schweren Revolver hielt, zitterte nicht. Er zielte jetzt genau auf meinen Magen. Er hatte mich nicht hierherbestellt, um mich zu töten, doch ich musste immerzu denken, wie unberechenbar der Mensch ist.

»Legen Sie das Mordinstrument weg«, sagte ich, »Mit wem könnten Sie sich denn noch arrangieren, wenn Sie mich erschießen? Außerdem ist in den vergangenen Wochen genug gestorben worden.«

»Sind Sie allein gekommen?«

»Ja. Mein Wagen steht ungefähr zweihundert Meter von hier auf dem Weg.«

Er fuchtelte mit der Pistole herum und sagte: »Wollte sie Ihnen nur mal gezeigt haben. Wenn Polizei an Ihnen dranhängt, haben Sie mich oder sich selbst auf dem Gewissen.«

»Mir liegt an der Madonna, nicht an Polizei.«

Er ließ den Revolver irgendwo unter der viel zu weiten Jacke verschwinden, die ihm am Leib schlotterte.

»Also, was ist mit der Madonna?«

»Das wär' ein Geschäft.«

Abwartend blickte er zu mir hoch. Er war auch im Sitzen sehr klein.

»Ich höre.«

»Den Schlüssel zum Versteck der Madonna besitzen S' schon. Ich nenn' Ihnen noch das Versteck – und Sie sorgen dafür, dass mich die Polizei in Ruh lässt.«

»Du liebes bisschen! Wie soll ich denn das anfangen?«

»Das ist Ihre Sach. Sie sind doch Detektiv.«

»Die Polizei ist darauf versessen, Sie nicht nur als Schmuggler, sondern als Doppelmörder zu verhaften.«

»Ich hab' meinen Steckbrief gelesen. Deshalb schlag' ich Ihnen doch das Geschäft vor. Ich hab' den Gustl nicht umgebracht und den Bolz auch nicht. Halten Sie mich raus aus der Sach, bis Sie oder die Polizei den gefunden haben, der's gewesen ist.«

»Das wird nicht ganz einfach sein.«

»Für so 'ne Madonna möcht' man schon bissel was tun, mein' ich.«

»Warum verkaufen Sie sie nicht und verschwinden mit dem Geld?«

»Soll ich sie auf dem Marktplatz feilbieten?« Vor Erregung verfiel er stärker in seinen Dialekt. »I will ka Geld, i will mei Ruh! Net verschwinden möcht sondern im Häusel bleiben, wo i hing'hör. An alten Baum verpflanzt mer net.«

»Vielleicht kann ich Sie wirklich raushalten. Wenigstens aus der Mordgeschichte, doch dazu brauch' ich außer der Madonna den Namen desjenigen, der Ihnen die geschmuggelte Ware abnimmt.«

Er hatte sich beruhigt, knarrte nur böse: »Den möcht' ich auch kennen lernen.«

»Nun reicht's aber! Ich kann nicht Sie aus der Mordgeschichte raushalten und auch noch Ihren Auftraggeber schonen!«

»Kruzitürken! Denken S', ich klopf' mit meiner Sore an eine Wohnungstür und sag': Verzeihen S', gnädiger

Herr, der Antiquitätenhändler ist da? – Ich hab' nur einen Schlüssel gehabt«, fügte er zornig hinzu. »Für einen Keller in der Passauer Altstadt. Dort hinterleg' ich, was ich bring'. Am Tag drauf liegt für mich Geld da. Wissen S' noch, wie Sie mich mit den halberfrorenen Viecherin zur Polizei gefahren haben? Da wollt' ich mir Lohn abholen, aber in der Uferstraße hat's nur so gewimmelt vor Polizei. Die Keller waren alle überflutet, und es soll einen Toten gegeben haben. Mein Geld war also futsch. Ersoffen …«

»Moment mal«, unterbrach ich ihn. »Hat in dem Keller schon längere Zeit eine Kiste gestanden?«

»Freilich. Darunter lag doch das Geld für mich.«

»Wussten Sie, was drin war in der Kiste?«

»So was geht mich nix an. Außerdem war sie vernagelt.«

»Erzählen Sie mal weiter.«

»Sie wollen mich doch wohl nich bloß aushorchen? Ich hab' doch nich etwa aufs falsche Pferd gesetzt bei Ihnen?«

Er blickte so skeptisch, als wäre ich ihm von einem Rosstäuscher empfohlen worden.

»Wenn ich Ihnen helfen soll, muss ich die ganze Geschichte kennen, in der Sie drinstecken.«

»Nach dem Hochwasser, als ich die Madonna geholt hatte, bin ich wieder hin zum Keller, um sie abzuliefern. Da war eine neue Tür vor, weil die alte wohl durch die Fluten zum Teufel gegangen ist. Und zu dem neuen Schloss an der Tür passte mein Schlüssel nicht mehr. Ich geh' mit der Madonna nach Hause, versteck' sie in meinem Sarg und hoff' drauf, dass ich mit der Post den neuen Schlüssel zugeschickt krieg'. Was kam, war ein Brief mit ausgeschnittenen gedruckten Worten, so wie ich das dann bei Ihnen gemacht hab'. *Geschäftsauflösung*, stand da, *weitere Warenannahme unmöglich*. Da stand ich mit der Madonna wie mit einem Fass ranziger Butter. Und in Egglfing passierten obendrein Dinge, die mir gar nicht gefallen wollten. Sie, der nette Mensch, der mich in Passau in seinem Wagen mitgenommen hatte, standen schon an der Grenze, als ich die Madonna brachte. Mein Kunde wollte plötzlich nichts mehr abnehmen. Gab's da einen Zusammenhang?«

»Wie sind Sie denn auf die Idee gekommen? Kannten Sie mich denn?«

»Ich kenn' den Blick, mit dem Sie Leut beobachten.«

»Und Mayberg?«, fragte ich. »Fürchteten Sie nicht, dass der ahnte, was Sie da über die Grenze brachten?«

»Und wennschon. Unternehmen konnt' er nichts. Ich hatte allweil ein Zertifikat bei mir, das er nicht anzweifeln konnt'. Aber Sie? Warum haben Sie sich für mich interessiert? Also, ich horch' mich um und schau' mich um, und siehe da, es ist der Eiserbeck, der Privatdetektiv aus Passau, mit dem großen Schild am Haus, der da als harmloser Urlauber herumstreicht. Ehrlich gesagt, ich hab' mich gesorgt.«

»Tut mir leid«, sagte ich, da er schwieg, »aber ich wüsste gern noch, wie Ihnen die Sorgen dann über den Kopf gewachsen sind.«

»Anfangs sind's überhaupt nicht gewachsen, bis auf die Madonna, die ich nicht absetzen konnte. Sie strolchten weiterhin an der Grenze rum, ob ich da rüber und hinüber ging oder nicht. Also mussten Sie nicht unbedingt wegen mir dort sein. Dann wurden die Rauschgifthändler gestellt.«

»Zumindest beinahe«, berichtigte ich.

»Zumindest ihre Sore«, sagte er, »und ich hab' mir gedacht, deshalb also ist er hier. Am nächsten Morgen hatte jemand den Gustl Mayberg erschossen. Wieder kam ich ins Grübeln. Möglicherweise war das alles mit ein und demselben Faden verknüppert, der Rauschgifttransport, der ermordete Zollassistent, der Privatdetektiv. Stümper seien's alle zusammen, hab' ich gemeint. Der Schmuggler, weil er seine Ware nicht durchgebracht hat, der Zöllner kriegt nur die Ware, aber nicht den Schmuggler zu fassen, Sie haben den Mord am Zöllner nicht verhindert.«

»Als Mörder wurde Steinfels eingesperrt. Dachten Sie, dass er's gewesen ist?«

»Der Saupreiß oder sonst wer. Mich ging die Sach nix an. Nur hab' ich gemeint, jetzt müssten Sie verschwinden aus Egglfing. Aber Sie sind nicht verschwunden, sondern haben Ihre Spaziergänge sogar bis Haßlingen ausgedehnt. Direkt bis in mein Haus hinein.«

Aus den letzten Worten sprach eine Menge nicht verdauter Ärger.

»Damals sind Sie nach Österreich hinüber«, sagte ich, »statt zu Maybergs Beerdigung zu gehen. Warum haben Sie die Madonna nicht mitgenommen?«

»Sind S' von allen guten Geistern verlassen? Eine Schmuggelware dahin zurückbringen, wo man sie hergeholt hat? Außerdem bin ich nicht mehr 'nübergegangen. Weshalb denn, wenn's Geschäft aufgelöst war. Wie kommen S' überhaupt drauf?«

»Sie haben's Bolz erzählt.«

»Ich geh' selten dahin, wo ich sag', dass ich hingehen werd'. – Bis zum Jäger sind's mir nachgeschlichen?«

»Nun mal weiter. Mit wem haben Sie den Sarg im Wald vergraben?«

»Na eben mit Bolz. In der Nacht.«

»Wusste der von der Madonna und den Schwierigkeiten, in denen Sie steckten?«

Er schüttelte den Kopf.

»Ich red' bloß heut so viel, weil ich auf Ihre verdammte Hilfe angewiesen bin. Bolz hab' ich erzählt, dass mein Sarg für kurze Zeit zu verschwinden hat. An dem häng' ich nämlich. Da möcht' ich den großen Schlaf drin halten. Für die Lena und ihren Mann bin ich so was wie'n Vater gewesen. Da wird nicht viel gefragt, wenn's was zu tun gibt. Und dass man so ein Prachtstück von Sarg nicht beim Tischler von Egglfing kauft, haben die beiden auch gewusst.«

»Warum haben Sie nur den Sarg und nicht die Madonna mit versteckt?«

»Sie hatten das Versteck rausgeschnüffelt, Sie waren hinter mir her. Ich wollt' die Ware los sein. Einen Schlüssel für ein Kellerschloss zu feilen ist nich grad ein Kunststück. Dort hab' ich die Madonna hingebracht. Die Kiste, unter der immer mein Geld gelegen hatte, war auch fort. Ab und zu hab' ich nachgeschaut, ob vielleicht mein Geschäftspartner doch noch an der Madonna interessiert ist, wenn sie nun schon mal daliegt, und mir Geld dafür hinterlässt. Nix is. Sie liegt noch immer im Keller. Der Schlüssel ist nun bei Ihnen. Und jetzt möcht' ich wissen, ob Sie mich raushalten aus der Sach. Sie glauben mir doch, dass ich den Gustl net erschossen hab' und net den Bolz?«

»Aus der Mordgeschichte werde ich Sie schon heraushalten«, sagte ich, »aber die hängt verdammt eng mit Ihren Schmuggeleien zusammen. Die werden Sie wohl ausbaden müssen.«

»Den Teufel werd i! I geh' net ins Zuchthaus! Lieber leg' i mi gleich in mei Sarg.«

Ich verschwieg ihm, dass dieses Prachtstück die Polizei schon gefunden und beschlagnahmt hatte.

»So schlimm wird's nicht werden«, beruhigte ich ihn, »ich werde Kommissar Baierl erzählen, dass Sie mir geholfen haben, den Mörder zu finden. Das rechnen die Ihnen hoch an.«

»Wie wollen S' ihn denn finden, wann S' nix wissen über ihn?«, fragte er skeptisch.

»Ich weiß eine Menge, nur beweisen, dass er's getan hat, kann ich noch nicht. Da brauche ich wahrhaftig Ihre Hilfe.«

Bevor er aufbegehren und neue Fragen stellen konnte, drückte ich ihm einen Zettel, Pappe als Unterlage und einen Stift in die Hand.

»Schreiben Sie: *Sie sind es, der die Ware aus dem Keller holt und weiterverkauft. Ich weiß dasselbe, was Gustl gewusst hat. Das ist genug, um Sie anzuzeigen. Wenn Sie mir die Madonna noch abkaufen, vergesse ich alles. Das Geld brauche ich, um zu verschwinden.*«

Gehorsam schrieb er, was ich diktierte. Einige Worte musste ich buchstabieren. Plötzlich stutzte er.

»Wann er den Gustl umg'bracht hat, wird er mich auch erschießen wollen.«

»Genau dabei möchte ich ihn erwischen. Aber Sie sind außer Gefahr.«

Er schrieb den letzten Satz, zögerte aber bei dem Wort »verschwinden«.

»Wann ich Ihnen doch sag', ich verlass' mei Häusl net.«

»Sie haben es schon verlassen«, sagte ich, »zurückkehren können Sie erst, wenn die Polizei den Mörder hat. Den spielen wir ihr mit diesem Zettel zu. Und mit der Madonna. Wohin würden Sie Ihren Auftraggeber bestellen, um die Madonna einzulösen?«

»In den Wald«, sagte er prompt und beschrieb mir die Stelle, die er für geeignet hielt.

»Also fügen Sie hinzu: *Ich warte auf Sie nachts zwischen zwölf und vier Uhr.* Wo Sie ihn erwarten, schreiben Sie so auf, wie Sie es mir erzählt haben. Prima. Nun noch Ihren Namen darunter.«

Schnell nahm ich ihm alle Schreibutensilien wieder ab und verbarg sie in meiner Brusttasche. Er nannte mir die Adresse des Hauses, in dessen Keller die Madonna lag.

»Bleiben Sie unsichtbar, bis Sie in der Passauer Neuen Presse eine Annonce finden: Meinen Patienten zur Kenntnis, bin vom Urlaub zurück. Dr. Steinbeck. – Ich denke, es wird alles sehr schnell gehen.«

Er nannte mir die Adresse und sagte: »Ich verschwind' jetzt.«

»Hände hoch!«, hörte ich da zum zweiten Mal an diesem Nachmittag. »Hier verschwindet keiner mehr.«

Nach der Schrecksekunde ging alles blitzschnell. Goepfert riss die Hände hoch und gleichzeitig den Revolver aus der Tasche, der Revolver flog durch die Luft, mir schmerzte der Handrücken, aber die Hände hatte ich auch oben, bevor Müller – oder war es Veroonen? – ausgesprochen hatte. Der Lange hob den Revolver auf. Goepferts Blick drehte mir den Magen um.

»Sie kommen im ungünstigsten Moment«, sagte ich.

»Das hab' ich so an mir.«

»Verdammt noch mal, mir ist nicht zum Witzemachen zumute«, brüllte ich los. »Was Sie hier anrichten, kann noch ein Menschenleben kosten!«

»Nanu, so pathetisch heute?«

Er tastete den kleinen Goepfert nach weiteren Waffen ab. Ich fragte: »Muss ich noch lange in die Luft greifen?«

»Nicht, wenn Sie sich benehmen.«

Ich ließ die Arme sinken.

»Sind Sie mir nachgeschlichen?«, fragte ich, obwohl mir inzwischen klar geworden war, dass ich in der Waldschenke am Nachmittag nur einen der Cousins gesehen hatte. Der andere war schon unterwegs gewesen. So legte also der Kommissar die Leute herein mit diesen Zwillingsgesichtern! Wohin er seinen Mann zu schicken hatte, wusste er durch die Karte mit dem eingerahmten Ort Höchlingen und der Bemerkung 15 Uhr, die er auf Grits Schoß gesehen hatte.

»Ich bin schon vor Ihnen losgefahren«, sagte dieser Müller-Veroonen«, »musste es aber auf einen ziemlichen

Umweg ankommen lassen. In Höchlingen wäre ich aufgefallen, und Sie hätten mitgekriegt, dass der Igel vor dem Hasen am Ziel ist.« Er legte Goepfert Handschellen an.

»Der Hase empfiehlt sich«, sagte ich. »So, nun fangen Sie mal Mücken.«

Er hob die Arme.

»Eiserbeck«, sagte er, als er die Sprache wiedergefunden hatte, »sind Sie sich klar darüber, dass Sie heute zum letzten Mal eine Pistole in der Hand und eine Lizenz in der Tasche haben?«

»Zerbrechen Sie sich nicht meinen Kopf. – Und Sie auch nicht.« Der letzte Satz galt Goepfert.

Es gibt Situationen, in denen man gleichzeitig sieht, was man normalerweise nur allmählich wahrzunehmen vermag. Ich bemerkte den Hoffnungsschimmer in Goepferts Augen und die Fassungslosigkeit im Gesicht des Polizisten, sah den Hundertjährigen die Flasche und die Reste seiner Mahlzeit, in ein Tuch geknotet, ins Haus tragen, nahm das niedrige Gestrüpp neben mir wahr und stellte fest, dass der Stall dahinter nicht weiter als fünf Meter entfernt war.

Vorsichtig glitt ich Schritt für Schritt zurück. Jetzt noch an dem windschiefen Stall vorbei. Ich behielt die Kontrolle über den Müller-Veroonen und wachte gleichzeitig über jeden Stein und jede Wurzel, die mir bei meinem Rückwärtsgang im Wege lagen. Als ich die dicke Eiche zwischen mich und den Polizisten gebracht hatte, rannte ich los und verschwand im Walddickicht.

10

In Passau fuhr ich den Fiat in die Garage und lief zu Fuß hinüber zum Donauufer. Es musste alles sehr schnell gehen, denn Baierl würde mich sicherlich auch hier in Passau suchen lassen. Ich kannte die Adressen der drei Wohnungen und Keller, die von der Polizei überwacht wurden. Keine von ihnen war mit der identisch, die Goepfert mir genannt hatte, doch sie lagen alle dicht beieinander, und wenn die Polizei schon hinter mir her war, konnte mir das Versteck der Madonna zum Verhängnis werden.

Das Haus war ebenso alt und, wenn man wollte, romantisch wie seine Artgenossen, die sich entlang der Uferstraße reihten und schon manchem Sturm und mancher Flut getrotzt hatten. Die Haustür stand offen. Ich trat erst ein, als ich sicher war, keinen Schatten hinter mir herzuziehen. Links führte eine Treppe zum Hochparterre, rechts eine Tür vermutlich zu den Kellern. Ich probierte es. Von Hausbewohnern hier unten ertappt zu werden, war weiter kein Risiko. Ich wollte ja nicht einbrechen, sondern besaß einen Schlüssel zu einem Kellerraum, den ich meinetwegen gemietet hatte. Der dritte im Quergang sollte es sein. Die Kellerbeleuchtung drang nur als gelblich grauer Schimmer hierher, und ich musste die Taschenlampe zu Hilfe nehmen, um den Schlüssel ins Schloss zu bugsieren. Er passte.

Der Keller war klein und leer bis auf einen Karton, in

dem ehemals Seife geliefert worden war. *Fa, gönnen Sie sich die wilde Frische von Lemonen!* Da drinnen lag die Madonna, sorgfältig in Holzwolle verpackt. Ich leuchtete sie kurz mit der Taschenlampe an. Sie war unbeschädigt. Und sie betete noch. Ich hatte nichts dagegen, wenn sie jetzt auch für mich ein bisschen Glück erbat. Ich verpackte sie wieder und ging mit dem Karton unterm Arm hinaus. Unbehelligt gelangte ich zum Haus in der Donaugasse und stürzte die Treppen hoch in mein Büro.

Am Telefon meldete sich Grit. Wahrscheinlich hatte sie sich schon eine Zeit lang in der Nähe von Rosls Klingelkasten aufgehalten. Mit wenig Worten erklärte ich, was vorgefallen war, und bat sie, sofort Kommissar Baierl zu holen.

»Der kommt eben zur Tür herein.«

Und schon wetterte er los.

»Eiserbeck? Wo zum Teufel stecken Sie?«

»In Passau, Kommissar. Ich möchte jetzt unbehelligt nach Egglfing fahren und mich mit Ihnen unterhalten. Unbehelligt! Sonst brennt er uns wieder durch. Ich habe alles in Händen, um ihn in eine Falle zu treiben.«

»Habe von Müller eben ziemlich konfuses Zeug gehört. Klang ganz danach, als wollten Sie jemanden, den wir suchen, decken, statt ihn in eine Falle zu treiben.«

»Goepfert ist nicht der Doppelmörder. Aber der belauert uns, und wenn wir uns jetzt einen Fehler leisten, können wir ihm womöglich nie etwas nachweisen. Kommissar, ich kann leider nicht verlangen, dass Sie Goepfert noch ein paar Tage freilassen, aber ich beschwöre Sie, halten Sie seine Verhaftung geheim, sonst funktioniert die Falle nicht.«

»Ich will ja nicht behaupten, dass Ihre Ideen nie was getaugt haben, aber einen Polizisten mit dem Schießeisen zu bedrohen …«

»Hören Sie, Kommissar«, fiel ich ihm ins Wort, »Sie dürfen das nicht so verbissen sehen. Unseren Mann in eine Falle zu locken ist keine Arbeit für irgendeinen Polizisten. Das kann ich nur mit Ihnen bewerkstelligen. Diesen Müller-Veroonen musste ich mir vom Leibe halten, damit er uns nichts vermasselt. Dass ich ihn nicht ernsthaft bedroht habe, wissen Sie doch selbst. Außerdem habe ich geschafft, was bisher keiner Ihrer Leute fertiggebracht hat – Goepfert aufzustöbern.«

Er brummelte etwas Unverständliches, und ich sagte schnell: »Obendrein besitze ich die Madonna.«

»Sie haben …«

»Ihre Leute in der Uferstraße können Sie abziehen. Der Statuenkopf lag in einem anderen Keller. Jetzt liegt aber auch dort nichts mehr drin.«

»Woher wollen Sie denn wissen«, knurrte er böse, »dass Sie das echte Stück gefunden haben?«

Einen Augenblick lang stutzte ich, erwiderte dann: »Das geht schon in Ordnung. Ich lege jetzt auf. Ich habe noch einen kleinen Gang zu erledigen, dann fahre ich nach Egglfing. Unbehelligt!«

»Bis zu mir«, versprach er grimmig, »was dann mit Ihnen passiert, dafür kann ich nicht garantieren.«

Ich atmete auf und drückte den Hörer auf die Gabel. Gespräche wie dieses treiben mir den Schweiß auf die Stirn.

Mit dem Seifenkarton unterm Arm verließ ich mein Büro. Der Fiat blieb in der Garage, ich borgte mir beim Autoverleih für zwei Tage einen Opel aus. Niemand brauchte schon am Wagen zu erkennen, dass Eiserbeck in der Nähe war. Ich fuhr die Donau entlang nach Deggendorf.

Maybergs Vater war verwundert, schon wieder Besuch von Fremden zu erhalten.

»Seit Gustls Tod«, sagte er, »hat sich bis heute niemand hier sehen lassen. Nicht mal die Schwiegertochter.«

Es war nicht meine Aufgabe, ihm die Pläne seiner Schwiegertochter zu erklären, aber leid tat er mir schon, der Alte. Als ich ihm die Madonna zeigte, fragte er: »Arbeiten Sie für ein Museum?«

Einen Augenblick lang war ich versucht, ihn der Einfachheit halber zu belügen, doch vielleicht hätte er mir Fangfragen gestellt, die nur beantworten konnte, wer sich wirklich in Museen auskennt.

»Ich bin Privatdetektiv«, sagte ich, »und dem Mörder Ihres Sohnes auf der Spur. Ich muss wissen, ob diese Madonna ein altes Meisterwerk ist oder nur eine Nachbildung.«

Er nickte. »Falls Sie Kaffee möchten, gehen Sie in die Küche und kochen Sie sich einen«, dann verschwand er mit der Madonna im Nebenzimmer.

Ich braute mir einen schönen dicken Kaffee, während ich ihn schlürfte, kam Mayberg wieder herein.

»Es ist eine italienische Arbeit aus dem siebzehnten Jahrhundert. Wenn Sie möchten, kann ich's Ihnen schriftlich geben. Die Merkmale …«

Ich winkte ab. »Nicht nötig. Ich wollte nur sicher sein. Was schulde ich Ihnen?«

»Was hat der Gustl damit zu schaffen gehabt?«, fragte er statt einer Antwort.

»Er war hinter einem Schmuggler her.«

»Hat der ihn erschossen?«

Ich zuckte die Schultern.

»Sie wissen schon, was Sie mir schulden.«

Baierl hielt sein Versprechen. Unbehelligt traf ich in Egglfing ein, warf heimlich Goepferts Zeilen in den Briefkasten, in den sie gehörten, und setzte mich in die Wirtsstube der Waldschenke. Niemand sprach über Goepferts Verhaftung, und ich war zufrieden. Nach kurzer Zeit entdeckte mich Grit und gab dem Kommissar Bescheid. Unsere Geheimbesprechung zu dritt hielten wir in meinem Zimmer ab. Am Ende war Baierl sogar bereit, Goepfert als Lockvogel mitzunehmen.

Zwischen zwei und vier Uhr geschah nichts weiter, als dass wir jämmerlich froren, uns an die Dunkelheit gewöhnten und mit den natürlichen Geräuschen der Nacht und des Waldes vertraut wurden. Die Sterne verblassten, matte, kaum wahrnehmbare Dämmerung legte sich über den Wald wie ein Grauschleier über einen schlecht entwickelten Film. Es war Viertel vor vier Uhr. Möglicherweise schlugen wir uns die Nacht vergeblich um die Ohren und unser Mann brauchte noch den folgenden Tag, um Goepferts Angebot zu bedenken, doch sehr wahrscheinlich war das nicht.

Das Geräusch, was ich vom Weg her vernahm, ähnelte

keinem, das Hasen, Füchse oder Rehe verursachen. Schemenhaft hob sich eine menschliche Gestalt von den Büschen und Bäumen ab, an denen sie entlangschlich. Ich duckte mich tiefer hinter meine Hecke. Gegenüber, auf der anderen Wegseite, hielt sich Baierl verborgen. Wenn der Mann genau zwischen uns war, sollte Goepfert ihn hinter seinem Baum hervor auf sich aufmerksam machen. Zwei Polizisten, die sich mit ihm versteckt hielten, würden ihm das Zeichen geben, doch ich vermutete, dass er im Wald und in der Dämmerung Entfernungen besser zu schätzen vermochte als Baierls bester Mann.

Er lief jetzt auf der Mitte des Waldweges, der ohnehin so schmal war, dass sich die Bäume über ihn hinweg die Äste reichten. Als wir ihn genau zwischen uns hatten, trat Goepfert einen Augenblick lang hinter dem dicken Baumstamm hervor.

»Hier bin ich«, krächzte er gedämpft.

Karl Köstlers Hand fuhr in die Tasche, und ich schnellte aus meinem Versteck hoch, stolperte über eine Wurzel und landete mit der Nase auf Waldboden. Der Kommissar sprang glücklicher, doch um eine Sekunde zu spät auf den Weg. Köstler hatte schon kehrtgemacht und war losgerannt. Grit huschte aus dem Unterholz und vertrat ihm den Weg. Den Lauf der Pistole umklammernd, holte Köstler zum Schlag aus. Ich stöhnte vor Angst, zielte. Da wirbelte er durch die Luft, ließ die Pistole fallen und landete zu Grits Füßen. Ehe er sich aufrappeln konnte, war Baierl heran.

Ich legte Grit den Arm um die Schultern. »Ist alles in Ordnung?«

»Mist«, sagte sie, »dass mein Judotrainer nicht hier war.«

Die Pistole, die er bei sich getragen hatte, war die gesuchte Waffe, mit der Bolz erschossen worden war. Er wusste, dass es jetzt keinen Sinn mehr hatte, die beiden Morde zu leugnen.

Sicherlich war die fremde Umgebung ebenso die Ursache für Leberecht Köstlers inneren Zusammenbruch wie die Ereignisse der letzten Stunden. Als ich ihn sah, fiel mir der Ausspruch ein: Er sitzt da wie ein Häuflein Unglück.

Der Kommissar hatte die Köstler-Familie in seine Residenz nach Passau bringen lassen. Während er Frau und Sohn verhörte, beschäftigte sich der Zoll mit dem Familienoberhaupt. Von Köstlers Streitbarkeit und rechthaberischem Wesen war nichts geblieben. Seine Froschaugen blickten leidvoll bald zu dem Fahnder vom Zoll, bald zu mir. Er gestand, seit Jahren von Joseph Goepfert geschmuggelte Kunstwerke aufgekauft und weiterveräußert zu haben. Konspirativ. Goepfert hinterlegte die Ware und Köstler das Geld. Seine Kunden zahlten hohe Summen. Sechzig Prozent davon hatte er auf ein Konto zu überweisen.

Wer ihn dazu gebracht habe? Leute mit Geld und Hobbys. Sie kauften alte Uhren bei ihm und fragten nach anderen Antiquitäten. Leberecht Köstler stieg übers antiquarische Uhrengeschäft in den Zwischenhandel geraubter Kunstschätze ein. Die Frage, ob sein Sohn in die illegalen Geschäfte eingeweiht war, verneinte er. Dafür tauge der Karl nichts. Der war auf eine verrückte Art stolz auf das Uhrengeschäft, hatte Ideen, es zu modernisieren, attraktiver zu machen. Der Urgroßvater hatte Uhren repariert, der Großvater einen kleinen Handel begonnen, der Vater einen Uhrenladen aufgebaut. Ererbt von seinen Vätern, wollte Karl Köstler diesem Geschäft weiter Ansehen und Geltung verschaffen.

»Er ist so ein braver Bub«, sagte Leberecht Köstler und wischte mit dem Handrücken über die schlaffen Wangen. »Was geschehen ist, ist meine Schuld …«

Leise ging ich in den Nebenraum hinüber, wo der brave Bub mit seiner Mutter saß. Baierl sagte zu ihr: »Die ganze Zeit über haben Sie gewusst, dass Ihr Sohn es war, der den Zöllner erschossen hat. Mutterliebe ist auch für mich etwas Achtbares, und ich kann viel entschuldigen, aber nicht, dass sie über Leichen geht.«

Die unscheinbare Frau Köstler, abhängig von ihrem Haustyrannen wie der Schatten von dem Gegenstand, der ihn wirft – ich war einigermaßen erstaunt, als ich sie jetzt wiedersah. Bekleidet mit einem taubengrauen Samtkleid, als sei sie zu einer Feierlichkeit in besten Kreisen eingeladen, auf das graue Haar hatte sie ein schwarzes Hütchen gedrückt. Würdevoll gaben ihre dunklen Perlaugen Baierls Blick zurück.

»Nichts weiter hab' ich gewusst«, entgegnete sie mit fester Stimme, »als dass der Karl nicht im Zimmer war.«

»Warum haben Sie das nicht ausgesagt damals, als Sie danach gefragt wurden? Herrn Steinfels wäre die Haft erspart geblieben, und der Jäger Bolz würde noch leben.«

»Wann einer kommt und geht, ist Familienangelegenheit«, erwiderte sie zurechtweisend, »darüber spricht man nicht. Schon gar nicht mit der Polizei.«

Auf Baierls Gesicht wuchsen rote Flecken. »Sie können gehen«, sagte er.

Die kleine Frau stellte sich vor ihren Sohn, schlug ein Kreuz und küsste ihn auf die Stirn. Dann ging sie hinaus.

Karl Köstler saß in aufrechter Haltung vor dem Kommissar.

»Warum haben sie den Zollassistenten getötet?«, fragte Baierl. »Hängt es mit den Geschäften Ihres Vaters zusammen oder damit, dass er stur blieb und Sie mit der Schankwirtin verkuppeln wollte?«

»Mit beiden«, erwiderte Köstler kühl.

Die attraktivste Frau im Ort ist die Schankwirtin. Natürlich gibt es weitaus jüngere als sie, doch das sind für Karl Köstler nur Gänschen, unreif, ohne den Schuss Erfahrung und Raffinesse, den er liebt. Es erregt ihn, wenn er hinter dem Allerweltslächeln, mit dem Frau Rosl die Gäste bedient, ein Fünkchen in ihren Augen bemerkt, sobald sie ihm das Bier auf den Tisch stellt. Eine Ermunterung ist es, ein verhaltenes Locken. Erst als er ganz sicher ist, dass er die Augensprache richtig deutet, besucht er sie nach Schankschluss. Es wird ein gutes Verhältnis für ihn.

Manchmal interessiert sie sich für sein Uhrengeschäft. Das sind Höflichkeitsfragen für ihn, die er freundlich, aber kurz abtut. Eines Tages sagt sie: »Der Schwiegervater ist noch so rüstig, dass er die Waldschenke auch alleine führen könnte mit der Nichte.«

»Ja und du?«, fragt Karl erstaunt.

»Du übernimmst doch bald 's Uhrengeschäft und hast große Pläne«, erwidert sie, »erweitert und modern soll's werden. Ich wüsste so was schon mit einzurichten.«

Er lacht. So lachen Leute, die seit langer Zeit endlich wieder einen treffenden Witz zu hören kriegen.

»Du redest, als stünden die Köstlers vorm Bankrott«, sagt er schließlich. »Fürs Einrichten habe ich längst Absprache mit einem Innenarchitekten getroffen. Deshalb brauchst du deine Schenke nicht einen Tag lang im Stich zu lassen, Rosl. Oder meinst du, ich hätte dann abends keine Zeit mehr für dich? Dazu bin ich viel zu verrückt nach dir.«

Er zeigt ihr, wie verrückt er ist. Später, als er sich verabschieden will, sagt sie: »Du, das war ein Missverständnis vorhin.«

»Schon gut.« Er winkt ab. »Sprechen wir nicht mehr darüber. Liebe und Geschäft, das darf man ohnehin nicht in einen Topf werfen.«

»So denkst du? Nach alldem, was zwischen uns war? Das kann doch nicht sein!«

Er begreift. Doch er wird es nicht zugeben. Er hasst die sogenannten Szenen.

»Und ich denk', du magst mich!«

»Spürst du denn das nicht?«, fragt er lächelnd. »Und wie ich merke, macht's dir auch Spaß.«

»Spaß! Man kann doch nicht sein Leben lang bloß spielen miteinander!«

»Natürlich nicht, Schatz. Kommt Zeit, kommt Rat.«

Er küsst sie und verabschiedet sich.

An einem der nächsten Abende sagt sein Vater zu ihm:

»Du hockst jetzt abends oft in der Waldschenke. Brütest du dort deine neuen Ideen fürs Geschäft aus?«

Darüber lacht Karl Köstler nicht. Er schaut seinem Vater in die Augen und sagt ernst und auch ein wenig gekränkt: »Warum denkst du so gering von mir?« Und der Alte entschuldigt sich. Ein paar Tage darauf bringt ein Dritter das Gespräch auf ihn und die Schankwirtin – Augustin Mayberg. Auf seine sympathische, bauernschlaue Art versucht er, Köstler zu Verbindlichkeiten zu bewegen der Rosl gegenüber. Zuerst ist Köstler erstaunt, dann wird er ärgerlich.

»Von dir, Gustl, hätte ich eine Moralpredigt zuletzt erwartet. Wir haben uns bislang doch verstanden ohne viel Worte und oftmals heimlich gelacht über die Bigotterie der Leute im Dorf.«

»Vielleicht verstehen wir uns auch jetzt ohne viel Worte«, erwidert Mayberg. »Unter der Bigotterie der Leute, von denen sie als Schankwirtin doch abhängig ist, leidet die Rosl. Sie muss fort von hier. Sie liebt dich, und du schläfst mit ihr. Mach was draus.«

Karl Köstler blickt ratlos. »Da lässt sich nichts draus machen, Gustl. Vater würde sie nie als Schwiegertochter anerkennen. Sie ist ein liebes Ding, die Rosl, aber Geschäftsfrau fürs Köstler'sche Uhrengeschäft, das ist unmöglich. Das musst, du doch einsehen. Bist doch sonst nicht so begriffsstutzig.«

»Eben«, sagt Mayberg, »daher weiß ich auch, dass du es nur Rosl zu verdanken hast.«

»Was zu verdanken?«, fragt Köstler irritiert, als Mayberg schweigt.

»Dass Herrn Leberecht Köstlers Uhrengeschäft noch existiert.«

Was das nun wieder bedeuten soll, möchte Köstler wissen.

»Wer seine Händ in Dreck steckt«, erwidert Gustl Mayberg, »zieht sie beschissen heraus. Schau dir die Hände von deinem Vater gut an.«

Er lässt Köstler stehen und geht. Aber er hat Zweifel gesät, der sprosst wie Unkraut nach warmem Regen. Schließt ihn der Vater nicht hin und wieder von Verhandlungen aus? Wenn sie beendet sind, erscheint er vor Freude mit hochrotem Kopf. Oder vor Ärger, einem Schlaganfall nahe. Doch er verrät ihm kein Wort über den Grund seines inneren Aufruhrs.

Eines Abends nimmt Karl Köstler den Wagen und fährt zurück ins Geschäft, dringt ein in seines Vaters Heiligtum, ein kleines Bürostübchen. Die offizielle Buchführung ist in Ordnung, das weiß er längst, da hat er Einblick. Wenn krumme Geschäfte getätigt werden, muss es hier einen Hinweis geben. Er findet ihn. In einem kleinen Wandsafe unter dem Bildnis des Großvaters. Die zweite Buchführung über das zweite Geschäft.

Karl Köstler fährt zurück und betritt noch in der Nacht das Schlafzimmer seiner Eltern, was er seit seiner Kindheit nicht mehr getan hat. Er weckt den Vater und bittet ihn, ins Wohnzimmer zu kommen. Leberecht Köstler, Despot der Familie, hat für Ausnahmesituationen ein Gespür. Er weiß, dass sein Sohn verzweifelt ist und er mit ihm sprechen muss, wenn nichts Schlimmes geschehen soll. Karl erzählt von seiner Entdeckung im Geschäft. Wer ihn darauf gebracht hat, behält er für sich.

»Die Leute sind verrückt, Karl«, sagt der Alte, »nach einem Schrein, einer Statue, einem Bild. Mit solchen Verrücktheiten wurden schon immer Geschäfte gemacht. Und ich hab's für dich getan. Die französische Uhr von der Versteigerung, das Haus in Berchtesgaden. Und Gold. Wir haben nicht zu üppig gelebt. Keinem ist was aufgefallen. Dir auch nicht. Aber ich habe Goldbarren versteckt.«

»Ich will nichts weiter als ein sauberes Geschäft«, sagt Karl Köstler verzweifelt.

Eine Ohrfeige wäre für den Alten nicht schlimmer gewesen. Doch er verspricht dem Sohn, ihm ein sauberes Geschäft zu übergeben.

»Gut, Karl. Wenn du darauf bestehst, mach' ich Schluss. Sofort.«

»Das redest du nur daher. So schnell kommst du doch da nicht raus.«

»Doch. Solche Dinge funktionieren nach dem Austernprinzip. Bei Gefahr klappt sie zu. Ich kann sofort alles abblocken. Der Schmuggler kennt nicht mich, sondern nur das Versteck, einen Keller, gepachtet von einem längst verstorbenen Kunden. Auf dessen Namen wird die Pacht weiterbezahlt. Von daher droht keinerlei Gefahr. Und meinen Kunden teile ich mit: Geschäftsauflösung. Da wissen sie, es läuft was schief, und sie müssen sich still verhalten, wenn sie nicht selbst die Polizei ins Haus kriegen wollen.«

»Was liegt noch in diesem Keller?«, fragt Karl Köstler.

»Nur der Kopf einer Statue. Er soll demnächst ins Ausland.«

»Erledige es schnell oder zerschlage ihn. Aber mach das Geschäft sauber!«

Leberecht Köstler will es tun. Dann setzt die Sintflut ein. Während sie übers Wochenende in Egglfing sitzen, überschwemmt in Passau die Uferstraße.

»Geh und rette den Statuenkopf«, bittet der Alte. »Übermorgen kann ich ihn losschlagen.«

Karl Köstler fährt nach Passau, hat unterwegs Panne und wird von Eiserbeck mitgenommen. Er kommt trotzdem zu spät. In der Uferstraße wimmelt es von Polizei. Sie ist nicht wegen des Statuenkopfes dort. Es hat einen Toten gegeben. Doch da ihnen der Kopf vor die Füße geschwemmt wurde, werden sie ermitteln, wo er hergekommen ist. Karl Köstler hat Angst. Sie werden Keller um Keller unter die Lupe nehmen, beobachten lassen, Eigentümer und Pächter überprüfen. Wenn da noch ein Tipp von Mayberg dazukommt … Wie viel weiß er eigentlich, dieser Mayberg? Köstler provoziert ihn.

»Großmaul«, sagt er verächtlich. »Mein Vater hat saubere Hände und ich ein sauberes Geschäft.«

»Heirat die Rosl«, erwidert der Zollassistent unbeirrt, »oder diskutier das, was du eben gesagt hast, mit der Polizei aus. Ich kenn' den Schmuggler, das Versteck, hab' Buch geführt über die Ware – der Statuenkopf ist pfutsch, nicht wahr? –, ich kenne Herrn Leberecht Köstler als Geschäftemacher und habe zwei seiner Abnehmer ausgekundschaftet. Auch wenn's nicht recht ist von mir, das alles zu vergessen, ich tu's. Die Rosl glücklich zu sehen gilt mir mehr als alle Kirchenschätze, die ihr verschachert.«

Das sagst du jetzt, denkt Köstler. Wenn ich sie heiraten würde, käme dir etwas anderes in den Sinn, um was du mich angehen könntest. Mein Leben lang einem Erpresser ausgeliefert zu sein, nein Mayberg, da bist du bei mir an den Falschen geraten.

Vaters Austernprinzip, denkt er noch. Natürlich funktioniert's. Für die Beteiligten. Untereinander kennen die sich nicht, und es droht wahrhaftig weder Gefahr von dem Schmuggler, der nur das Versteckt kennt, noch von den Kunden, die selber Dreck am Stecken haben. Aber es kommt vor, dass von außen einer reinschaut, ehe die Auster zuklappt. Auf diese Weise sind von alters her Schmuggel- und Spionageringe aufgeflogen. Der Vater muss Schluss machen damit. Sofort. Und Mayberg, der zu viel gesehen hat, wird verschwinden.

Karl Köstler ist intelligent genug, Situationen richtig einzuschätzen und für sich zu nutzen. In der Nacht nach dem Streit zwischen Steinfels und dem Zollassistenten erschießt er Mayberg. Er braucht nicht einmal die eigene Pistole zu benutzen.

Das Übrige, was er erzählte, entsprach dem Bild, das wir uns vom Tathergang gemacht hatten. In sein Zimmer konnte er nicht sofort zurück, er hörte, dass seine Eltern wach geworden waren. Er sprang durchs Fenster. Die Haustür war von Urmersbachs Hof aus zu beobachten. Er lief ein Stück in den Wald hinein, gewahrte zu spät, dass Bolz auf der Kanzel saß. Durch das Nachtglas hatte er ihn wahrscheinlich erkannt. Steinfels wurde verhaftet, und die Gefahr schien vorüber. Doch nach der Tatortrekonstruktion kam Steinfels frei, und ich sagte zum Kommissar, dass ich am Morgen zu Bolz gehen würde, der müsse mir nun Rede und Antwort stehen, ob er wolle oder nicht. Karl Köstler ließ mich von da an nicht mehr aus den Augen. Nicht Goepfert und nicht Hübner, er war es gewesen, der mir zum Jägerhaus und zurück zur Waldschenke nachschlich. Dann beobachtete er Bolzens Haus, bis der Jäger gegen vier Uhr herauskam und sich zu seiner Kanzel begab. Dort schoss er ihn und den Hund nieder.

Der Kommissar ließ ihn abführen.

Wir gingen in die Kantine. Wir hatten beide einen Kaffee nötig, und beide waren wir weder gesprächig noch besonders guter Stimmung, was man hätte erwarten können, nachdem wir einen Schmuggler und einen Doppelmörder verhaftet hatten. Wir hatten wohl auch beide zu viel Schmutz angefasst.

»Müller, dem Sie mit der Pistole gedroht haben, ist ziemlich böse auf Sie«, sagte der Kommissar schließlich. »Er verlangt, dass ich Ihnen die Lizenz abnehme.«

Mir drückte etwas die Kehle zu.

»So?«, sagte ich freundlich. »Ja und?«

»Der Müller ist nicht der Kerl, der was von mir zu verlangen hat.«

Das Atmen fiel mir wieder leichter.

Nach der zweiten Tasse Kaffee fragte er: »Was hat Sie denn auf Köstlers Spur gebracht?«

»Bolzens Bemerkung: Was, der Steinfels soll das gewesen sein? als Goepfert ihm mitteilte, man habe den Postenführer als Mörder verhaftet.«

»Aber wieso sind Sie ausgerechnet auf Köstler gekommen? Der Jäger hätte doch auch Hübner oder Goepfert gesehen haben können.«

»Nur Karl Köstler war nahe genug, um zu hören, dass ich zu Ihnen sagte: ›Gleich morgen früh suche ich Bolz auf. Der muss mir Rede und Antwort stehen.‹ Die anderen hielten sich hinter der Absperrung auf, kriegten im Großen und Ganzen mit, was bei der Tatortrekonstruktion passiert war, aber diesen Satz konnten sie nicht verstehen.«

»So, von da an haben Sie es also gewusst.«

»Mit ziemlicher Sicherheit, aber ich hatte keinerlei Beweise. Solange die Polizei gegen Goepfert und Hübner ermittelte, fühlte sich Köstler sicher, und ich hatte Zeit, Fakten zu sammeln, um diese beiden als Mörder auszuschließen, und ich konnte mich an ein Motiv für Karl Köstler herantasten. Mayberg und Köstler, zwei, die sich scheinbar ähnlich waren und verstanden. Dann waren sie Opfer und Mörder geworden. Was hatte der Zollassistent dem Uhrenhändler und Geschäftsmann angetan? Er versuchte, ihn mit etwas zu erpressen, damit der die Rosl heiratete. Und er war einem Schmuggler auf die Spur gekommen, der mit einem Geschäftsmann in Verbindung stehen musste. Das Uhrengeschäft – Karl Köstlers Lebensnerv. Nur da konnte Mayberg ihn empfindlich treffen. Das Übrige wissen Sie. Ein paar Kleinigkeiten rundeten das Bild noch ab. Frau Köstler, die ihren Sohn abgöttisch liebt, war die Einzige, die sein Alibi bestätigte.

Und Sie, Kommissar, haben erzählt, Mayberg hielt eine Uhr in der Hand, als er starb. Er muss sie nach dem ersten Schuss noch aus der Tasche gezogen haben. Sein Gesichtsausdruck war besorgt, sagten Sie. Er war wohl nicht sicher, ob wir sein Zeichen verstehen würden. Es wurde auch von scheinbar handfesten Motiven überwuchert; Motiven, die beinahe zu eindeutig waren.«

Baierl erhob sich. »Wenn der Fall für mich passé ist, fahre ich in Urlaub.«

»Wohin?«

Er zuckte die Schultern. »Ich weiß nur, wo ich nicht hinfahren werde.«

Er brauchte mir den Ort nicht zu nennen.

Wenige Tage später beglich ich in der Waldschenke meine Rechnung und holte den Koffer ab. Rosl hatte in Passau angerufen, ob wir die Zimmer in der Waldschenke noch benötigen. Die Touristen seien schon früher eingetroffen als erwartet.

Sie saßen in der Gaststube, und der Schulrat erzählte ihnen Einzelheiten über den Doppelmord, als habe er dem Mörder assistiert. Rosl hatte wieder Löckchen in der Stirn und ihr gewinnendes Lächeln auf den Lippen. Der Schwiegervater ging ihr zur Hand. »Ja, Rosl«, sagte er devot, wenn sie etwas von ihm verlangte, »ja, ich tu's schon.« In der Küche wirtschaftete ihre Nichte und eine Frau aus dem Nachbardorf, die sie als Köchin eingestellt hatte.

Ich warf meinen Koffer in den Fiat und fuhr los, ohne mich von jemandem zu verabschieden. Man soll die Leute beim Geldverdienen nicht stören. Am Köstlerhaus stand eine kleine Truppe Touristen, vor ihnen Frau Urmersbach. Mit einem Stöckchen klopfte sie aufs Fensterbrett.

»Genau hier heraus ist er gesprungen, der Mörder, und sein eigener Vater hat ihn nicht erkannt.«

»Kann man ins Mordhaus rein?«, fragte jemand.

»Ja, ich weiß nicht recht. Ich verwalt's ja zurzeit, aber …«

Er steckte ihr etwas in die Tasche, die anderen taten's ihm gleich, und es gab kein Aber mehr. Auf dem Rückweg wurde ich zweimal angehalten und gefragt, ob dieser Weg zum Mordhaus führe. Ich bestätigte es und sagte, die Leiche habe man leider schon wegräumen müssen.

Vielleicht dachte ich, während ich weiterfuhr, waren die Egglfinger anfangs erbost darüber, dass ein Doppelmord ihnen mehr einbrachte als ihre durchlöcherte Wohlanständigkeit. Doch wie es aussah, hatten sie ihre Skrupel abgeschüttelt und kamen eben dahinter, was zählt in dieser Welt.

Horst Bastian
Die Brut der schönen Seele
239 Seiten
ISBN 978-3-86941-249-8

Ein brisanter Fall für Carla Wall: Bei einer Routineuntersuchung fasst die Kriminalistin den Verdacht, dass die sechsjährige Antje in höchster Gefahr schwebt. Die Geschichte, die das phantasievolle Mädchen der einfühlsamen Ermittlerin erzählt, ist alarmierend und führt zu einer groß angelegten Fahndung: Wer ist der verzauberte „König", der durch einen bösen Drachen an den Rollstuhl gefesselt ist und dem nur Antje helfen kann, die Macht des Ungeheuers über ihn zu brechen?

Jan Eik
Poesie ist kein Beweis
270 Seiten
ISBN 978-3-86941-250-4

Eine junge Frau stirbt an den Folgen einer Überdosis Schlaftabletten. Bei der Untersuchung der Hintergründe gerät auch Conrad Pingel, ein Bekannter der Verstorbenen, in das Visier der Kriminalpolizei. Der Journalist beschließt, auf eigene Faust nach dem Mann zu suchen, den die junge Frau anscheinend mehr liebte als ihr Leben. Obwohl er sich damit bei den Ermittlern keine Freunde macht und zunächst auf eine falsche Fährte gerät, kann er die Aufklärung des Falles schließlich auch für sich als Erfolg verbuchen.

Klaus Möckel
Drei Flaschen Tokaier
272 Seiten
ISBN 978-3-86941-254-2

Der 18-jährige Jörg Paulsen wird unter Mordverdacht verhaftet: Zahlreiche Indizien sprechen dafür, dass er im Alkoholrausch einen Mann getötet und beraubt hat. Der Fall erscheint völlig eindeutig und verspricht den verantwortlichen Kriminalisten eine schnelle Lösung. Dennoch nutzen sie einen kleinen, zunächst als nebensächlich empfundenen Hinweis, um den Tathergang erneut zu rekonstruieren. Und auf einmal stellen sich Zweifel ein: Ist Paulsen wirklich der Mörder?

Gert Prokop
Einer muss die Leiche sein
255 Seiten
ISBN 978-3-86941-256-6

Im Urlaub am Schwarzen Meer scheint die Sonne heißer, als manchem lieb ist. Einige Touristen entfliehen der Gluthitze des Strandes mit einem kleinen Motorboot zur einsamen Pirateninsel. Dort wird in romantischer Umgebung als prickelnd-gruseliger Zeitvertreib ein Mörderspiel arrangiert. Doch das heitere Spiel schlägt jäh um in bitteren Ernst: Eine junge Frau aus ihrem Kreis wird tot aufgefunden. Plötzlich sehen sich vierzehn Menschen in dem fremden Land vor die Frage gestellt: War es ein Unfall? Selbstmord? Mord?